2.990 GRAUS

ADILSON XAVIER

2.990 GRAUS

A ARTE DE QUEIMAR NO INFERNO

PANDA BOOKS

Diretor editorial
Marcelo Duarte

Diretora comercial
Patth Pachas

Diretora de projetos especiais
Tatiana Fulas

Coordenadora editorial
Vanessa Sayuri Sawada

Assistente editorial
Olívia Tavares

Projeto gráfico e diagramação
Vanessa Sayuri Sawada

Capa
Paulo Caetano

Preparação
Beatriz de Freitas Moreira

Impressão
Loyola

CIP – BRASIL. CATALOGAÇÃO NA FONTE
SINDICATO NACIONAL DOS EDITORES DE LIVROS, RJ

Xavier, Adilson
2.990 graus: A arte de queimar no inferno / Adilson Xavier. – 1. ed. –
São Paulo: Panda Books, 2017. 320 p.

ISBN: 978-85-7888-662-2

1. Ficção brasileira. I. Título.

17-42174 CDD: 869.93
CDU: 821.134.3(81)-3

2017

Um selo da Editora Original Ltda.
Rua Henrique Schaumann, 286, cj. 41
05413-010 — São Paulo — SP
Tel./Fax: (11) 3088-8444
edoriginal@pandabooks.com.br
www.pandabooks.com.br
Visite nosso Facebook, Instagram e Twitter.

Aos que, apesar de tudo, versejam.

I

AQUECIMENTO

II

VARREDURA

III
SOTERRAMENTO

IV
ENXURRADA

O fogo que purifica é o mesmo que incinera
O vento zoneando a rua é o mesmo que assovia
A água, que lava, passa, benze e sacia
É a mesma da enchente, que de repente afoga
E "afoga" remete ao fogo que sempre espalha
A palha que ao vento não mais crepita
Cinza que voa, arruaça, esfumaça
Sombra transmudada em nuvem pesada
Que chove no rosto, jorra ardida
Perdida, salgada, suplício que grita
Chama, brasa, brisa, raios, cúmulus, nimbos, pingos!
Tudo queimado
Triste destino
Tudo encharcado
Triste paisagem
Alma ou lama
São quatro letrinhas
Fora de ordem
Fora dos olhos
Borrão na maquiagem.

-- Hermano --

AQUECIMENTO

CHEIRO

Por mais imprecisa que seja, toda verdade nasce pra ser absoluta. Verdade é a versão que prevalece, embute negação de inexatidões e incertezas, exclusão de pontos de vista divergentes. É por isso que a verdade nos engana.

Depois dessa tirada, fez-se um longo silêncio, interrompido por um "percebeu?" tão tardio que nem merecia resposta.

Bastou uma observação de Alice sobre a verdade revelada pela arte. Podia ser qualquer tema: a lentidão das obras preparatórias para a Copa do Mundo no Brasil, os embates entre o Supremo Tribunal Federal e o Legislativo, o novo penteado da apresentadora do *Jornal Nacional*, as possibilidades de Neymar no Barcelona, os novos recordes de temperatura no mundo, qualquer coisa servia. Mas trocar ideias sobre um assunto ao mesmo tempo leve e profundo foi o que lhe ocorreu. Tudo o que pretendia era resgatá-lo da mudez em que se entrincheirava. Deu certo. A palavra "verdade" acionou algum botão que o fez vagar entre ética e filosofia por surpreendentes 87 segundos, a ponto de esquecer o estopim da conversa.

Hermano fala pouco. Sempre foi assim, por temperamento e cautela. Pensa muito, pelo menos aparenta pensar enquanto não emite sons. E, quando fala, o faz como quem tritura cada sílaba, com voz pouco projetada, espremida entre os dentes, arenosa. Não que lhe falte assunto, tem conteúdo acima da média, extraído de fartas leituras, mas sucumbe à rigorosa seletividade interna. Não que lhe falte humor, apenas custa a demonstrar isso, e tão raras são suas tiradas que a surpresa com que colhe os ouvintes torna-o mais engraçado do que normalmente seria. Um sujeito facilmente definível como travado, ensimesmado. Às vezes parece ser mais que uma pessoa. Duas, talvez três. Pensamento mais maduro do que lhe autorizam os 35 anos de vida precocemente agrisalhados. Gestual suave, contrastante com a secura dos traços e a musculatura firme cultivada por uma certa regularidade nos exercícios físicos, a compensar a estatura quase baixa. Um aspirante a sábio pós-moderno, com distintivo no bolso e pistola na cintura. Pistola virgem, de que se orgulha jamais ter lançado mão nos dez anos em que a possui, qualificando-a como o mais prescindível dos seus instrumentos de trabalho. "Sou um ecopolicial", proclama orgulhoso, mais repetidamente do que a paciência de seus ouvintes tende a suportar. "Em vez de chumbo, disparo pensamentos. Em vez de pólvora, queimo fosfato. Energia boa, não poluente e renovável."

Diante dele, na pequena mesa da sala, Alice refletia sobre as palavras que acabara de ouvir, renunciando ao que realmente gostaria de externar, enquanto observava os fragmentos de verdade que lhe escapavam pelos cantos dos olhos. Alguma coisa o incomodava naquela noite, e era maior do que os incômodos percebidos em noites anteriores, talvez maior que os incômodos carregados pela própria Alice, devidamente sufocados, de cuja existência Hermano nem sequer desconfiava. Alguma coisa discursava no estrogonofe de soja mastigado além do necessário e engolido com dificuldade, na fixação da retina num ponto perdido da parede azul, quase a ignorar a presença da mulher que se esmerava em atenções, alguma coisa sinalizava angústia por trás do torpor de seus gestos. Extremamente conflitante com a alegria da antevéspera, quando comemoraram com champanhe e torta de nozes, ao som de Lou Reed, dois importantes aniversários: um ano de ajuntamento no Cafofo do Catete, título outorgado ao recém-adquirido quarto e sala que dividiam no tradicional bairro carioca, e a conquista viabilizadora de todas as outras – gloriosos três anos limpos de drogas.

– O que foi? – perguntou ela, cedendo às inquietações que comichavam em sua alma.

– O que foi o quê? – reperguntou ele após a deglutição da última garfada.

– Sei lá, tá com um olhar estranho, meio perdido. Aconteceu alguma coisa? – especificou ela, colocando mais ternura do que cobrança na voz.

– Nada – mentiu ele.

Desde que se conheceram na clínica de recuperação de viciados, onde juntos vivenciaram tanto as síndromes de abstinência quanto o poder curativo da solidariedade, Alice aprendeu que o "nada" de Hermano não significava nada. Era um pedido de tempo para a fermentação de conclusões carentes de amadurecimento, não exatamente uma resposta.

O dia fora especialmente pesado para ele. Designado pelo delegado Belchior Dias Ferreira, titular de sua unidade, para investigar o que classificou como a ocorrência mais cabeluda que já havia passado por aquela Divisão de Homicídios, lá se foi Maninho, acompanhado pela investigadora Jaqueline e o perito Tomás, para o apartamento do deputado federal Marcílio Tavares, um dos envolvidos no escândalo do desvio de verbas para as vítimas das enchentes na região serrana do Rio, cujo cadáver, encontrado pela faxineira minutos antes, parecia extraído de um filme de terror.

O local do crime não estava encharcado de sangue como costumam ser os cenários de assassinatos, melhor se estivesse. No ambiente exageradamente povoado de arte barroca do apartamento da rua Hilário de Gouveia, onde o deputado morava sozinho quando semanalmente regressava de Brasília, a única mancha que havia era de café no tapete que demarcava a área do *home theater*. Apenas uma luminária tombada perto do sofá maior, com cacos de vidro ao redor, dava conta de ter havido alguma luta ou acidente antes da execução. A luz da manhã, filtrada pelas cortinas roxas de tecido acetinado, projetava-se com misteriosa suavidade sobre os três quadros clássicos que adornavam a sala, e parecia produzida sob encomenda para realçar o elemento dominante: a figura desnuda do deputado suspensa no ar como um pássaro em início de decolagem, com braços e pernas amarrados num "x" de homem vitruviano, uma dor indescritível estampada no rosto, e um insistente cheiro de churrasco a despertar apetites inconvenientes, repugnantes. Do ânus chamuscado da vítima escorria um prurido sanguinolento onde flutuavam pequenas porções de excremento discretamente fumegantes que lhe desciam pelas pernas, gotejando sobre o bem-cuidado assoalho de parquete. Impunha-se aos que ali entravam (PMs, equipes da circunscrição da ocorrência e médicos) um acordo tácito de redução de ruídos, como se corressem o risco de despertar o morto, como se qualquer movimento mais brusco significasse sacrilégio. Apenas uma mosca-varejeira, atraída pelas impurezas que escapavam do corpo suspenso, insistia em desrespeitar o ritual, zumbindo de um lado para o outro, sem plano de voo nem noção de onde pousar.

Alinhada com o estilo antigo da construção, a sala, de quatro ambientes ricamente decorados, emoldurava a passagem para a mesa de jantar com colunas jônicas, usadas pelos assassinos como suporte para as cordas que içavam o estandarte humano à sua posição de absoluta vulnerabilidade.

Esquadrinhados os espessos tapetes que atestavam a inexistência de alergias no finado morador, vistoriadas as múltiplas almofadas entre sedosas e aveludadas que guarneciam os quatro sofás e as duas poltronas da sala, analisados cada um dos inúmeros objetos decorativos ou de uso pessoal de todos os cômodos do apartamento, revirados colchões, travesseiros, gavetas e armários, especialmente os que haviam sido remexidos pelos criminosos, pesquisados resíduos alimentares, tecidos de todos os gêneros, pelos, impressões digitais, fotografado cada centímetro do local e do corpo nos variados ângulos possíveis, finalmente a vítima foi desamarrada e levada para o Instituto Médico-Legal. Hora de abrir caminho pela pequena multidão rapidamente formada diante do prédio, ávida por informações em primeira mão e engordada por numerosos representantes da imprensa.

O laudo pericial, divulgado dois dias depois, pouco teria a acrescentar ao que os policiais constataram nos primeiros minutos de observação: o deputado Marcílio morrera em consequência de carbonização total do intestino, rins, bexiga, duodeno, pâncreas, fígado, apêndice, vesícula, baço, próstata e reto, além da carbonização parcial do estômago, esôfago, diafragma e pulmões, por ação da chama expelida por um instrumento que tudo indicava ser um maçarico, introduzido em seu corpo por via anal. Se quisessem resumir, poderiam dizer que Marcílio Tavares morreu de dor, uma dor deformante, enquanto suas vísceras eram flambadas. Na cabeça dos que presenciavam a cena, a pergunta mais recorrente era: quanto tempo de sofrimento teria ele suportado antes de morrer?

Pela primeira vez em sua carreira policial, Hermano teve que se esquivar dos jornalistas e enfrentar o bombardeio de perguntas e cliques disparados a esmo. Às perguntas, rebateu com um genérico e automático "nada a declarar". Todos questionavam mais ou menos as mesmas obviedades, exceto uma voz feminina não identificada – a única a ressoar em seus ouvidos – que se referiu a uma tal bancada das armas no Congresso. Das câmeras, entretanto, não conseguiu escapar.

Alice, que havia passado a tarde em seu curso de artes plásticas, estava totalmente desinformada da situação. Somente ao ligar a televisão depois do jantar, zapear um pouco, estacionar num canal de notícias e se deparar com a imagem do namorado passando aturdido pela tela, tomou consciência da proporção do tema que o perturbava.

– Acho que estou começando a captar certas coisas – disse num jeito quase cantado, tentando dar o melhor colorido possível à observação.

– Você não faz ideia.

– Morte horrível! – ela comentou, após ouvir a descrição apresentada no noticiário.

– Não consigo imaginar nada pior. Olhos esbugalhados, dor em forma de gente. O diabo vai ficar sem assunto na hora de recepcionar o coitado.

– O inferno são os outros... – balbuciou Alice, sem saber exatamente por que dizia aquilo.

– Sartre.

– Quem?

– Foi Sartre quem disse isso... sobre o inferno... não foi?

– Sei lá.

– Às vezes penso outra coisa.

– O quê?

– O inferno é dentro da gente.

Hermano se emociona com facilidade, mas disfarça bem. Normalmente controla seus impulsos, fazendo-se de durão quando necessário, porém não escapando de denunciar sua sensibilidade ao usar palavras e construções de frases colhidas em sua interação constante com a literatura em geral, e a poesia em particular. Não por acaso, é conhecido entre os colegas como Poeta, apelido que acabou prevalecendo sobre Filósofo, por ser mais divertido e curto.

– Alguma pista? – Alice fez a pergunta que ele ouvira dezenas de vezes durante o dia.

– Reviraram gavetas, levaram o laptop, o celular... parece que procuravam alguma coisa, devem tê-lo torturado por isso, ou talvez tenham mexido nos objetos do cara só pra nos confundir, ou pra eliminar pistas de seus contatos anteriores, vai saber. O serviço foi superprofissional. Nenhuma digital, nenhum rastro, câmeras de segurança do prédio desligadas sem que o porteiro percebesse. Comeu mosca, só pode ter dormido. Não confessa pra não perder o emprego, mas dormiu, tenho certeza. Se não dormiu, é cúmplice. Amanhã vou interrogar de novo. Estranhíssimo que nem ele, nem nenhum dos moradores do prédio ou da vizinhança, tenham percebido qualquer movimentação diferente.

– E qual é o seu palpite? Você é muito bom quando coloca o instinto em ação.

– Num primeiro chute, vingança... ou busca por informação. A vítima abriu a porta pros criminosos, era gente conhecida. Político envolvido nessa baixaria de desvio de verbas. Talvez fanatismo, alguma seita louca. O que também pode estar conectado com discriminação sexual. Ele era gay, convidava rapazes pra festinhas *privées*, embora com absoluta discrição, segundo os vizinhos. A forma como executaram o sujeito pode até ser uma alusão a expressões como "fogo no rabo" e "tomar no cu". Aliás, essa piada rolou solta na delegacia. As pessoas perdem a noção das coisas, quase celebraram a morte do cara. Político safado, tem mais é que morrer, de preferência sofrendo muito – é assim que a galera pensa.

– Olhando o quadro político do Brasil, não é difícil entender a reação das pessoas, né, querido?

– Sim, sim... Muita roubalheira e picaretagem há muito tempo, compreendo. Mas ninguém, por mais escroto que seja, merece um fim desses – Hermano calou-se, como se refletisse sobre o que havia acabado de dizer ou assistisse a um replay da cena do crime.

– Sabe que você é lindo? – Alice mudou o tom da conversa, após observá-lo por alguns segundos.

– Por quê?

– Porque é verdade.

– Era eu que devia estar dizendo isso pra você.

– Hoje é minha vez.

– Alguma razão especial?

– E precisa?

– Assim eu acredito.

Sorriram. Alice desligou a TV e colocou para tocar o CD do Guns N' Roses que dera a Hermano no Natal, mais por achar que o nome da banda tinha tudo a ver com a personalidade do namorado do que por qualquer outro motivo. Na época escolhera a dedo o título do CD: "Appetite for destruction", e agora escolhia a faixa com critério impecável: *Sweet child o' mine*. Hermano resistiu ao impulso de aproveitar o clima romântico de Alice para perguntar sobre a aula de arte que lhe tomou boa parte do dia. Não era o momento. Fugiria bruscamente ao tema da conversa e dificilmente deixaria de reavivar desconfortos já experimentados. Aquelas aulas, com aquele professor, não lhe desciam pela garganta, e falar nelas, sem evidenciar seus ciúmes e inseguranças diante do fato, era praticamente impossível.

– A verdade é traiçoeira, Alice – pontificou ele, novamente reflexivo. – Escorrega pelas mãos – fez uma longa pausa. – Mas não escapa, não. Sempre deixa um naco, um pedacinho de fora, pelo menos um cheiro.

– Snif, snif – ela fungou, faceira. – Promete que nunca vai deixar o trabalho te embrutecer? – sussurrou, tentando enfiar o nariz em seus cabelos. Hermano recuou discretamente, fingindo ajeitar-se no sofá. Temia ser denunciado pelo odor de sabonete barato.

– Prometi isso quando entrei na polícia, lembra?

– Claro que sim. Só queria ajudar meu brucutu silencioso a não esquecer.

– Tudo que se passa entre nós é inesquecível, princesa.

– Hummmm, você fica tão gostoso quando me denga...

O beijo que fechou a conversa não foi suficiente para encerrar o turbilhão de pensamentos que atormentava Hermano naquela noite. Somado ao crime que precisava solucionar, havia a preocupação com o comportamento do delegado Belchior e havia a fogosa colega de trabalho que, excitada com o caso do deputado, encontrou uma boa desculpa para voltar ao ataque.

O expediente, iniciado com odores de churrasco homicida, terminara com acordes de patchouli exalados pelo cangote de Jackie, num motel apressado a caminho de casa.

FUMAÇA

Hermano tem problemas com autoridade. Detesta lidar com chefes, especialmente quando não reconhece neles capacidade para comandá-lo, o que via de regra acontece. Desde a escola era assim: implicava com os professores, desafiava os que se mostravam claudicantes para frequentes duelos de conhecimento nos quais, mesmo quando derrotado, jamais perdia a pose. Um psicanalista certa vez lhe disse que essa característica vinha da rejeição pelo padrasto com quem teve de conviver a partir dos seis anos, um ano após o infarto fulminante que tirou seu pai deste mundo. Resultado da observação: psicanálise interrompida. Quem era aquele babaca para criar teorias sobre seu comportamento?

Hermano também detesta atuar como chefe, muito particularmente quando identifica em si qualquer atitude comum aos chefes que despreza. Detesta desconfiar de quem tem algum poder sobre sua vida, com a mesma intensidade com que repele suas manifestações de detestabilidade crônica, a ponto de não aceitá-las, num exercício permanente de autocrítica. Cansativo, desgastante. Quando procura qualidades nas pessoas que o cercam, encontra primeiro os defeitos, o que lhe exige grande esforço para delegar tarefas. Daí a tentação permanente de se sentir superior, uma rejeição frequente aos próprios sentimentos, um intenso conflito, imperceptível aos olhos de quem o observa, um estado crônico de instabilidade para encontrar seu ponto de equilíbrio.

Transtornou-se, por exemplo, ao constatar que desde o primeiro momento, quando as diligências ainda estavam em curso no apartamento do deputado Marcílio, o delegado Belchior já concedia entrevistas, elaborando sobre o que não sabia e revelando o que não existia. Consciente de que o partido político ao qual a vítima era afiliada não fazia parte da coligação que apoiava o Governo, precipitou-se em declarar que as linhas de investigação apontavam na direção da vingança pessoal, nada levando a crer que o crime tivesse relação com o fato de ser a vítima um conhecido representante do Poder Legislativo Federal.

Se por um lado o chefe atrapalhava, cobrava, mandava e desmandava, seu peso negativo era compensado pela valiosa colaboração da equipe, com destaque para Tomás, perito de mão-cheia cujo histórico amparava sua reputação de infalibilidade, e Jaqueline, investigadora efervescente e afoita como poucos. Duas personalidades tão opostas que surpreendia não serem antagônicas: Tomás, 42 anos, mineiro, desleixado com a aparência, calado, dedicado, inteligente, circunspecto, comedido, minimalista e detalhista, um capiau arguto, como certa vez definira Hermano; Jaqueline, 25 anos, carioquíssima, atlética, praticante de artes marciais, exímia atiradora, irreverente, impulsiva, conectada e explosiva, entendendo-se essa última característica como eufemismo para uma atitude consistente que, à primeira vista, poderia enquadrá-la na categoria de pessoas com propensão ao sexo e à violência. Foi de Jackie, por exemplo, a primeira reação contundente na delegacia a respeito do crime. "Esse cara devia ser um bom filho da puta. Provavelmente, teve o fim que merecia. Mas precisamos pegar quem inventou um jeito tão criativo de eliminar o lixo, nem que seja pra dar os parabéns", comentou a detetive com um sorrisão que sublinhava seus olhos agitados. De Tomás, como era de esperar, veio a resposta rápida sobre o que teria impedido que a vizinhança ouvisse os ruídos provocados pela sessão de tortura no apartamento do deputado: primeiro, houve a contribuição da própria vítima, graças ao isolamento acústico providenciado para abafar os decibéis de suas comprometedoras festinhas; segundo, considerando que nenhum isolamento seria capaz de conter os gritos de desespero de alguém tão brutalmente seviciado, houve uma intervenção radical e milimétrica: os algozes cortaram-lhe as cordas vocais. Um requinte que perito e delegado combinaram de manter em sigilo pelo maior tempo possível, até que entendessem por que o assassino preferiu a cirurgia à obviedade de uma mordaça. Por que se dera a esse trabalho tão meticuloso, que exigiu mais tempo na perpetração do crime, com maior exposição à possibilidade de fracasso? Vã ilusão. Os três dias em que conseguiram abafar a informação sobre o detalhe cirúrgico do crime foram totalmente inócuos.

A equipe de Hermano, que contava com mais sete profissionais entre investigadores e pessoal de apoio, era a mais prestigiada da Divisão de Homicídios, fato que o enchia de orgulho e responsabilidade em doses equivalentes. Outras três equipes dividiam o espaço daquela unidade policial, comandadas por delegados de reconhecida competência: Aristarco Vidal, o mais antigo, 59 anos, rosto mais velho que o resto do corpo, mantido em boa forma graças a uma hora de corrida diária nas areias da Barra, com muito mais tempo de serviço que os demais e uma indisfarçada mágoa por ver seu prestígio suplantado pelos mais jovens; Percival Braga, 42 anos, com excelente nível de experiência na resolução de casos marulhosos e pouco juízo, sob investigação de envolvimento com a máfia dos caça-níqueis, truculento, valendo-se de sua cara amarrada para se manter isolado dos companheiros de trabalho; e Fábio Bienvenuti, o caçula do grupo, na euforia dos seus 29 anos disfarçada pelos óculos com que busca imprimir mais maturidade, muito bem informado, interessado numa impressionante variedade de temas, tentando valer-se disso para alcançar a admiração de seus pares e superar a insegurança e o sentimento de inadaptação social que carrega desde a infância.

Foi Jaqueline quem obteve a pista inicial. Detectou a existência e direcionou as investigações para a Igreja da Chama Divina, localizada nas vizinhanças da cena do crime – um desses desdobramentos evangélicos ancorados na "teologia da prosperidade" cujo mote recentemente divulgado era "O fogo purifica", e que, entre seus fiéis, contava com Jorge Amaro Cavalcanti, o porteiro do prédio que estava de serviço na madrugada em que tudo ocorreu. Feliz coincidência. Meia hora depois ele se apresentaria a Hermano para prestar seu novo depoimento agendado no dia anterior.

O humilde funcionário do condomínio chegou nervoso, visivelmente intimidado, requerendo do delegado algumas manifestações de simpatia para relaxá-lo. Hermano preferiu conduzir o interrogatório sozinho, sem a presença de Jaqueline que, mesmo se comportando bem, poderia gerar mais pressão sobre a cabeça do depoente além da que ele já trazia de casa.

– Então, senhor Amaro. Prefere que o chame de Jorge ou Amaro?

– É Amaro, sim senhor. Todo mundo me trata de Amaro.

– O senhor conhecia bem o deputado Marcílio?

– Bom, bem, bem, eu não posso dizer que conhecia não senhor. Mas ele sempre cumprimentava a gente, tratava o pessoal com muita atenção. Dava pra ver que era um ômi bom, muito educado, mesmo não ficando o tempo todo lá no prédio, nesse vaivém doido de Brasília e outras viagem que deputado tem que fazer, né? Num sei como essa gente guenta tanta viagem. Deus me livre!

– Quer dizer que o senhor tinha uma boa impressão dele?

– Dele?

– Do deputado Marcílio.

– Ah, muito boa, sim senhor. Sei até que ele dava uma ajuda bem boa lá pra nossa igreja.

– Ah, igreja? Como é o nome da igreja que o senhor frequenta?

– É da Chama Divina, sim senhor.

– Nunca ouvi falar. É boa a igreja?

– Ô, doutor! Igreja é sempre boa, né? Só cuida de salvar as alma das pessoa, fazer o bem, essas coisa.

– E quem é o pastor lá?

– Pastor Ismael, é o nome dele. Um homem de Deus, muito bom mesmo. O senhor ia gostar de conhecer, a igreja fica bem pertinho ali do prédio, a umas duas quadra só.

– Vou ver se passo por lá um dia desses. Ismael de quê?

– Como?

– O nome todo do pastor.

– Desculpa, doutor, mas num sei o sobrenome, não senhor. O senhor vai gostar se for lá. Tenho até um folhetinho aqui comigo, ó. Sempre ando com isso pro caso de encontrar alguém que possa ajudar a converter, né? Fica com esse. Dá uma lidinha depois. Quem sabe não é disso que a sua alma tá precisando?

– Obrigado. Mais tarde eu leio com calma. Mas Amaro, conta pra mim, o que foi que aconteceu na noite do crime?

– Aquilo foi uma coisa horrível, né, doutor? Como é que pode uma coisa daquela?

– Pois é. Como é que pode um crime daquele tamanho, que certamente foi cometido por mais de uma pessoa, ter acontecido sem que o porteiro do prédio percebesse qualquer movimentação estranha?

– Pois num é? Taí um negócio que não me sai da cabeça. O senhor não imagina quantas vez eu já me fiz essa mesma pergunta.

– E ela vai continuar sendo feita, Amaro, até que você diga alguma coisa que faça sentido. Pense bem, repasse tudo o que aconteceu desde a hora em que assumiu a portaria.

– Tirando as caixa que chegaram pro deputado...

– Que caixas?

– Umas caixa de metal, com jeito de mala.

– Você não falou dessas caixas ontem.

– Falei não? Pois lembrei agora.

– Quem levou as caixas?

– Eram dois rapazes: um branco mais alto e um preto mais baixo. Nunca tinha visto nenhum dos dois. Mas eles entregaram a encomenda e desceram logo. Eram bem magrinho, sabe? Eu até fiquei pensando comigo: Por que é que esses magrelo tão carregando peso enquanto aquele fortão de rabo de cavalo fica no bem-bão lá na rua?

– Que fortão é esse?

– Ah, um cara que eu já tinha visto olhando o prédio por fora outro dia. Bem parrudo ele, com aquela pele queimada de sol e aquele cabelão preto comprido preso num rabo de cavalo, difícil esquecer.

– Onde estava o deputado quando eles chegaram?

– Acho que ele já tava em casa nessa hora, era umas sete da noite.

– Tem certeza dessa hora? Sete da noite?

– Se não era sete, era 15 minuto pra lá ou pra cá. De sete e meia não passava.

– Bom, e depois?

– Depois, só uma visita pro 201, uma reuniãozinha de garotada no 501, eles chamam aquilo de social, ali teve aquele entra e sai que sempre acontece nas social, né? Foi até altas hora. No mais, só os morador chegando do trabalho, saindo pra uma coisa ou pra outra, tudo normal.

– Essa social começou a que horas?

– Ah, lá pelas 11. A garotada começa tarde, né?

– Sei como é. E nenhum barulho estranho no prédio?

– Nadinha, não senhor. Só a barulhada do 501, que social é sempre com música alta e todo mundo gritando pra conversar. Vão ficar surdo rapidinho.

– Gritando, é?

– Gritando, rindo, bebendo muito.

– Uma briguinha de vez em quando...

– Às vez acontece uma briguinha, sim, mas os amigo desaparta. Um xinga de lá, outro de cá, quase sempre por causa de mulher, né? Mas no geral a garotada é da paz. Dessa vez, por exemplo, ninguém brigou.

– Mas gritou.

– A gente acostuma com os grito.

– Deve ser difícil, né?

– Difícil o quê, doutor?

– Ficar acordado a noite inteira, sem nada interessante pra fazer. Conta aqui pra mim, você não deu nem um cochilinho?

– Que cochilinho nada, doutor. Sou pago pra ficar ligadão ali na portaria. Lugar de dormir é em casa.

– Sabe, Amaro? *(pausa longa)* Eu tô te tratando com gentileza, não tô?

– Verdade. O senhor é gente muito fina, sim senhor.

– É assim que eu procuro ser, jeitoso, maneiro... mas tem algumas coisas que me tiram do sério. Você consegue me imaginar furioso?

– Acho que sim, doutor. Mas não vejo razão...

– Vou te dizer uma razão, a principal, que me deixa puto com mais rapidez, adivinha qual é.

– Sei dizer, não senhor.

– É quando mentem pra mim.

– Ah, entendo.

– Acho que não entende não, Amaro. Porque, se você entendesse, não estaria me enrolando desse jeito.

– Mas como enrolando, doutor?

– Tá suando muito.

– Calorão danado esses dias.

– Vou perguntar mais uma vez e, dependendo da sua resposta, você volta pra casa ou fica preso aqui na delegacia. Pensa bem antes de responder e lembra que você está conversando com um policial que sente o cheiro da mentira antes de ela ser dita. Vamos lá: você ficou acordado a noite inteira?

– Ai, doutor, o senhor vai me prejudicar no serviço desse jeito.

– Prometo que eu não conto pra ninguém. Vai ficar só entre nós. Mas se você tentar me enganar e eu tiver que te prender, aí muita gente vai ficar sabendo.

– Olha só *(pausa enorme)*, normalmente eu fico acordado, sim senhor *(pausa média)*. A noite toda não dá, que ninguém é de ferro. Mas fico até bem tarde, quase a noite toda, por assim dizer.

– Mas e quando não é normalmente?

– Bom, na noite retrasada foi uma soneira que eu nunca vi igual, não senhor *(pausa curta)*. Mesmo quando eu tô daquele jeito, desmilinguido de cansado, meu sono é leve, doutor. Qualquer barulhinho, até mesmo o chiado do elevador me acorda. Mas naquela noite...

– Hmmm! E por que tanto sono naquela noite?

– Sei dizer, não senhor. E olha que eu me enchi de café, tomei uns dez copinho. Mas o sono era tanto que parecia que, quanto mais eu tomava o danado do café, mais o sono aumentava. Nunca vi uma coisa daquela.

– Você traz o café de casa pro trabalho, ou é do condomínio?

– Nem uma coisa, nem outra. É da garrafa térmica que o pessoal da igreja manda toda noite. Foram até aqueles caras das caixas do deputado que colocaram o café na minha mesa naquele dia. Encontraram com a dona Ilza, que trazia a garrafa, e fizeram essa gentileza. Tinham um jeitão bom aqueles rapazes, muito educados. Só o outro que ficou lá de fora é que é meio mal-encarado.

– Entendo... E onde está essa garrafa térmica?

– Normalmente, eles vão pegar no dia seguinte. Já devem ter levado. A não ser que, com essa confusão toda no prédio... nem sei se foram.

Encerrada a conversa com Amaro, Hermano tinha um encontro a marcar com o pastor Ismael. Tomás apressou-se em apreender a garrafa térmica que excepcionalmente não havia sido recolhida. No pouquinho de café que restou no fundo da garrafa foram encontrados vestígios de substância entorpecente. Buscou sinais das caixas metálicas levadas ao apartamento antes do crime, mas era como se tivessem evaporado.

Nesse meio-tempo, Jaqueline conversou com Ilza, a devota fornecedora de café aos porteiros da vizinhança, mulher de ingenuidade convincente que garantiu ter visto os três suspeitos pela primeira vez na noite do crime, nada sabendo a respeito deles, mas confiando plenamente que eram trabalhadores honestos. Como sempre costumava fazer, Jackie também vasculhou o que as redes sociais tinham a dizer sobre a vítima. "Surpresa!" – disse ao chefe com ar festivo. "Nosso deputado tem umas coisas bem bacanas postadas no Facebook e no Twitter." "Deve ser obra de algum assessor" – Hermano cortou, incrédulo. "Se for de assessor, o cara é um gênio. Supercraque, tem o maior jeitão de ser postagem pessoal. E, seja lá quem escreveu, tem umas posições que me impressionaram" – retrucou ela. "Agora fiquei curioso. Que posições impressionantes são essas?" Jackie soltou a mesma gargalhada da última tarde que passaram no motel. "Não digo. Vai procurar você. Esse negócio de posições impressionantes tá parecendo papo de sacanagem." Terminou a frase já retornando para sua mesa, com os passos firmes e o balanço de nádegas que todos os homens da delegacia reverenciavam. Na outra ponta do salão, Aristarco ergueu os olhos e balançou a cabeça em sinal de reprovação. Hermano deu um tempo para a situação esfriar e, cerca de uma hora depois, chamou Jackie à sua mesa, onde lhe rosnou uma advertência furiosa que abrangia desde a seriedade do trabalho que realizavam até a inadmissibilidade de atitudes de insubordinação entre profissionais que se conheciam tão bem. Enfatizou o "conheciam tão bem" para arrematar com voz ainda mais rosnada e solene: – Sem roupa, a brincadeira é outra. Com roupa, é como se o sem roupa nunca tivesse acontecido. Fui claro? – Incidentes como esse agudizavam em Hermano os conflitos internos em que honestidade e tesão se digladiavam. Não era justo com Alice, não era correto, disso não tinha dúvida, mas o convite daquele corpão sempre acabava afrouxando-lhe os padrões éticos, adiando resistências, forjando desculpas. Jaqueline era uma válvula de escape, raciocinava assim sempre que a consciência o interpelava. Deixava-se inebriar por ela quando se sentia especialmente tenso, embriagando-se numa aventura que, convencia-se, era apenas física, sustentada pela permanente prontidão de sua colega de trabalho para os exercícios eróticos.

Quase roxa de constrangimento pela bronca recebida, ela colocou sobre a mesa a lista do que considerava serem as posições impressionantes do deputado Marcílio. A primeira linha destacava "frente parlamentar pelo desarmamento", a segunda aludia ao seu apoio irrestrito à Comissão da Verdade, que engatinhava no trabalho de identificar os responsáveis por torturas, mortes e desaparecimentos diversos promovidos pelos agentes do regime militar que se instalou no Brasil em 1964. Hermano fingiu ler o impresso, passando os olhos sobre ele enquanto tentava desacelerar e desembaraçar os pensamentos sobre sua relação com Jackie. Capacidade de concentração próxima de zero. Pinçadas meia dúzia de palavras desconexas, colocou a folha de lado e saiu em busca de um café.

ARDOR

Os suspiros e silêncios infiltrados na pesada noite do estrogonofe de soja não eram exclusividade do homem da casa. Naquele mesmo dia, enquanto Hermano enfrentava o desafio de um homicídio que se agigantava perante sua talvez insuficiente calosidade profissional, Alice lidava com uma outra casta de desafios nem sequer imaginados por seu namorado. Convidada na semana anterior pelo professor de arte, Gunnar Svensson, a posar nua para um de seus trabalhos, ela finalmente anunciara sua aceitação. Não foi sem relutar, sem debater, nem sem considerar o provável impacto no relacionamento com Hermano, mas o convite de Gunnar, mesmo agravado pelo fato de serem ex-namorados, nos termos e circunstâncias em que foi feito, simplesmente não podia ser rejeitado.

Cinco anos antes, a reação teria sido muito diferente. Estava ela, então, tomada de rancores contra o companheiro que anunciara ter engravidado uma das empregadas de seu pai. Gunnar era filho de um pequeno empresário, envolvera-se com a recepcionista da empresa paterna e, informado da gravidez, imediatamente assumira o filho, apressando-se em confessar seu erro à namorada que, imune aos apelos do rapaz, negou-lhe o perdão. Experiência duríssima para ambos. Construindo uma paixão ornada de sonhos e planos ao longo de dois anos de convívio, Alice viu tudo ruir em um só golpe. Desiludida, buscou refúgio nas drogas, nas quais encontrava, entre outros consolos, efeitos anestésicos contra os pedidos de clemência e declarações de amor do artista plástico, que por muito tempo ecoaram em suas lembranças. Tornou-se dependente química, desceu ao fundo do poço, até que, levada à clínica de recuperação que a resgataria do vício, lá encontrou uma inesperada leniência afetiva no tímido paciente com quem passou a descobrir afinidades. Em menos de três meses, Hermano ocupava a lacuna deixada por Gunnar, e a vida entrava num estado de equilíbrio tal que Alice sentiu-se forte o suficiente para relevar a falha do seu ex, redefinindo o antigo sentimento que os unia como amor à arte.

Encontraram-se casualmente, anos adiante, num passeio dominical; ela – acompanhada por Hermano; ele – acompanhado pelo filho, Rafael, um belo menino com olhar angelical. Passado o embaraço do primeiro momento, terminaram os quatro numa sorveteria, Hermano e Rafael se apresentando, Alice e Gunnar se reposicionando.

A mãe de Rafael deixara o menino aos cuidados do pai e desaparecera no mundo com o amante cigano que cruzara seu caminho. A empresa familiar, onde Gunnar a conhecera, havia fechado as portas soterrada em dívidas. Restavam pai e filho entregues à própria sorte, tentando sobreviver dignamente às custas da arte e das aulas ministradas para alunos com algum pendor artístico. "Por que não?", perguntou Gunnar. "Seria ótimo ter vocês como alunos", convidou simpaticamente seus dois interlocutores. Hermano não tinha tempo nem jeito para a coisa, seu contato com as artes restringia-se às palavras, escusou-se. Alice adoraria, mas conteve seu entusiasmo. Precisaria conversar a sós com o namorado atual, esclarecer sobre o caso passado com o talvez futuro professor, tema que no calor do momento foi habilmente evitado entre gostosas colheradas de sorvetes, caldas e marshmallows. A cereja da conversa exigia tempo, sutileza e privacidade.

Alguns dias de amaciamento desembocaram nos porões do antigo romance, não tão naturalmente quanto Alice planejara, mas o suficiente para arrancar de Hermano um nível de compreensão que o tornou mais admirável ainda aos olhos da companheira. Seguro e acolhedor, ele a estimulou a investir em seu talento e brincou que morreria de ciúmes, mas não perderia aquela chance de se sentir um incentivador da classe artística. Brincar era sua forma preferida de defesa contra toda espécie de fantasma.

Gunnar tinha algo de espectral. A pele alva e o 1,90 metro de altura, denunciadores de sua origem nórdica, se aliavam a uma incomum palidez que levava a brancura aos limites da transparência, configurando o personagem *sui generis* que se destacava onde quer que fosse. Dos olhos semi-injetados, outro marco no seu semblante, emanavam sensibilidade e frieza em ondas que se alternavam ao sabor da situação. Mas não eram exatamente físicos seus principais atributos. Bastava olhá-lo para identificar nele o artista, bastavam alguns minutos de conversa para perceber a profundidade subjacente à fina camada de gelo que o envolvia. Seu verdadeiro diferencial, muito além do que o corpo ou qualquer aspecto externo conseguem mostrar, era a cultura. Característica que encantava muitos, a começar por Alice, e incomodava alguns, a começar por Hermano, intimamente diminuído toda vez que imaginava comparações do seu intelecto com o do potencial adversário. Embora estivesse longe de ser um ignorante e se amparasse na apreciação da literatura, Hermano sabia que não era páreo para um artista de verdade, que dedicava todo o seu tempo aos estudos e elaborações que lidam com os sentimentos, estes, como ele próprio não se cansava de afirmar, a melhor parte do bicho-homem. Sabia que o mestre de Alice já havia sido escultor e pintor até chegar à fotografia, sua mais recente paixão. Sabia o quanto Alice adorava essas manifestações artísticas, sua caixa de madeira recheada com pequenas aquarelas amadoristicamente ensaiadas era prova cabal do quanto pulsava de arte em seu coração. E sabia que encarar com altivez esse risco permanente o colocava numa posição mais competitiva perante o rival. Não muito agradável, mas indiscutivelmente digno. Que remédio?

A primeira reação de Alice à proposta de posar nua foi radical e veementemente negativa.

– Não dá, Gunnar. Que conversa mais fora de propósito! Acredito quando você diz que o projeto é bacana, que o nível é altíssimo, essas coisas todas que enobrecem o trabalho, mas... olha a situação em que você está me colocando.

– Entendi. Você não se sente confortável.

– Exatamente.

– Mesmo sabendo que Velázquez parece ter te usado como modelo? Ele adivinhou que você viria ao mundo, menina. Olho aquele quadro e só enxergo você.

– Coincidência boba. Não me comove. Deve ter um monte de mulheres com esse tipo físico por aí.

– Sei, sei. Mesmo sabendo que o Rafael está na idade certa, que esse é o projeto da minha vida e que eu não tenho tempo pra buscar infinitamente outra modelo que talvez nem exista?

– Poxa, Gunnar! Você tá apelando. Que coisa feia!

– Tô apelando mesmo. Apelando para o bom senso da única modelo que se encaixa no meu projeto. *La Venus del espejo* não é um quadro qualquer. É o único nu de Velázquez, uma tela que chegou a sofrer um atentado na Inglaterra, tamanho o rebuliço que causou. Tem muita história por trás desse quadro, e você sabe o quanto a história de uma obra é responsável pelo impacto que ela provoca.

– Bom você falar de história. Esse é nosso grande problema. Temos uma história de relacionamento que conspira contra nós. Como você acha que o Hermano se sentiria? Ponha-se no meu lugar, ou no lugar dele se preferir.

– Ah, o Hermano... Pensei que era um cara mais maduro, seguro de si, como você diz.

– É sim. Muito maduro, seguro, sensível, tudo isso que eu digo. Um cara bacana como poucos.

– Então qual é o problema?

– O problema sou eu. Pronto. Eu é que não me sinto bem tirando a roupa pra você fotografar.

– Não é você que eu vou fotografar, é a Vênus, uma personagem, dá pra entender?

– Mas o corpo será meu.

– E quem vai saber disso? Você estará de costas, com o rosto refletido num espelho, mas que, seguindo a obra original, ficará fora de foco. Não vê que maravilha é isso? Velázquez fez questão de não revelar quem foi sua modelo, e esse é outro mistério sobre o quadro. Dizem que se tratava de uma amante, que nenhum historiador até hoje conseguiu identificar. E, de mais a mais, tem o Rafael na foto, assegurando que tudo foi feito sem nenhuma intenção além da mais pura arte.

– Desculpa, Gunnar. Sei o quanto você está apostando nisso. E acho que tem tudo pra fazer um tremendo sucesso, acho mesmo, não tô falando isso pra te consolar não. Reproduzir em fotografia grandes obras da pintura vai dar uma repercussão enorme e te trazer a alavancagem financeira que você persegue há tanto tempo. Sei que vai dar certo, sei o quanto você precisa e merece que dê certo. Só não posso participar da maneira que você está me pedindo, ok?

– Não, Alice, você não sabe.

– Sei, sim, que é duro ser artista no Brasil, que você se preocupa em criar bem o seu filho, dar educação, saúde, um futuro tranquilo, essas coisas todas. Sei e te admiro muito por isso, pode ter certeza.

– Não, Alice, você não sabe quase nada.

Neste ponto da conversa, Gunnar preferiu se sentar, encurvando-se de um jeito entre acabrunhado e abatido que de imediato reduziu-lhe o porte. Convidou Alice a sentar-se ao seu lado, tomou-lhe a mão e disparou o argumento definitivo. Lutava tanto para dominar a emoção, que acabava por potencializá-la e torná-la contagiante. Alice ouviu cada palavra com o respeito que a situação exigia. Nunca havia testemunhado tamanha densidade num depoimento, nem percebido tanta fragilidade na figura marmórea do ex-namorado. Desviou o olhar para conseguir pensar com mais clareza. Inútil. Conteve o choro a duras penas. A situação era realmente dramática. Prometeu guardar segredo. Pediu uma semana de reflexão, durante a qual mastigou e digeriu o assunto à exaustão, sem coragem de compartilhá-lo com Hermano. Passado esse tempo, não tendo como fugir aos olhos suplicantes de Gunnar, capitulou.

Após cinco anos dedicados exclusivamente à pintura e à escultura, buscando auferir recursos financeiros que o mercado lhe negava, Gunnar passou a se interessar também por fotografia. No início, para registrar seus próprios trabalhos, em catálogos que ampliaram as vendas em proporção muito abaixo da expectativa. Mas o resultado fotográfico era bastante animador. Decidiu investir nesse novo talento, adquiriu câmeras, lentes, um razoável aparato de iluminação, aperfeiçoou-se, e passou a buscar com seus cliques os mesmos efeitos de luz, sombra e cor obtidos em seus quadros. Foi durante esse exercício técnico que lhe ocorreu produzir fotos que replicassem pinturas mundialmente consagradas e, como ele fazia questão de frisar, carregadas de história. Era um desafio pessoal e profissional, pra lá de excitante, embora ele se envaidecesse mais econômica do que artisticamente, julgando ter descoberto uma grande estratégia de marketing. Imaginava o quanto a imprensa reverberaria sua obra e o quanto o peso da mídia a tornaria mais atraente para expositores e compradores. Imaginava a que preços chegaria seu achado de mestre, e vislumbrava colecionadores batalhando em leilões para ostentar um legítimo Gunnar em suas paredes.

Tendo analisado cuidadosamente a lista dos pintores que idolatrava, decidiu que o primeiro passo deveria ser dado com o espanhol Diego Velázquez, a quem Édouard Manet definira como "o pintor dos pintores". Gunnar repetia para si essa definição de Manet como um mantra que o impermeabilizava contra qualquer infiltração de dúvidas. Sim, Velázquez era um nome acima de questionamentos. Seu quadro *As meninas* havia influenciado os grandes mitos da arte mundial. Só que era um quadro praticamente impossível de reproduzir, tanto pelo elenco difícil de encontrar, quanto pelo cenário e figurino, que lhe custariam muito mais do que as condições financeiras recomendavam. Já *La Venus del espejo* era outro departamento, não habitava o mesmo pedestal de *As meninas*, mas passava perto. De qualidade louvada aos quatro cantos, e com sua lendária pitada de escândalo, tinha potencial até superior ao da obra referência de Velázquez. O caso da modelo misteriosa, suposta amante do pintor, e o ataque executado em 1914, na Inglaterra, pela enfurecida Mary Richardson, que desferiu sete golpes de machadinha sobre a tela indefesa, tudo isso lhe conferia uma aura de irresistível curiosidade.

Somadas essas qualidades ao aspecto economicamente viável de lidar com apenas dois modelos, sendo um despido e outro com indumentária fácil de replicar, o que mais poderia ele desejar? Alguns ajustes de pós-produção seriam naturalmente exigidos, nada que lhe adicionasse alguma preocupação. Gunnar tornara-se um expert em retoques e efeitos de computação, para atingir o ideal do Expressionismo faltava-lhe apenas a proeza de fotografar a emoção em sua mais pura essência. Foi com essa tal essência da emoção que ele dobrou a resistência da modelo, cujo corpo, anos antes tateado e explorado em detalhes, parecia ter sido esculpido de encomenda para seu acalentado projeto.

FERVOR

"Estavam os apóstolos reunidos, como nós aqui, em assembleia, e o que foi que aconteceu? Um ruído estranho veio do céu. Tudo fechado, como está agora nosso templo, talvez só a porta aberta, como a nossa também está, e aquele barulhão tomou conta de tudo. Parecia um vento forte, mas não ventava nadinha, nadinha. O que seria aquilo?"

"O Espírito de Deus", respondeu alguém.

"Aleluia, irmão! Era o Espírito de Deus, sim, que estava se manifestando aos apóstolos. Tinha barulho de vento, mas não era vento não. Era algo muito mais impressionante, meus irmãos. Era fogo, línguas de fogo voadoras, que se repartiram e repousaram sobre cada um dos que oravam no templo, como nós oramos agora."

"Aleluia", "Aleluia", "Aleluia"... Vários aleluias espocaram em pontos diferentes.

"Eram línguas de fogo, irmãos. E graças àquele fogo, todos ficaram cheios do Espírito Santo e começaram a falar em outras línguas, sem que nenhum professor os ensinasse, línguas que eles jamais imaginavam que pudessem falar, que vieram como presente do céu, em forma de fogo."

"Aleluia", "Aleluia", "Aleluia"... Maior o número de aleluias dessa vez. O grupo se inflamava, quase em transe com a eloquência do pastor, causando forte impressão no policial que pela primeira vez frequentava um ambiente tão carregado de excitação mística. Comparou aquele clima com as reminiscências de seus tempos de catecismo, diferença abismal. Aquilo extrapolava a fé, beirando a fanatização existente em arquibancadas de futebol e concertos de *heavy metal*.

A chegada ao templo da Chama Divina foi marcada pelo vigor da pregação e da cantoria que espicaçou a dor de cabeça que Hermano trazia da rua, também pelos olhares desconfiados dos fiéis que imediatamente o identificaram como elemento estranho ao cenário. Sentou-se no lugar mais discreto que encontrou, no banco mais ao fundo que havia, e fingiu rezar em silêncio enquanto a assembleia exultava em aleluias.

O templo funcionava no espaço antes ocupado por um restaurante self-service, tinha instalações rudimentares onde se destacavam desconfortáveis cadeiras de plástico com pés metálicos e caixas de som que faziam palavras e músicas ecoarem de maneira disforme, em nada colaborando para a redução da enxaqueca enraizada no crânio do representante da lei.

Do alto de um modesto púlpito, um homem moreno, de cinquenta e poucos anos, bigode fino fora de época, trajando terno e gravata de gosto duvidoso, exortava dezenas de pessoas visivelmente sofridas a colocar nas mãos de Deus seus problemas, suas expectativas e seu dinheiro. À sua esquerda, nivelados com o piso, guitarra, baixo e bateria acompanhavam um coro de cinco vozes que se esgoelavam num atentado ao gospel.

Terminada a celebração, o deslocamento de Hermano em contrafluxo deixou-o em irremissível evidência. Quem seria o sujeito que silenciava quando todos clamavam aos céus e se aprofundava no templo quando todos se dirigiam à saída?

– Pastor Ismael? – interpelou Hermano.

– Sim – respondeu solícito o celebrante.

– Hermano Soares, delegado da Divisão de Homicídios. Poderia dar uma palavrinha com o senhor?

– Pois não. Deixe-me só despedir de alguns fiéis, está bem? Depois falamos lá dentro.

O pastor apontou para uma espécie de sacristia com acesso por uma porta lateral. Dois homens que ouviram a conversa trocaram olhares preocupados. Hermano percebeu, passando a lhes dedicar especial atenção nas varreduras visuais que fazia em todos os ambientes que investigava.

Terminadas as últimas despedidas, desplugados os instrumentos e desligados os amplificadores, tudo guardado onde devia estar, e não tendo mais os dois preocupados fiéis como justificar sua permanência no templo, finalmente saíram, deixando a porta do templo entreaberta enquanto se postavam como sentinelas do lado de fora. Ismael e Hermano desapareceram pela portinha lateral, adentrando num pequeno escritório onde se destacavam as sacolas recheadas de oferendas colhidas junto à assembleia. Estavam dispostas no chão, diante de um cofre de médio porte chumbado na parede atrás da mesa de trabalho do pastor, onde só havia um bloco de rascunho, uma espécie de livro-caixa, um porta-canetas, uma Bíblia, um calendário, uma garrafa térmica, uma jarra com água e alguns copos plásticos empilhados.

– Muito bem, senhor...

– Hermano.

– Isso. Desculpe minha falta de memória, senhor Hermano. Neste templo tratamos uns aos outros como irmãos, o que facilitará a lembrança do seu nome daqui por diante. Hermano, irmão em espanhol, *los hermanos* – sorriu –, fique certo de que não vou mais esquecer. Aceita uma água, um café?

– Obrigado, pastor. Vou aceitar um copinho d'água – bebeu a água com visível sofreguidão, aproveitando para tomar o analgésico que trazia no bolso.

– Mas em que posso servi-lo? Vejo que acabou de tomar um remédio. Está se sentindo bem?

– Só uma dorzinha de cabeça, nada sério – o celular vibrou no bolso de Hermano e, ignorado, continuou vibrando até cansar de fazê-lo.

– Assim seja, aleluia! A doença existe pra nos fragilizar e, ainda que os remédios falhem, a fé sempre opera maravilhas. O senhor crê nisso, senhor Hermano?

– Creio sim, pastor.

– Bom, muito bom. E então, o que o traz aqui?

– É que... – Hermano por pouco não desistiu do que havia planejado – ... eu estou interessado em praticar alguma religião e pensei... – novamente o celular estremecendo em seu bolso.

– O senhor está tentando me dizer que é ateu, delegado?

– Não senhor, de jeito nenhum. Acredito em Deus desde pequenininho, fui batizado na Igreja Católica, só não pratico de verdade nenhuma religião, e, sabe como é, chega uma hora em que começa a fazer falta, o senhor me entende?

– Entendo perfeitamente. É, como eu costumo dizer, um sentimento de orfandade divina. Quando nos afastamos de Deus, em algum momento acabamos nos sentindo perdidos, vulneráveis, conscientes de nossa insignificância perante o universo.

– Acho que é mais ou menos isso.

– E por que o senhor veio exatamente a este templo? Há tantos outros de tantas religiões por aí. Por que não foi a uma igreja católica, por exemplo, já que foi batizado nela?

– É que eu ia passando e achei o nome muito interessante: Chama Divina. Atraiu a minha atenção. Nunca tinha ouvido falar.

– Curiosidade, ahn? Realmente, somos poucos ainda. Mas é exatamente isso que nos torna mais fortes. Já ouviu o trecho da escritura que diz "poucos são os escolhidos"?

– É uma frase famosa.

– Pois é. Quem sabe o senhor Hermano não será nosso mais novo irmão?

– Quem sabe, né? O que é que eu preciso fazer pra participar aqui de sua igreja?

– Primeiro, o senhor precisa me dizer a verdade.

A expressão de Ismael revestiu-se de uma repentina gravidade. Hermano desconcertou-se, sentindo-se pego desprevenido na condição de inquirido. Nunca havia sofrido tal inversão de papéis.

– Como assim, dizer a verdade? – tentou recuperar seu papel original de inquiridor.

– Delegado Hermano, da Divisão de Homicídios, não é isso?

– Exatamente.

– Ninguém entra num templo e se aproxima de um guia religioso para resolver assuntos de fé, anunciando nome, profissão e cargo, como o senhor fez há pouco. Talvez nem perceba mais o quanto sua apresentação soa intimidadora, inadequada em ambientes públicos, inoportuna quando entremesclada com a atmosfera religiosa.

Hermano cometera uma falha imperdoável. Sua decisão de se fazer passar por um pretendente a fiel fora posterior à abordagem inicial. Inspirado pela tranquilidade com que o pastor o recebeu e pela doçura que transmitia no trato com os frequentadores do templo, julgou que a estratégia de aparentar uma busca espiritual poderia trazer revelações mais interessantes do que a tradicional entrada direto ao ponto. Erro primário. Sabia que planejar antes era fundamental, e que mudanças bruscas de rota costumavam provocar derrapagens. Talvez a dor de cabeça, a cantoria, algo na energia geral do templo o tenham feito tropeçar de forma tão bisonha. Hora de se reposicionar, apesar do maldito celular que retornava em sua teimosia vibratória.

– Muito bem observado, pastor. O senhor mostra ser um bom intérprete do comportamento humano.

– É condição indispensável ao ofício, meu filho.

Ser tratado como filho colocava Hermano em condição de inferioridade, coisa que o irritava profundamente.

– De que ofício exatamente o senhor está falando? – fustigou Hermano, movido mais pela irritação do que pela estratégia. Sua maneira de articular a palavra "ofício" não deixava margens a interpretações inocentes.

– Feio, delegado. Muito feio ser agressivo desse jeito – ponderou o pastor, sem perder a serenidade.

– A que feiura o senhor se refere? Não compreendo – Hermano simulou uma ingenuidade pouco convincente.

– Ora, delegado, o senhor é um profissional. Não viria até aqui sem verificar meus antecedentes e saber do meu passado como traficante, não é mesmo?

Hermano se surpreendeu com a naturalidade da menção de Ismael aos seus antecedentes criminais. Desconcertou-se com a perda de um trunfo que julgava ser poderoso no desenrolar da conversa.

– Não me referia a isso. Apenas queria que o senhor especificasse melhor o que julga ser seu ofício de pastor. Mas, já que tocou no assunto...

– Boa manobra, delegado – ironizou Ismael. – Gosto de conversar com gente assim, que pensa rápido. Inteligência é uma qualidade que sempre admirei.

Ser elogiado daquela forma reforçava a atitude paternalista manifestada pouco antes quando o pastor se dirigiu a Hermano como "meu filho". Mais um grau se adicionava à sua escala de irritação, agora amplificada pelo retorno do insistente celular.

– Agradeço e retribuo o elogio, pastor. Que tal começarmos por sua atual profissão? – Hermano manteve a fleuma, dando mais peso à palavra "profissão", com intuito sutilmente depreciativo.

– Disse-o bem, delegado: profissão. É exatamente assim que enxergo minha atividade atual. Mudei de ramo, das drogas ilegais para o que já foi classificado como ópio do povo, certo? – Hermano aquiesceu com um leve sorriso. – E me sinto muito feliz com isso – continuou Ismael esbanjando autoconfiança. – Essa gente que frequenta nosso templo sai daqui saciada em sua sede de espiritualidade.

– Espiritualidade... – desdenhou Hermano.

– Vejo que o delegado no fundo do seu ser é um homem incrédulo.

– Nem sempre, pastor. Apenas quando vejo religião misturada com negócios.

– Seria desrespeitoso com sua inteligência negar que isto aqui é um negócio, e dos bons – apontou para as sacolas à sua retaguarda. – Bom para todos os envolvidos, a começar pelos fiéis.

– Quanto o senhor recolhe de dízimo dessa gente? – atalhou Hermano, no primeiro sinal evidente de sua impaciência.

– O suficiente e justo, delegado. Acalme-se, por favor. Não é educado interromper a exposição de um interlocutor dessa maneira.

Novamente o tom paternalista.

– Como ia dizendo – retomou Ismael –, o bom negócio é aquele que é bom pra todo mundo, concorda? – Hermano tentou fingir simpatia, mas seu sorriso saiu com jeito de tique nervoso. – Pois é isso que fazemos aqui: um bom negócio para todos. Eu vendo paz de espírito, delegado. Paz, ouviu bem? Muito diferente do que vendia nos meus tempos de tráfico. E ainda temos uma obra social que reforça a educação de adolescentes em áreas de risco, dá apoio a esses jovens evitando que caiam no desvio e sejam atraídos pelo crime. Prevenção pura e benfeita por quem conhece de perto as raízes do problema, preenchendo lacunas do poder público, esse poder que o senhor representa e que falha com tanta frequência. Agora sou um homem de paz. Quanto vale isso? É inestimável, delegado. Paz não tem preço. O que recebo em dízimos e oferendas em geral é uma remuneração apenas razoável diante do enorme valor do meu atual produto.

– Muito bem-articulado, pastor. Parabéns! Sua capacidade oratória é impressionante.

– Sem ela, eu nada teria feito, delegado. Um líder religioso tem que ser, no mínimo, um bom orador.

– Sei, sei... O senhor deve ter passado por algum treinamento especial. Quando era chefe do tráfico imagino que não precisava falar tão convincentemente.

– Realmente não, delegado. Meus argumentos naquela época tinham canos e cuspiam balas. Fui treinado sim, numa outra igreja bem maior e mais estruturada do que essa, já com filiais no exterior, uma autêntica multinacional. Aprendi os segredos do ofício, vi que tinha jeito para o negócio e parti para o voo solo. Sou um empreendedor nato.

– Percebo, está claríssimo.

– Que bom que chegamos a um entendimento, delegado. Vejo em seus olhos que está mais sereno agora, o que me dá grande alegria. Todos que passam por este templo levam consigo uma cota de serenidade. Se me dá licença agora...

– Perdoe-me, mas ainda não falamos sobre o principal motivo de minha vinda.

– Ah, sim? – pigarreou. – Peço que seja breve. Tenho um compromisso em poucos minutos.

– Não creio que seja tão demorado. É sobre o deputado Marcílio Tavares – percebeu um véu de intranquilidade no rosto de Ismael tão logo pronunciou o nome do deputado e, retomada a vibração do insistente celular, fez-se imediata correlação entre o aparelhinho e os tremores que deviam estar percorrendo seu interlocutor naquele instante.

– Pobre homem – comentou o pastor franzindo o cenho. – Venho acompanhando o noticiário a respeito, que crime bárbaro! Mas o que o faz imaginar que eu possa ajudá-lo nesse assunto?

– O fogo... a chama...

– Como assim?

– A forma como o deputado foi morto, o nome de sua igreja, o sermão que acabou de fazer e sua vivência com fornos de micro-ondas na profissão anterior. Acho que é o suficiente – pela primeira vez Hermano sentia estar transtornando o interrogado. O pastor voltou a pigarrear, abriu a gaveta para mexer em alguma coisa da qual pareceu desistir, voltou a fechar a gaveta.

– "O primeiro anjo tocou. Saraiva e fogo, misturados com sangue, foram lançados à terra; e queimou-se uma terça parte da terra, uma terça parte das árvores e toda erva verde."

Ismael, como que reassumindo o púlpito, começou a recitar trechos do livro do Apocalipse que conhecia de cor. Diante do olhar atônito do delegado, continuou com redobrada empolgação.

– "O quarto derramou sua taça sobre o sol, e foi-lhe dado queimar os homens com fogo. E os homens foram queimados por grande calor e amaldiçoaram o nome de Deus, que pode desencadear esses flagelos; e não quiseram arrepender-se e dar-lhe glória."

– Desculpe, pastor, mas... – Hermano tentou interromper a performance, conseguindo apenas intensificar o tom em que era feita.

– "Cada um foi julgado segundo as suas obras. A morte e a morada subterrânea foram lançadas no tanque de fogo. A segunda morte é esta: o tanque de fogo. Todo o que não foi encontrado inscrito no livro da vida foi lançado ao fogo."

Em nova tentativa de interromper o transe, Hermano o interpelou com um quase grito despertador.

– Pastor! Pastor! – a voz enérgica teve o efeito de suavizá-lo apenas, não de detê-lo.

– "Os tíbios, os infiéis, os depravados, os homicidas, os impuros, os maléficos, os idólatras e todos os mentirosos terão como quinhão o tanque ardente de fogo e enxofre, a segunda morte."

Dito isso, Ismael silenciou, passou algum tempo encarando Hermano com um sorriso enigmático.

– Desculpe, não estou entendendo aonde o senhor quer chegar – a frase de Hermano aparentemente reacendeu o ímpeto do pregador.

– Que fique bem claro, delegado, nunca ficou provada a minha participação na execução de quem quer que seja naquelas fogueiras a que o senhor se referiu como forno de micro-ondas. Um líder como eu não suja as mãos com brutalidades desse tipo. Sou um homem de fé e de paz, confio na providência, na justiça e na ira divina.

Alguém bateu na porta.

– Pastor! – chamou um dos homens que o aguardavam na saída do templo. – Tudo bem por aí?

– Tudo bem, Casemiro – respondeu Ismael.

– É que já está na hora da gente ir – completou a voz do outro lado da porta.

– Eu sei, não se preocupe. Meu visitante já está de saída. Estamos nos despedindo. Me espera lá fora que eu já vou – despachou o assessor, voltando-se imediatamente para despachar Hermano. – Como vê, delegado, nosso tempo acabou.

– Que pena, logo agora que a conversa estava esquentando...

Uma veia salientou-se na têmpora do pastor, mais um sinal de que ele sentia os golpes. Em vez de recuar, porém, mostrou-se indignado.

– Delegado Hermano, o senhor foi recebido em meu gabinete com toda a cortesia, tomando meu tempo com questões extremamente desagradáveis para mim. Considero muito ofensiva a menção aos métodos com que alguns ex-companheiros executavam nossos inimigos nos tempos em que estive envolvido com a criminalidade. Micro-ondas pra mim é apenas um equipamento de cozinha usado para aquecer alimentos. Já paguei minha dívida com a sociedade em longos e amargos anos de penitenciária. Mudei de vida. Aceitei Jesus. E agradeço aos céus pela graça de ter me tornado outra pessoa. A Chama Divina, delegado, existe para nos purificar de nossos pecados, ou para punir nossa maldade, a critério do Altíssimo e através de seus anjos, como ensina muito claramente o livro do Apocalipse. Desejo-lhe uma boa noite!

Levantou-se. Estendeu a mão energicamente. Cumprimentaram-se com a frieza de negociadores fracassados em suas pretensões negociais. Saíram juntos.

– Casemiro – disse o pastor ao homem que o esperava na porta –, acompanhe meu visitante até a saída, enquanto eu guardo esse dinheiro no cofre, por favor.

O policial seguiu Casemiro com passos lentos.

– Adeus, delegado!

Hermano acenou um adeus mudo. Parecia não haver mais clima para perguntas, mas ele tentava ganhar tempo. Após se afastarem um pouco do gabinete do pastor, indagou sobre o melhor caminho para chegar à rua Assis Brasil. Dirigiu-se tanto a Casemiro quanto ao outro segurança, muito mais musculoso e mal-encarado, que acabou descobrindo chamar-se Alcebíades. Nenhum deles dava sinais de simpatia, mas ambos tentaram atendê-lo para se livrarem o mais rápido possível da incômoda visita. Fazendo-se de desorientado, solicitando e recapitulando referências como se não conhecesse nada da região, Hermano conseguiu ganhar tempo suficiente para que o pastor aflorasse à porta.

– Ainda por aqui? – surpreendeu-se Ismael.

– Estava me orientando com seus auxiliares para não me enrolar nesse trânsito de Copacabana.

– Ah, sim. Tudo certo então? – o pastor falou ao mesmo tempo para o delegado e seus seguranças, misturando numa só frase seu falso interesse pela orientação geográfica do visitante, a determinação de que estava encerrado o assunto e uma ordem de partida para seus subordinados. O tom interrogativo destinava-se a atenuar o que na verdade era imperativo.

– Tudo certo, obrigado. Até a próxima! – Hermano se despediu canhestramente, evidenciando ainda não estar pronto para zarpar.

Adiantou-se um pouco, voltando-se para fechar o encontro com a observação que guardara até aquele momento como a última garfada de uma refeição especial:

– Sinto muito pela morte do deputado Marcílio, pastor, logo ele que participava tão ativamente da sua obra social. Espero que não lhe cause grande prejuízo.

– Não causará, delegado, não causará – devolveu Ismael com a tal veia na têmpora aos pulos.

O fortão, Alcebíades, acompanhou os passos de Hermano com olhar desconfiado até o momento em que ele dobrou a esquina.

Nos poucos passos que o separavam do local onde havia estacionado seu carro, aproveitou para retornar a insistente chamada que fez seu celular vibrar tantas vezes durante a conversa com o pastor. Era Jaqueline, preocupada com o clima na delegacia: "Vem pra cá rapidinho, porque o ambiente tá esquisito. Percival se enrolou com a história dos caça-níqueis, alguém na imprensa conseguiu gravações bem comprometedoras, fedeu. Belchior tá puto. Deu um esporro geral, dizendo que as únicas provas que aparecem nessa delegacia são produzidas por jornalistas, que a investigação sobre o crime do deputado não anda e um monte de blá-blá-blá sinistro. Tá sobrando pra nós, chefe. Tamos entrando de gaiatos por conta da lambança do coleguinha".

Hermano abandonou seus planos de voltar direto para casa. Estava muito cansado, a cabeça insistia em doer, mas não havia alternativa. Enquanto dirigia, relembrava os detalhes da situação vivida no templo. O que levaria o pastor Ismael a manter dois cães de guarda, com dispositivo de acionamento remoto e sabe-se lá que outros recursos tecnológicos à disposição? A chegada de Casemiro logo após a mexida na gaveta não parecia ter sido mera coincidência. Havia ali algum segredo e não era só o do cofre no qual se acumulava a generosidade dos fiéis. Nas caixas de som, Gilberto Gil cantava solidário:

A raça humana é
uma semana
do trabalho de Deus

Na delegacia, o delegado-chefe ainda fumegava numa reunião tensa com o pálido Percival. Os outros dois delegados, Fábio e Aristarco, observavam o movimento fingindo estar concentrados nas telas de seus computadores. Ambos olharam de soslaio para Hermano quando ele chegou, Aristarco por um pouco mais de tempo, talvez buscando saborear em detalhes a crise que se instalava, a seu ver, por falta de vivência dessa garotada. Nos olhos de Jaqueline, a preocupação transparecia num esbugalhamento incomum. "Que ar carregado aqui dentro", Hermano murmurou para si. Sentiu uma pontada mais forte na cabeça, lembrando-lhe que a dor que trazia consigo estava pronta para piorar.

Ao avistar a figura que faltava no seu tabuleiro, Belchior liberou Percival imediatamente, chamando Maninho à sua sala com indisfarçada severidade. A atmosfera ficou densa. Todos passaram a olhá-lo com o misto de pena e curiosidade que acompanha os que sobem ao cadafalso. Contrariando as expectativas, Hermano entrou na sala do chefe com passos firmes, olhar quase altivo, inequivocamente decidido. Jaqueline e Fábio torciam a favor, Percival e Aristarco, provavelmente contra. Conversaram durante meia hora, sem gesticulações exageradas nem grandes aumentos no tom de voz, sobriedade incompatível com o comportamento precedente de Belchior. Finalizada a conversa, a tempestade anunciada revelou-se um blefe, dissipando-se como num passe de mágica. Bastou a informação de que havia um suspeito na alça de mira para que Belchior antevisse o desfecho que a imprensa e os políticos estavam cobrando, sossegasse o espírito e parasse de espumar como um cão descontrolado. Hermano retirou-se de forma antipática, sem trocar palavras com seus colegas. Encenando um desfile vitorioso, lançou no ar um corriqueiro "até amanhã", não vendo a hora de chegar em casa. Com a cabeça ainda latejando, apertou o passo enquanto ruminava a culpa de ter precipitadamente apresentado um suspeito para aplacar a fúria do chefe, que poderia falar além da conta, como já fizera em outras ocasiões, causando danos irreparáveis à investigação e a todos nela envolvidos. Jaqueline, com uma interrogação entalada na garganta, apressou-se em arrumar suas coisas sem conseguir esconder o coquetel de frustração e curiosidade que a dominava naquele momento, mas resistindo bravamente à tentação de rechamar o último número contatado por seu celular.

FAÍSCAS

Certo dia veio a luz, entrou numa cidade
A cidade é cega, cega é a humanidade
Que até agora não a descobriu

-- Hermano --

Alice dormia. Muito raro que isso acontecesse, tão raro quanto raras eram as vezes em que o expediente na delegacia se alongava tanto, salvo nos plantões, o que não era o caso daquela noite. Hermano achou melhor assim. Precisava de silêncio para acalmar a agitação interior, precisava dar um revestimento lírico à experiência do seu dia, concentrar-se na continuação do poema que havia iniciado numa sexta-feira santa, nem se lembrava mais há quanto tempo, mantendo aceso o apelido com que os colegas o identificavam. Era um poema sobre Jesus Cristo, tema reavivado pela visita ao templo e pela conversa com o pastor. A dor de cabeça já fazia parte do passado, aleluia!, doía-lhe somente a consciência, *miserere nobis!* Em situações assim, escrever era sua terapia predileta.

Surdos ouvem, mudos falam
Mas ninguém se entende

Todo mundo grita
Grita de agonia
Vendo a hipocrisia desses fariseus

Para Alice, a demora de Hermano também foi providencial. Estava exausta e preferia mil vezes dormir a ter que conversar, especialmente por não saber como tocar no assunto que dominou seu dia. Na verdade, havia decidido não tocar no assunto, antevendo a reação do seu homem. Um personagem sensível, romântico, cabeça até certo ponto aberta, mas indiscutivelmente machista. Ligou o ar-condicionado no máximo, deixando-se ninar pelo reconfortante zumbido.

Ele é louco, ou profeta?
Santo ou poeta?
Sai com pecadores
Esses malfeitores
Dizem por aí
Que ele é o próprio Deus

Sabia que a sessão de fotos com Gunnar seria difícil, mas não imaginava o quanto. Ao chegar deixou-se tomar por um sopro de entusiasmo diante do pequeno cenário cuidadosamente montado, do posicionamento dos refletores em maior número do que julgava necessário, de todo o aparato de produção. Mas bastou detectar a reprodução do quadro que tentariam transformar em fotografia para que um incômodo friozinho se instalasse em sua barriga. Estava impressa sobre a bancada próxima ao tripé que sustentava a câmera, em tamanho equivalente ao de uma revista aberta. Dali a algumas horas, a figura nua pintada na obra original seria substituída por seu corpo.

Gunnar pediu-lhe que seguisse para o camarim improvisado com três biombos, que cercavam a parede onde uma mesinha com luminária e espelho expunha os cremes, pós, esponjas e pincéis que seriam utilizados em sua maquiagem. Havia duas cadeiras, uma para Alice, outra para a maquiadora, que também faria as vezes de cabeleireira, e um cabideiro onde jazia um roupão branco. A visão daquela peça de vestuário provocou nela um súbito calafrio. Por favor, tire toda a sua roupa e pendure ali no cabide, relógio, anéis, pulseira, tudo o mais, aqui nesta caixinha, instruiu a maquiadora, quando estiver pronta, sem nada no corpo a não ser aquele roupão macio e cheiroso, é só me chamar, vou estar do outro lado do biombo aguardando sua convocação, concluiu sorridente enquanto se retirava. Sozinha naquela frágil casca de proteção à sua intimidade, Alice alternou momentos de arrependimento, insegurança e lascívia, nessa ordem de incidência: muito mais de arrependimento, muito menos de lascívia, esta, em suas raras oportunidades de atuação, sempre realimentando o arrependimento com camadas crescentes em tamanho e intensidade. Foi a fricção de sentimentos em carrossel, provavelmente, a causadora da onda de calor que se apoderou do seu corpo, um calor que aumentava à medida que Alice se despia. Demorou-se tanto no ritual de desnudamento que a maquiadora chegou a perguntar lá de fora se havia algum problema. Tudo bem, respondeu sem muita convicção. Cinco minutos depois, Alice convidou-a para entrar.

Ajustado o cabelo às exigências da personagem, também o rosto, apesar deste só aparecer desfocado no espelho que seria empunhado pelo anjinho Rafael (Alice ficou impressionada com a semelhança entre sua figura e a da mulher pintada por Velázquez), o roupão voltou ao cabide para que o corpo da nova Vênus fosse devidamente empoado e as pequenas imperfeições, como uma espinha na nádega direita que deu bastante trabalho, marcas de pressão dos elásticos da lingerie e diferenças de cor pela exposição heterogênea do corpo ao sol fossem ocultadas com doses balanceadas de creme e pó. Deitada durante meia hora e de pé durante os dez minutos finais em que a maquiadora esbanjou seus truques, Alice, fisicamente pronta e emocionalmente nem tanto para fotografar, fez menção de sentar-se. Não!, disse a maquiadora, seu bumbum está perfeito para o clique. Estendeu então a mão para pegar o roupão. Não!, interveio de novo a maquiadora, vamos para o cenário do jeito que você está, sem nenhum pano que estrague esse corpo lindo, calce apenas as pantufas e direto pro cenário. Após anunciar a Gunnar que estavam prontas, saíram as duas de trás dos biombos, a maquiadora na frente, como uma pajem, alvoroçada, seguida por uma trêmula Alice, que, arrastando o peso de seus pudores, nem pôde desfrutar a majestade daquele momento. De olhos baixos a maior parte do tempo, ela só encarou Gunnar já bem próxima do leito onde se deitaria para fotografar, por tempo suficiente para ouvi-lo dizer: você parece uma deusa. Dito isso, Gunnar apertou o play do equipamento de som que encheu o ambiente com as *Quatro estações* de Vivaldi. Estava criado o ambiente para a entrada de Rafael. Preparado em seu quarto por outra maquiadora, ele chegou envergonhado, também despido, apenas com as duas asas de anjo e a faixa de couro em diagonal no peito que caracterizavam seu personagem. Postos frente a frente naquela situação ímpar, os dois modelos estamparam risos amarelados em seus rostos enrubescidos. Muito bem, vocês estão maravilhosos, relaxem, isso aqui é arte, pura arte, portanto tomem suas posições, por favor, sem pensar que estão nus, a nudez agora é o que menos importa. Alice, recostada sobre o seu lado direito, de costas para a câmera! Rafael, em cima do leito, de frente pra Alice, segurando esse espelho assim como eu estou mostrando, vamos lá, Rafael, isso, de modo a refletir somente o rosto de Alice, não, não, olha pra mim, Rafael, um pouco mais pra esquerda, abaixa um pouco o espelho... assim, comandava Gunnar com a autoridade e o entusiasmo de quem estava prestes a realizar um sonho.

Duas horas de cliques depois, interrompidas por incessantes retoques de maquiagem e ajustes de luz, houve um intervalo. Envoltos em seus roupões, Alice e Rafael comeram sanduíches e tomaram suco junto com Gunnar e as maquiadoras. Descansaram um pouco, foram ao banheiro, retocaram a maquiagem, agora com bastante razão para fazê-lo, e retomaram suas posições para mais duas horas e meia de cliques. Foi um longo dia. Terminada a sessão fotográfica, todos aplaudiram, se abraçaram e se beijaram, mal percebendo a ausência de vestes em dois dos cinco membros da equipe. Só quando Gunnar se aproximou de Alice, tornou-se óbvia a inadequação de seus não trajes àquele momento de euforia. Estancaram o abraço a tempo de que fosse trazido o roupão branco, macio e cheiroso, que se interpôs aos corpos, alguns anos antes habituados a intimidades sem barreiras. Obrigado, disse Gunnar com a boca colada ao ouvido de Alice, num tom que a fez voltar no tempo e mais uma vez sentir que um arrepio lhe percorria o corpo. Rafael foi devolvido aos videogames do seu quarto, as maquiadoras foram pagas e dispensadas. Alice, a convite do fotógrafo, ficou mais um pouco compartilhando com ele a garrafa de champanhe colocada no gelo especialmente para a ocasião. Depois do brinde, um presente do artista à modelo, uma pequena escultura de sua autoria, materializando a gratidão que lhe saltava pelos poros.

Quando Alice despertou, Hermano já se preparava para os exercícios matinais. Dormiu bem, hein!, ele disse. Bom dia, ela respondeu em meio a um bocejo. Trocaram sorrisos cúmplices e uma bitoca, ele partindo para acordar os músculos, ela encolhendo-se na cama para mais uns minutinhos de soneca. Na volta suada, todo o tempo disponível de Hermano não comportava mais que a ducha, o suco de laranja de caixinha entornado tão às pressas que quase lhe manchou a camisa, e um pedacinho de pão mal-amanteigado que, entre mordidas e passos, foi deixando um esparso rastro de migalhas desde a mesa até a portaria do prédio. Alice ainda se espreguiçava quando ouviu o bater da porta.

– O mundo pirou, cara! Qualquer maluquice agora é possível – dizia Fábio Bienvenuti quando Hermano adentrou na delegacia. Copinhos de café em punho, conversavam com ele Aristarco e Jaqueline. Todos se voltaram para responder ao animado "bom dia" do recém-chegado. Bem contrastante com a saída da véspera, comentaram em sincronia muda de pensamentos.

– De que maluquice vocês estão falando? Loucura é minha especialidade – brincou o Poeta, forçando descontração. No fundo também se sentia desconfortável com a atitude adotada na noite anterior.

– São muitas e variadíssimas, Maninho – antecipou-se Aristarco. – A que estávamos comentando quando você entrou é a dos direitos autorais dos criminosos sobre suas histórias. Não sei se você está a par dessas...

– Altos papos – cortou Hermano enquanto bombeava café para seu copo, pressionando o topo da garrafa térmica.

– Começou quando a gente relembrava o caso do alemão que botou um anúncio na internet procurando quem estava a fim de ser morto e comido – continuou Aristarco. – Já ouviu falar? O Canibal de Rotenburg.

– Parece nome de filme – sussurrou Jaqueline, arregalando os olhos de menina levada.

– Armin Meiwes, um técnico de informática, matou e devorou Bernd-Jurgen Brandes, um engenheiro de software, que aceitou a proposta. Tudo combinado e devidamente gravado para a posteridade – carimbou Fábio.

– Argh! – Jaqueline fez questão de mostrar sua repugnância.

– Lembro-me muito bem desse caso. Várias outras pessoas responderam ao anúncio, e o canibal teve o direito de escolher quem iria ser sua refeição. Só não lembraria os nomes, que o Fábio parece ter sempre na ponta da língua. Que memória, rapaz! – complementou Hermano, perante os olhares satisfeitos de quase todo o grupo, à exceção do impassível Aristarco, constatando sua imediata aderência ao tema da conversa. Aos poucos se dissipava a nuvem, mas ainda restava considerável névoa sobre as intenções do Poeta, qual seria o seu jogo e de que lado ele realmente estava.

– Tem mais gente querendo ser comida por aí do que imagina nossa vã filosofia – brincou Fábio. Jaqueline olhou para o chão, considerando a possibilidade de ter sido ela o alvo daquele comentário.

– Especialmente lá praquelas bandas da Europa – sentenciou Aristarco, sem disfarçar sua natureza moralista.

– Gente querendo ser comida tem em todo lugar – insistiu Fábio, enfatizando a malícia do seu comentário para que não escapasse nem ao mais obtuso dos mortais. Acreditou que era engraçado, acabou rindo sozinho.

– Tem um austríaco que até virou celebridade, já ouviu falar, Maninho? Um tal de Underberg ou coisa assim – Jaqueline redirecionou a conversa, salvando Fábio do constrangimento de ficar por mais tempo isolado no silêncio pós-piada sem graça.

– Jack Unterweger é o nome artístico da figura, Johann é o nome verdadeiro, *serial killer* com pelo menos nove assassinatos nas costas, escreveu um livro chamado *Purgatório*, que foi sucesso de vendas, fez palestras, deu entrevistas na TV, ganhou um dinheirão com isso – complementou Fábio para não deixar dúvidas sobre quem era o mais informado do grupo.

– Ouvi falar dessa história. Não foi sobre ele que fizeram uma peça de teatro? – recordou Hermano, mexendo seu café com um bastãozinho plástico, com o que evitou registrar de novo a admiração pelo amplo conhecimento do delegado caçula.

– Isso, uma peça com aquele ator norte-americano que passou até aqui no Brasil, o... – Jaqueline não escondia sua felicidade quando tinha a chance de mostrar alguma cultura.

– John Malkovich – arrematou Hermano, seguido pelo "Isso, John Malkovich" sorridente de Jackie.

– Se não me engano, chamava-se *The infernal comedy* – tornou Fábio a demonstrar suas qualidades enciclopédicas.

– Inferno, purgatório... esse cara era perseguido por temas religiosos. E o Fábio disse há pouco que ele também era poeta. Vê lá o que você vai arrumar com essa tua mania de poesia, hein, Maninho! – advertiu Aristarco, provocando uma risada geral.

– Se for pra faturar o que o austríaco faturou, até que vale a pena – emendou Jaqueline, esticando a risadaria. A descontração ganhava alguns palmos de terreno.

– Vale a pena o quê? Quem faturou? – intrometeu-se Percival que acabara de chegar, carregando no semblante e na voz todo o mau humor causado pelo escândalo em que estava envolvido e pelos péssimos momentos vividos no dia anterior.

– Pegou o bonde andando, amigo – disse Aristarco o mais serenamente possível, tentando assumir a liderança que a idade lhe concedia.

– Amigo, amigo, bonde andando, tô sabendo... – ironizou Percival, desconfiado e maltratado pela noite maldormida, assombrada por caça-níqueis e denúncias.

– É de um *serial killer* austríaco que estamos falando, Percival. Qual é, meu irmão? Relaxa! – acudiu Hermano.

– Qual é pergunto eu, e meu irmão é o caralho!

– Xiiiiii! – apitou Jaqueline.

– Tava eu lá ontem no gabinete do Belchior tomando uma dura danada, aí chega o Poeta gostosão, para tudo, o chefe interrompe o esporro que tava me dando para conversar contigo, de repente tudo se acalma e tu sai de lá todo empinadinho. Qual é pergunto eu, Maninho! – bufou Percival, mais transtornado do que jamais o tinham visto.

– Olha aqui, rapaz, você faz suas merdas e depois... – Hermano respirou fundo, expelindo com o ar as palavras que percebia não serem as mais adequadas ao momento.

– Depois o quê, Poeta? Completa o que tu tava dizendo, que eu tô doido pra saber o que vem depois.

O ambiente se encaminhava para a deterioração quando o "bom dia" de Belchior Dias Ferreira inundou a delegacia. Todos, exceto Percival, que ainda resfolegava, procuraram disfarçar a tensão concentrando-se em apressados goles de café. De passagem pelo grupo, Belchior convocou Hermano a acompanhá-lo até seu gabinete. Os olhos de Percival dardejaram, os de Jackie baixaram, os de Aristarco e Fábio se encontraram.

– O que é que tá acontecendo contigo? – atacou Jaqueline quando Hermano regressou das três horas de conversa com Belchior.

– Calma! – pediu ele, controlando seu impulso de enquadrar a subordinada, o que só não fez porque estava precisando mais de apoio do que de obediência naquele momento.

Ela seguiu no mesmo tom de abolição da hierarquia com que começou sua interpelação:

– Que calma, que nada! Ontem, aquela cena estranha, hoje, de novo. Tá se mancomunando com o chefe, é? A galera aqui tá ficando azeda contigo.

Hermano tomou a palavra:

– Fiz merda ontem e agora tô tentando desfazer, é isso.

– Que tipo de merda, criatura? – impacientou-se Jaqueline. A palavra "criatura" arranhou o ouvido de ambos, mas Hermano não permitiu que a petulância do termo o desfocasse.

– Você viu como o cara tava agitado ontem – seguiu ele –, com sede de sangue, foi você quem me ligou avisando, eu ia pra casa direto se você não tivesse telefonado.

– Sei, sei – Jaqueline tentou acelerar a narrativa.

– Pois é, passei a tarde às voltas com aquele pastor da Chama Divina.

– Ismael – adiantou Jaqueline.

– Isso, Ismael, sujeito escorregadio, bem suspeito, mas ainda sem nada de concreto que se possa dizer contra ele, apenas o passado de traficante e o fato de receber contribuições da vítima.

– Essa história das contribuições até favorece o cara, pra que ele mataria ou mandaria matar sua galinha dos ovos de ouro? – raciocinou Jaqueline.

– Sem dúvida – retomou Hermano. – A verdade é que ontem não era o meu dia, tava com uma dor de cabeça dos diabos, encarei um adversário bem mais inteligente e astuto do que eu imaginava, dei umas bobeadas na minha estratégia de interrogatório.

– E? – Jaqueline não aguentava mais de ansiedade.

– E, e, e... fui vencido, merda! Ele acabou me botando no bolso, o sem-vergonha. Dei o troco na saída, largando uma frase incômoda no ar só pra sacanear, mas consciente de ter perdido o jogo, e vim pra cá cuspindo marimbondo, sem o menor saco pra aturar outra conversa desgastante.

– Tamos chegando ao que interessa – animou-se Jaqueline.

– O que interessa – Hermano pausou pensativo –, o que interessa... você tocou no xis da questão. Quando entrei no gabinete do Belchior, sabia que a ele só uma coisa interessava: um suspeito do crime pra mostrar serviço.

– Puta que pariu! Você entregou o pastor de bandeja? – adivinhou Jaqueline.

– Foi, fiz isso sim, fiz e me arrependi na hora, e fiz pelas piores razões possíveis: porque queria me livrar da pentelhação do Belchior e porque tava com aquele pastor arrogante entalado na garganta.

– Que merda, Maninho!

– É, e o resultado não podia ser mais previsível.

– Não me diga que... – assustou-se Jaqueline.

– Exatamente. O babaca do Belchior já tá querendo convocar a imprensa pra dar declarações, e eu acabo de passar a manhã inteira tentando convencê-lo a ficar na dele, sob pena de estragar a sequência das investigações e aquela xaropada toda que você conhece.

– E ele? – Jackie estava indócil.

– Ele tá sendo pressionado por todos os lados, durante nossa conversa mesmo recebeu uma ligação do Secretário de Segurança, ficou todo pianinho, tem que ver como ele se modifica na hora de falar com seus padrinhos: um cagão. Cagão, baba-ovo e vaidoso, doidinho pra aparecer, pra sair nos jornais e se exibir pros chefes.

– Sim, mas então? – cobrou Jackie.

– Então que ele tá na dúvida, acho que consegui deixá-lo preocupado com as consequências de uma possível precipitação neste momento, mas em se tratando do Belchior, nunca se sabe o que esperar, né?

– Melhor a gente sair pra comer alguma coisa – sugeriu Jaqueline –, antes que a galera volte do almoço e comece com aqueles olhares atravessados outra vez. Quase esqueço, falando em imprensa, enquanto você tava lá enfurnado com o Belchior, ligou uma tal de Miriam, jornalista, o telefone tá anotado aí no verso – passou-lhe um papelzinho amarfanhado que retirou do bolso de trás do seu jeans.

Durante o almoço, conversaram sobre as várias possibilidades em torno da morte do deputado. Entre uma garfada e outra, Hermano evitava pensar num tema paralelo que naquele instante mobilizava mais seu espírito que a investigação do crime, mastigava as palavras que não podia proferir sobre algo sugerido por Belchior, algo que não lhe passava na garganta e que a prudência recomendava não mencionar. Durante o cafezinho, Jaqueline insinuou que poderiam dar um pulo no motel que ficava perto do botequim em que estavam, só pra relaxar um pouco, justificou. Hermano desconversou, erguendo entre eles uma barricada de tarefas pendentes. Sua cota de arrependimentos e dilemas de consciência para aquele dia já estava esgotada.

LABAREDAS

Quando o telefone tocou, Hermano nem lembrava mais do papelzinho que se perdeu no mar de documentos e recados em que se transformara sua mesa. Como?, ele solicitou a repetição do nome pronunciado sob ruidosas interferências. Miriam, reprisou a voz do outro lado, agora mais pausada e articuladamente. Já se passavam quatro dias desde que a jornalista havia tentado contatá-lo. Hermano ensaiou despistá-la, pensando tratar-se de mais um perigo em seu caminho, mas reconsiderou sua opinião quando Miriam propôs que se encontrassem num restaurante fora do alcance do delegado Belchior. Amanhã, às 13 horas, onde? Claro que conheço, até lá então!, agendaram-se com a prematura sensação de velhos conhecidos, cerimoniosos sim, mas cúmplices em algo que carecia de esclarecimento. A imagem negativa no comentário dela sobre Belchior sinalizava um interessante fator de convergência.

Nos quatro dias que separavam os dois telefonemas, Jackie havia passado a frequentar o templo da Chama Divina, garimpando informações sobre tudo o que julgasse suspeito. Tomás havia levantado os possíveis fornecedores do maçarico usado pelos assassinos do deputado e, conversando com alguns deles, certificou-se de que existiam poucos equipamentos com as características necessárias para causar o tipo de dano infligido à vítima. Era instrumento de soldadores profissionais, produzindo uma chama com temperatura de 2.760 a 3.316 graus centígrados, calor inimaginável, que apontava para o uso de oxiacetileno, uma combinação de acetileno (C_2H_2) com o oxigênio indispensável para a manutenção de qualquer chama. Outra possibilidade seria o gás MAPP, composto de metilacetileno e propadieno, muito usado em consertos de navios e trabalhos subaquáticos em geral, mais seguro por ser menos suscetível a explosões, e produtor de chamas não tão quentes quanto as do acetileno, o que na ordem de grandeza térmica com que estavam lidando chegava a ser ridículo. O conceito de "não tão quentes" levou Tomás a arbitrar em 2.990 graus a temperatura provavelmente imposta ao infeliz deputado pela arma do crime, fosse qual fosse o gás utilizado. Acima de mil graus, raciocinava ele endossado por Hermano, tudo era tão quente e letal que pouco importava a exatidão da temperatura, além de 2.990 ser um número tão absurdo quanto crível, com o qual ambos, até do ponto de vista estético, inexplicavelmente simpatizavam. Se alguém um dia decidir escrever um livro sobre essa investigação, 2.990 graus será um belo título, brincou o delegado.

A questão mais complexa continuava pairando sobre a mecânica do crime, de como os assassinos conseguiram evitar a cauterização do reto e fazer o fogo penetrar tão fundo no corpo da vítima. Havia perfurações viscerais, e não eram poucas, inevitáveis pelo uso de um instrumento cuja função original é soldar e cortar superfícies metálicas. Mas algum artifício certamente fora usado para facilitar o caminho da chama pelo labirinto intestinal, talvez um duto metálico previamente inserido, numa espécie de colonoscopia do mal que, em vez da microcâmera de praxe, conduzia o calor mortal, talvez um jato inflando as vísceras e abastecendo-as com a combinação equilibrada de gases inflamáveis que se associariam ao hidrogênio, oxigênio e eventual metano produzidos pelo organismo na missão de dar boas-vindas ao fogo. Talvez os dois procedimentos combinados. Como esclarecer tantos detalhes depois do estrago provocado pela chama assassina?

Nos últimos seis meses, 237 maçaricos com características compatíveis com a arma do crime haviam sido vendidos no Rio de Janeiro, mas nada impedia que tivesse sido comprada há mais tempo ou não fosse proveniente de nenhum desses fornecedores. A arma podia ter sido negociada entre particulares ou trazida de outra cidade, estado, talvez até importada de outro país. Enfim, não era um caminho investigativo dos mais promissores, mas, pelo sim, pelo não, foram checadas as fichas dos fornecedores e verificadas as profissões dos 237 compradores. Apenas cinco deles não se enquadravam nas categorias de soldadores, profissionais da construção civil ou vinculados à metalurgia ou funilaria, o que os levou a integrar uma lista especial de pré-suspeitos. Dentre os fornecedores, somente um tinha ficha na polícia, por estelionato, em princípio não justificando apurações mais detalhadas, mas, na falta de suspeito melhor... Nesse mesmo intervalo de tempo, o tema dos caça-níqueis ganhou mais espaço nos jornais, complicando sensivelmente a já delicada situação de Percival Braga, as especulações em torno da morte de Marcílio Tavares se multiplicaram, o Secretário de Segurança ligou duas vezes para o delegado Belchior, alegando especial interesse de um ministro (na verdade um ex-ministro a quem os aduladores insistiam em omitir a condição de ex) na solução do assassinato que estarrecera a opinião pública, o delegado-chefe teve dois surtos de fúria coincidentes com os telefonemas de seu padrinho, e eram cada vez mais evidentes os esforços que envidava para contrapor alguma notícia boa ao bombardeio sofrido na mídia. A pressão exercida pelo Secretário de Segurança, Péricles Pereira, conhecido na intimidade da delegacia como doutor PP, crescera bastante com sua recente indicação como candidato ao Senado Federal pelo partido governista. Bastavam algumas horas naquela Divisão de Homicídios para que até o mais desavisado visitante percebesse o material de alta combustão que dominava o ambiente.

Pouco depois do telefonema da jornalista Miriam, o telefone de Hermano voltou a tocar – é impressionante como alguns dias parecem tematizados, e aquele foi o dia das ligações importantes. Doutor Hermano?, conferiu a voz cheia de gravidade. Ele mesmo, respondeu Hermano semi-irritado pela interrupção das anotações que fazia. Sou eu, pastor Ismael, identificou-se a voz, agravando um pouco mais a irritação inicial. Queixava-se o pastor da presença constante de homens estranhos em suas celebrações, pelo menos três deles com atitudes ostensivamente investigativas, fazendo perguntas incômodas aos fiéis do templo e hostilizando seus dois seguranças, Casemiro e Alcebíades. A descrição feita dos três elementos estranhos não batia com nenhum dos companheiros da Divisão de Homicídios. Seriam mesmo policiais?, indagou Hermano. Disso não tenho dúvida, delegado, assegurou Ismael, de tanto lidar com essa categoria profissional em minha vida pregressa, continuou ele, aprendi a identificar seus integrantes a quilômetros de distância. Após alguns segundos de hesitação, o pastor passou a tatear um novo assunto como quem tenta desarmar uma bomba. Desculpe, delegado, não me leve a mal, longe de mim estar acusando sem provas, começou ele escolhendo as palavras. Abra o verbo, pastor, já ouvi coisas demais nessa profissão, nada mais me choca, estimulou-o Hermano. É que, veja bem, não estou afirmando que alguma ação criminosa tenha ocorrido, é que... o Casemiro, meu braço direito, o senhor chegou a conversar um pouco com ele outro dia, muito bom sujeito, pessoa de minha total confiança, pois é, o Casemiro, delegado, desapareceu. Isso acontece com muita frequência, pastor, Hermano tentou tranquilizá-lo. Eu sei, delegado, tem gente que toma bebedeira, se envolve com amantes, foge de casa porque não aguenta mais olhar pra cara da mulher, sei de tudo isso. Mas não o Casemiro, delegado, não por dois dias inteiros, não depois de uma conversa áspera com dois meganhas. Ismael desculpou-se imediatamente ao perceber a inadequação da palavra com que se referira aos policiais. Feitas as promessas de apuração do que estava acontecendo e o pedido de atualização das informações caso chegasse ao conhecimento do pastor qualquer fato novo relevante para o caso, Hermano garantiu-lhe que não tinha nada a ver com aquelas visitas inconvenientes. Talvez estivessem lidando com milicianos, arriscou. Percebendo seu fracasso em convencer o pastor de sua inocência, o delegado despediu-se, desligaram.

Tratou de escrever rapidamente os pontos cruciais da conversa e celebrou intimamente a constatação de que Jaqueline estava passando despercebida e que poderia vir dela a explicação sobre os personagens que o pastor jurava serem policiais. Depois ficou cerca de cinco minutos com o olhar perdido na tela do computador, fingindo ler algo, mas simplesmente recordando a parte obscura de suas últimas conversas com Belchior. "Não estou falando de propina", repetira-lhe o delegado-chefe já umas dez vezes, "é contribuição de campanha, quase um dever cívico, exercício de cidadania, tá me entendendo? Interessa à classe policial ter um representante no Senado, e um candidato do quilate do doutor Péricles não aparece assim todo dia não. Temos que nos unir para arrecadar fundos, todos os delegados, e que isso não vaze para nenhum de seus subordinados, ouviu bem?, temos que lançar mão de todas as possibilidades, e você, meu caro, está lidando com um suspeito que guarda dinheiro vivo num cofre, um ex-traficante que agora se dedica a explorar a boa-fé de gente desamparada, um escroto que pode ser também assassino, ou pelo menos mandante. Por que não?, pensa bem, Maninho, por que não arrecadar parte desse dinheiro para investir numa boa causa como a do nosso futuro senador?" A conversa de Belchior em vários momentos do dia ecoou na cabeça de Hermano, nem sempre completa, mais frequentemente fragmentada, embora cada fragmento fosse suficiente para causar o efeito do todo. Foi competindo com um desses ecos perturbadores que sua auxiliar direta falou-lhe ao ouvido.

– Comi o pastor! – Jaqueline cochichou eufórica logo ao chegar à DP, quase no fim do expediente, os olhos vermelhos de cansaço.

– O que você quer dizer com isso? – devolveu Hermano, espichando o pescoço pra verificar se Belchior os observava. Felizmente, o delegado-chefe estava com sua cadeira de costas para o salão, falando ao telefone.

– Quero dizer o que estou dizendo, ora, que trepei com o cara – disse isso como quem noticia ter ganho um prêmio ou uma promoção no trabalho. Aristarco olhou na direção deles estranhando o tom da conversa.

– Shhhh! – alertou Hermano, percebendo o interesse do colega e abafando a voz ao máximo. – Tá maluca? Tá de brincadeira comigo?

– E eu lá sou mulher de brincadeira? Que cara é essa? – desapontou-se ela com o ar reprovador de Maninho, revidando altiva a se gabar de sua proeza. – Tá pensando que eu tô de sacanagem? Que dei pro cara porque sentia tesão por ele? Para com isso, chefia, sou puta não. Sou profissa pra cacete, e consegui chegar junto, lá onde o pastorzinho perde a pose. Me apresentei como uma surfista desmiolada e ninfomaníaca, tinha que ver minha performance, candidata ao Oscar, deixando a porta escancarada pra ele me propor a salvação e outras coisitas mais – Jackie vestia uma capa de vulgaridade crescente toda vez que se excitava com uma discussão.

– Desmiolada e ninfomaníaca não é uma personagem tão difícil assim pra você interpretar – sorriu Hermano, entre o deboche e a rendição ao inevitável.

– Vai sacaneando, vai. O sujeito é mais assanhado do que eu imaginava, malandro, mas preocupadíssimo com a discrição. Imagem é tudo, meu querido. Até o momento em que começou a tirar a roupa, o clima tava meio cerimonioso, como se ele estivesse com vergonha, sei lá, mas aí eu dei um gás no cara, você sabe como eu sou, mostrei os peitinhos com aquele meu jeito de...

– Me poupa dos detalhes, Jackie – interrompeu Hermano. – Esse procedimento não está em nenhum dos manuais da polícia, é antiético, imoral, entende? Você agiu errado, muito errado. Mas já que fez a lambança, diz aí, o que você conseguiu descobrir além do tamanho do pau do pastor?

A vinte quilômetros da DP, o deputado federal Nicholas Felcman partia de uma cerimônia pública num clube militar em direção a um hotel barato no centro da cidade, onde receberia uma sacola de sapataria contendo uma caixa de papelão recheada de notas de cem reais, em pagamento pelo projeto de lei de sua autoria que fora aprovado na semana anterior, projeto há muito encomendado por uma grande empreiteira. Figura de destaque no noticiário sobre falcatruas governamentais, Nicholas, com domicílio eleitoral em São Paulo, sempre se mostrara um mestre em driblar investigações e apagar vestígios. Tomava todas as precauções que lhe pareciam razoáveis, desde variar as regiões onde tramava e arrecadava, até livrar-se dos motoristas e seguranças que o serviam habitualmente toda vez que a ocorrência do fato comprometedor se aproximava. Estava cansado de ver empregados e ex-mulheres detonando autoridades em CPIs, por isso fazia o que tinha de fazer sozinho, com interlocutores que raramente se repetiam e sempre em locais onde a realização de gravações bombásticas fosse praticamente impossível. Seguia a bordo de um táxi comum, trocando SMSs com o portador da grana através de um celular pré-pago adquirido especialmente para a ocasião, e tudo o que era escrito na troca de mensagens levava a crer que se tratava de um encontro amoroso. Se alguém os interceptasse, poderia acusar o deputado de comportamento sexual inadequado, o que no Brasil é quase um elogio, mas nunca de corrupção. Graças a esse procedimento cauteloso e ardiloso, o deputado era personagem de inúmeros boatos e suspeitas, seu nome costumava rondar os delitos, mas nunca nenhuma prova o incriminara. De posse da sacola, pegaria outro táxi que o levaria ao hotel de luxo em Ipanema, onde costumava se hospedar quando visitava o Rio e onde jamais tomara qualquer atitude recriminável.

– Agi errado pra chegar ao lugar certo. Criatividade, ousadia, tá ligado? – posicionou-se Jaqueline.

– Lugar certo?!

– Isso aí, por linhas tortas, que nem Deus – estampou um sorriso safado.

– E o que você conseguiu descobrir além do tamanho do pau? Ainda não respondeu à minha pergunta.

– Arrá!, acho que tem neguinho com ciúme na área. Tá insistindo muito nessa conversa de pau, chefinho! – ironizou Jaqueline, com um gesto que chamou a atenção de Percival e de Tomás, este se deslocando em direção ao banheiro.

– Já te falei pra não ficar de intimidades aqui dentro comigo. Diz logo o que descobriu, porra! – irritou-se Hermano. O choque entre sua irritação e a necessidade de abafar a voz produziu uma espécie de grito para dentro que lhe estufou as veias do pescoço e avermelhou seu rosto de maneira burlesca.

A sessenta quilômetros da DP, num cômodo lúgubre, com paredes só no emboço, uma lâmpada pendente do teto oscilando sobre uma cadeira e alguns caixotes em volta, Casemiro Seabra, segurança do pastor Ismael, sangrava e gemia. Amarrado à cadeira sobre a qual a lâmpada pendia, como no centro de um picadeiro, era cruelmente espancado havia mais de três horas. Não aguentava continuar apanhando dos homens que o sequestraram, indiferentes à sua dor e às afirmações de que seu patrão não estava ligado ao assassinato de Marcílio Tavares. Repetiam as mesmas perguntas e as mesmas citações ao passado de crimes do pastor, enquanto pareciam se deleitar variando o cardápio de agressões, e se irritavam ao vê-lo balbuciar as respostas, cujas palavras eram cuspidas, quebradas pela violência do interrogatório. Sabiam que Casemiro, a exemplo do seu chefe, também havia sido resgatado do tráfico de drogas, diziam a palavra "chefe" como quem se refere ao líder de uma quadrilha, desconsideravam qualquer hipótese de regeneração.

– Ok, calma, tá? A galera em volta tá quicando de curiosidade, nada de alteração, combinado? Descobri que tem boi na linha, uns carinhas rondando pelo templo com jeito de polícia. O pastor tá em pânico, morrendo de medo de estarem registrando nosso encontro, medo até da própria sombra, levei ele prum hotelzinho tão camuflado que parecia...

– Não precisa me descrever o hotel, por favor – voltou a cortar Hermano. – E aí, esse medo todo, deu pra sacar o que ele está escondendo?

– Parecia cativeiro de sequestrado, é o que eu ia dizer quando o senhor meu chefe estressado me atropelou. Calminha! Saquei que tem dinheiro na parada, mas não sei exatamente de onde vem.

– Que tem dinheiro é óbvio. Só o que eles arrecadam de doações naquela igreja...

– Não acho que seja só isso. Deve ter algum outro dinheiro de outras fontes, grana alta sendo lavada por ali.

A 26 quilômetros da DP, o deputado Nicholas Felcman recebia sua sacola recheada de notas de cem e, como se estivesse carregando um simples par de sapatos, embarcava no táxi amarelo que surgira tão logo ele pôs o pé na calçada. Partia do hotel baratinho no centro para o cinco estrelas da Zona Sul, confiante como sempre em seus estratagemas. No Estácio, em vez de se dirigir ao túnel Santa Bárbara, como imaginava o deputado, o motorista tomaria uma via alternativa, alegando que cortariam caminho para pegar o Rebouças mais adiante. Passaram por ruas escuras, de pouco movimento, o deputado estranhou, mas se convencera de que o motorista, bom conhecedor da área, sabia o que estava fazendo, até que de repente o carro parou. "Enguiçou", disse o motorista, aparentando preocupação. "Puta merda! É a primeira vez que uma coisa dessas me acontece!", esbravejou ele de forma convincente. O deputado se inquietou, perguntou o que fazer, ouviu um "desculpe, não sei", pegou o celular para tomar alguma providência, assustou-se quando as duas portas traseiras do veículo foram abertas. Dois novos passageiros embarcaram ao mesmo tempo, um de cada lado, espremeram o deputado no centro do banco, ele esboçou um início de luta, desistiu ao ver a pistola empunhada por um deles, abraçou a sacola da sapataria. Milagrosamente, o defeito do carro desapareceu. O táxi seguiu viagem, não mais para o hotel luxuoso da Zona Sul. Dirigia-se agora para a Linha Vermelha, pegava a Rio-Petrópolis e desfrutava do trânsito livre em direção à região serrana. Agarrado à sua sacola como a um ursinho de pelúcia, o deputado dormia profundamente, embalado pelo éter que lhe fora imposto narinas adentro pelos companheiros de viagem.

– Que tipo de outras fontes você imagina? – interessou-se Hermano.

– Sei lá. Tráfico é uma das hipóteses, mas ouvi um papo sobre uma certa doação especial do doutor Marcílio...

– Deputado Marcílio, você quer dizer? – certificou-se Hermano.

– Claro, o finado Marcílio era apoiador da obra social da igreja.

– Essa informação é velha.

– É, mas uma das fiéis que tá virando minha chapa disse ter ouvido que a tal doação especial tinha a ver com o escândalo do desvio de verba das vítimas das enchentes, dinheiro tomado das vítimas da região serrana para ser dado às comunidades carentes cariocas. Uma troca de vítimas estranha pra cacete. Rola uma versão de que a grana seria usada na reconstrução de casas destruídas pelas enchentes de lá, quando podia muito bem ser usada para reconstruir as famílias afetadas pelas drogas daqui. Versão é o que não falta.

– E essa sua fonte é confiável? – perguntou Hermano enquanto fazia anotações.

– Tem cara de gente honesta, religiosa de verdade, mas também pode ser uma dessas fofoqueiras de igreja. Rola um tricô danado nesses lugares.

– E os caras estranhos que passaram a frequentar o templo?

– Vi um deles, me olhou meio de banda, me fiz de desentendida, caprichei nos aleluias e ignorei. Nunca tinha visto a figura, mas tem pinta de polícia, ou de bandido, no fundo é tudo meio parecido, né?

– Já que você falou das fofocas sobre a doação do deputado, o que é que andam falando sobre o desaparecimento do Casemiro?

– Como é que você sabe disso?

– O Ismael me ligou, todo cabreiro, tá achando que somos nós botando pressão. No início, cheguei a pensar que ele estava falando de você.

– Quando foi isso?

– Hoje, por volta de cinco da tarde.

– Mais ou menos a hora que eu saí do hotel – disse Jackie pensativa.

A sessenta quilômetros da DP, em Comendador Soares, bairro de Nova Iguaçu, na Baixada Fluminense, um corpo é jogado em vala fétida. Apresenta vários hematomas. Tem o braço direito e três costelas fraturadas, os cinco dedos da mão esquerda esmagados por alicate e um violento traumatismo craniano causado por instrumento contundente não especificado, que lhe fez saltar da órbita o olho esquerdo. Uma adolescente que passa pelo local grita com a estridência dos filmes de terror, moradores acorrem, todos se chocam com a hediondez do que veem, uns praguejam, outros lamentam, alguém resolve chamar a polícia tomando o cuidado de não se identificar, nunca se sabe numa hora dessas quem está do lado de quem, se foi a própria polícia que encomendou o presunto, se foi milícia, bandido, o escambau, vai saber, melhor ser invisível, surdo, cego, mudo e bobo. Duas horas mais tarde o corpo será identificado como o de Casemiro Seabra.

– Que tanto os dois cochicham, hein? – brincou Tomás.

– Tô morrendo de curiosidade, deve ser um papo irado – Fábio se associou à brincadeira. Aristarco sorriu de lado, Percival fez um muxoxo.

– É trabalho, gente, trabalho pesado, batata quente – respondeu Hermano.

– Bota pesado e bota quente nisso – concordou Jaqueline.

– Tá mais quente pra mim do que pra qualquer outro, e eu repasso minha quentura pra vocês. Alguma novidade sobre o caso do deputado? – interpelou Belchior, já de saída.

– Quase lá, chefe, quase lá – evadiu-se Maninho.

– É, Poeta, "quase" não serve pra nada. Quase gol não dá vitória. Tô precisando de gol, a torcida está indócil – cobrou o delegado-chefe, com menos animosidade do que de costume.

– Falta pouco. Já, já sai um gol, e corremos todos pro abraço – tranquilizou-o Hermano.

– Tomara, Poeta, tomara – Belchior foi saindo como se falasse consigo mesmo. – Boa noite a todos! – retirou-se.

– Corremos todos pro abraço, até parece... – debochou Jaqueline. – A gente rala, sua a camisa, se fode toda, e quem vai pra torcida comemorar é sempre ele, só ele (todos riram).

– Quieta, Jackie! – advertiu-a Hermano, semissorrindo.

– Legal, Maninho, não está mais aqui quem falou.

– Melhor que esteja – corrigiu Hermano. – Ainda temos muita conversa pela frente.

– Se vocês vão ficar aí, divirtam-se. Vou nessa – despediu-se Percival, depois de ler uma mensagem no celular.

Todos os outros voltaram a seus afazeres, ansiosos por encerrar o dia. Hermano e Jaqueline voltaram a cochichar. Aos poucos, Aristarco, Fábio e Tomás também se retiraram. Hermano estava de plantão naquela noite, não tinha a menor pressa. Convidou Jaqueline para buscar uns picolés na lanchonete da esquina. O Rio estava no auge do verão, fazia um calor infernal.

A 103 quilômetros da DP, o táxi amarelo se aproxima de um casarão em Itaipava. O local é ermo e bucólico, a temperatura, bem mais agradável que a canícula carioca. Há dois carros estacionados no amplo gramado que rodeia a casa. O táxi para ao lado do carro maior, um Land Rover preto. O motorista sai na frente, vai até a casa e vem de lá com uma maca, onde o deputado adormecido é acomodado e transportado. O imóvel respira sofisticação e elegância. Na sala de estar, uma bela lareira, ornada por dezenas de pequenas telas e cercada de sofás, poltronas e um grande pufe de couro central, remete às ricas residências alpinas. À direita, encostada à parede oposta à do janelão principal, uma cristaleira repleta de troféus evidencia o gosto do proprietário por esportes nobres, como hipismo, polo e esgrima. Dois grandes quadros, paisagens europeias em ricas molduras douradas, completam a imponência sugerida pelos demais elementos. Passado um arco delineado por pedras importadas, desvenda-se a sala de jantar, dominada por um tríptico altamente impactante e um lustre imenso, sob o qual a mesa, coberta por lençol de linho muito bem-passado, assume ares de centro cirúrgico.

O deputado começa a acordar. Imediatamente uma agulha penetra na veia mais visível de seu braço direito, sendo-lhe injetada a substância que o faz retornar ao sono profundo. Duas mãos enluvadas abrem-lhe a boca, enquanto o facho de luz de uma lanterna ilumina a caverna gosmenta de dentes, língua e mucosa. Outras mãos, muito firmes e também enluvadas, empunham o bisturi que produz pequenas incisões em pontos tão exatos que não deixam dúvida sobre a destreza de quem executa a manobra. Terminado o procedimento, a pessoa que antes segurava a lanterna, auxiliada pelo motorista, começa a despir o deputado. Ato contínuo, seus tornozelos e punhos são amarrados por quatro cordas que descansam como extensões longilíneas do corpo inerte. Dez minutos depois, ele se move, começa a despertar, as cordas imitando os músculos se retesam lentamente. Ouve-se música clássica e vozes indistintas. O deputado abre os olhos, imediatamente cegados pelo clarão do imenso lustre. Volta a fechá-los, retomando o processo de abertura de maneira mais gradual, como que piscando em câmera lenta. A cada fechar e abrir de pálpebras, as figuras embaçadas que o cercam vão ganhando traços mais definidos, tomando forma. Nada lhe é familiar, nem o ambiente, nem as pessoas, que de repente percebe estarem usando máscaras cirúrgicas. Supõe ter sofrido um acidente, não se lembra de nada, puxa pela memória, o táxi, isso!, estava num táxi, e o dinheiro na sacola?, angustia-se. Tenta falar, a garganta dói, nenhum som é emitido. Tenta coçar a testa, as cordas o impedem. Levanta a perna direita, depois a esquerda, o suficiente para ver que há cordas pendentes de seus tornozelos. Agita-se, gira o olhar buscando algo que lhe proporcione a compreensão do momento, percebe que alguém manipula algo parecido com um maçarico. "Deputado Nicholas Felcman!", ouve a voz grave a chamá-lo e, por um instante, julga que ter sido reconhecido pode significar que está salvo. A trilha sonora empresta densidade ao timbre de quem lhe dirige a palavra. "O senhor deve estranhar a situação em que se encontra", prossegue a voz em tom quase solene, "estranho seria se não a estranhasse." O deputado move a cabeça afirmativamente, provocando o que julga ser um sorriso de solidariedade ou ironia de seu interlocutor, por baixo da máscara cirúrgica que lhe cobre a maior parte do rosto, só permitindo a avaliação do provável sorriso pelo franzimento dos olhos. "Acontece que o senhor tem dívidas a saldar, deputado", a voz, agora sombria, faz Nicholas enrugar a testa e mais uma vez fracassar no esforço de dizer alguma coisa. As cordas começam a erguer seus braços, machucam seus pulsos, o tronco se eleva, sentado Nicholas Felcman pode enxergar melhor a dimensão e a decoração da sala, conta cinco pessoas participando daquele ritual, a palavra "ritual" faz disparar seu coração, as cordas continuam puxando, os ombros passam a doer quase tanto quanto os punhos, seu corpo está totalmente içado, o lençol que o cobria jaz embolado no chão, alguém o recolhe rapidamente, os outros quatro removem a mesa que antes lhe servira de leito, está nu, flutuando num lugar desconhecido, com pessoas desconhecidas e objetivos idem, a sensação de ritual é cada vez mais nítida. Que tipo de ritual? Religioso? Sexual? Há equipamento de vídeo, ou fotográfico, ou ambos, não consegue identificar direito, num tripé. Estariam filmando tudo? Mãos fortes imobilizam suas coxas, arreganham-lhe as nádegas, algo não identificado é introduzido lentamente em seu ânus. O deputado se debate inutilmente, sente dor e uma pressão interna esmagadora, violadora, ganhando profundidade. Ser forçado a participar de um filme pornô nunca havia lhe passado pela cabeça, pensa no estrago que essas imagens provocariam em sua reputação, despeja lágrimas incontroláveis. A música cresce, pontuando seus movimentos numa coreografia revoluteada de marionete. Imagina-se cordeiro a ser imolado, lança um olhar interrogativo à sua volta, focando na figura que havia falado momentos antes. Acendem-se dois refletores, apaga-se o lustre. "A vida é feita de escolhas, deputado", pronuncia-se novamente a voz. Nicholas reduz seu ritmo de respiração, tenta esquecer a dor para se concentrar no pronunciamento que, afinal, pode esclarecer ao menos algumas de suas tantas dúvidas. "O senhor escolheu um lado", prossegue a voz, "nós escolhemos outro, o oposto. Somos pontos de vista divergentes, que defendem interesses conflitantes. O senhor escolheu construir seu paraíso particular à custa de negócios que nos incomodam, e nós escolhemos lhe dar o inferno de presente. O inferno, deputado, é algo que queima por dentro." Terminada essa frase, um som novo se soma à música de fundo que adquire repentina suavidade. É o fogo entoando seu canto, a partir do maçarico que acaba de ser aceso. Agora parecem ser mais de cinco homens, talvez seis ou sete, ou estaria havendo um revezamento entre eles? Os olhos de Nicholas se nublam, sua cabeça embaralha imagens em edição alucinada. As cordas amarradas aos tornozelos abrem-lhe as pernas ainda mais. Ele faz novo esforço para gritar, desespera-se com o silêncio que emana de sua garganta, agita-se em movimentos convulsivos. A música chega a um crescendo glorioso. Sincronizado com a agudeza dos violinos, um calor indizível penetra-lhe as entranhas. A boca se deforma no mais silencioso dos gritos, o corpo estremece sacudido por legiões de demônios, a sala derrete, desfoca-se desatinadamente até a escuridão absoluta.

Dez minutos se passam antes que o deputado acorde do desmaio. Está em pânico, ensopado de suor e ainda queimando por dentro. Um nauseante cheiro de churrasco sinaliza a irreversibilidade dos danos causados ao seu corpo, mas o horror da constatação bloqueia seu raciocínio com negações veementes. Alguém seca seu rosto com uma toalha branca e perfumada. As cordas se afrouxam, enquanto a mesa de jantar retorna ao lugar de origem para sustentar o corpo extenuado. "Ajoelhe-se!", ele ouve a ordem, apressando-se em cumpri-la, seus braços são liberados. Por um instante, acredita que o pesadelo acabou, mas os tornozelos ainda atados o convencem do contrário. "Dói muito?", indaga a voz que já lhe soa como a de Deus. Ele assente com a cabeça, choramingando como criança. "Suas mãos estão soltas agora por uma única razão: para que você implore por piedade, exclusivamente para isso, ouviu bem?, para que nos convença de que merece o perdão por suas culpas", sentencia o algoz. Imediatamente o deputado une as mãos em súplica, tremendo, ofegante, atordoado pela dor que persiste. "Não consigo escutar seu pedido de clemência", protesta a voz, "tem certeza de que está arrependido?" Nicholas volta a tentar falar, desespera-se com o silêncio que lhe sai da boca, chora copiosamente. "Você pode fazer melhor do que isso, Nicholas, convença-me com suas mãos", ordena a voz impaciente. Ele se descabela, esfrega o pescoço e o rosto, como se a automassagem pudesse devolver-lhe a capacidade de falar. Abre a boca com a angústia de um peixe expulso do aquário. Diante da impassividade de seus torturadores, migra da vulnerabilidade para a revolta, assume expressão enfurecida, seus olhos faíscam o que restou do fogo invasivo de minutos atrás, as mãos se lançam na tarefa de desfazer os nós que imobilizam suas pernas. São detidas com facilidade por dois homens fortes, que se põem a amarrá-las de novo, levando-o a contorcer-se ferozmente. Seus olhos buscam algum sinal de sucesso, nada encontram além das figuras sinistras detectadas desde o início, duas delas agora movendo a cabeça negativamente, lamentando ao mesmo tempo que condenando. As cordas de novo tensas, o corpo de novo suspenso, o maçarico de novo aceso, e a música, que respeitando os esforços do deputado para obter a suspensão da pena tornara-se por instantes imperceptível, retorna ao esplendor inicial. Tudo pronto para que recomece o espetáculo. Não mais que sete minutos são necessários para que a dor imposta ao deputado resulte em mais do que desmaios, queimando-lhe junto com as vísceras o que lhe resta de vida. Madrugada, são 2:30 horas. Desfaz-se rapidamente o aparato, enrola-se o corpo num saco plástico, forma-se um volume parecido com um tapete, que é guardado no porta-malas do táxi que o trouxera, o veículo amarelo parte imediatamente, o Land Rover do grupo o segue à distância, o outro carro, um Audi A8 prata, permanece estacionado em frente à casa.

Às 3:25 horas o táxi vindo de Itaipava para numa rua de terra em Xerém. Dois homens saltam, retiram um volume do porta-malas e o lançam no matagal que margeia a rua.

O táxi manobra e retorna pelo mesmo caminho. O carro que lhe dava cobertura, parado a alguns metros de distância, faz o mesmo.

Às 3:37 horas em ponto, quando Hermano começa a gostar do sono, seu telefone toca.

– Doutor Hermano? – diz a voz do outro lado.

– Sou eu mesmo, pastor Ismael – responde Hermano reconhecendo a voz, em meio a um bocejo agastado.

– Desconfio que o senhor já saiba do ocorrido, mas, para efeitos oficiais, estou lhe comunicando – há uma indignação pastosa em suas palavras.

– Não sei de ocorrido nenhum, pastor. Diga logo o que aconteceu de tão grave pro senhor me chamar numa hora dessas.

– Desculpe o inconveniente da hora. Não teria ligado se o assunto não fosse realmente grave.

– Tudo bem, pastor. Pode falar, estou ouvindo.

– É o Casemiro, delegado. Seus amiguinhos policiais mataram o Casemiro.

Hermano se apressa em anotar o que lhe é relatado. Consola o pastor burocraticamente, promete encontrar os culpados, exaspera-se, agita-se a ponto de ter certeza de que não mais dormirá. Terminada a conversa, liga imediatamente para a delegacia de Comendador Soares, orientando seus colegas da Baixada Fluminense sobre os cuidados necessários no encaminhamento de um crime que provavelmente terá ligações com o rumoroso caso do deputado Marcílio. Olha para o relógio, muito cedo para interromper o sono de Jaqueline e Tomás, decide esperar até às 6 horas. Recosta-se em busca de algum repouso, mas o pensamento não lhe dá tréguas. Às 5:45 horas não resiste, liga primeiro para Tomás, depois para Jackie, eles devem ir direto para Comendador Soares, participar da perícia do corpo, fotografar e observar tudo o que gire em torno do assassinato de Casemiro. Transmitidas as ordens, Hermano parte para a garrafa térmica, sorvendo dois copinhos de café velho como se fossem a maior das maravilhas. Começa a fazer conjecturas sobre a possível participação de Ismael no crime do deputado, sobre quem seriam os tais supostos policiais que estariam investigando a Chama Divina em paralelo, sobre a possibilidade de não serem policiais e sim uma facção rival, sobre um emaranhado de hipóteses, quando o telefone volta a tocar. É Belchior.

– Tá sabendo da última?

– Tô, sim, chefe. O Tomás e a Jackie vão direto pra Comendador Soares, e eu pretendo ir logo depois pra acompanhar tudo de perto. Mas como foi que o assassinato chegou ao seu conhecimento? O pastor ligou pra sua casa?

– Que pastor é esse que você tá falando, Hermano? Que Comendador Soares, porra nenhuma! Tá acordado, rapaz? Tô falando do deputado Nicholas Felcman, federal, já ouviu falar?

– Claro. O que houve com ele?

– Maçarico, Hermano. Mais um. Achado nu e tostado por dentro num matagal em Xerém. O corpo tá em Caxias.

– Puta que pariu!

– De que crime você achou que eu tava falando?

– Casemiro, segurança do pastor Ismael.

– De novo esse pastorzinho de merda. Esquece ele, o Casemiro, o cacete a quatro. Empurra todo mundo pra Caxias, que eu tô indo pra lá.

Completados os trâmites em Duque de Caxias, o corpo de Nicholas Felcman é removido para o Rio, enquanto Jaqueline parte para o local onde a vítima foi encontrada, e Belchior retorna à delegacia para contatar as muitas autoridades em justificado alvoroço. Acompanhando o cadáver junto com Tomás, Hermano chega ao prédio do IML carioca já cercado pela imprensa. Caminha entre perguntas deflagradas por um agitado corredor de repórteres, quando uma voz se destaca, a única a fazer uma afirmação em vez de questionar: "Nosso almoço não será desta vez". Está às suas costas, bem próxima, e soa ligeiramente familiar. Ele se volta, deparando-se com uma morena de olhos acesos que lhe estende a mão: "Muito prazer, Miriam".

VARREDURA II

Through the graves the wind is blowing

Freedom soon will come

Then we'll come from the shadows

-- Leonard Cohen --

SOPRO

Hermano voltava da farmácia, onde fora buscar um antiácido que lhe poupasse o estômago das aflições recentes, quando viu cair a menina de três anos. Tombinho de nada, promovido a catástrofe pela dramaticidade que as crianças enxergam nos pequenos acidentes da vida. Para elas tudo é grande. A mãe, tão alerta quanto habilidosa, apressou-se em soprar sobre o joelhinho levemente ralado. Seu hálito era unguento mágico contra a ardência repentina e, embora se dirigisse apenas ao membro inferior atingido, tinha o dom de secar as lágrimas que escorriam pelo rosto soluçante. A cena corriqueira despertou-lhe lembranças de sua mãe a contrabalançar a queimação do Merthiolate com generosos sopros que anestesiavam seus muitos ferimentos de criança, sopros que curavam mais que remédios. Emocionou-se bobamente. E, na correnteza da emoção, vieram-lhe outras lembranças, como o apagar das velinhas de aniversário, os beijos soprados à distância, beijos de mãe, beijos de Alice, lançados ao vento na certeza de que pousariam sobre faces ou lábios, dependendo da remetente. Sopram-se respostas ao companheiro que hesita, sopra-se areia nos olhos do inimigo, sopra-se para apagar o fogo, mas também para espalhá-lo. Estava poetizando de novo, as ideias se aclaravam enquanto voavam, e isso tranquilizava seu estômago mais do que conseguiria o antiácido recém-adquirido. Atravessou a rua com o asfalto cedendo a seus passos, amaciado pela inclemência do sol. Fazia quarenta graus à sombra, sensação térmica de quase cinquenta, quando uma leve brisa veio em seu socorro. Hermano a percebeu como um recado dos céus. Deve ser isso, refletiu sorrindo com o que aquele instante lhe resgatava de espírito infantil.

Tinha razões de sobra para estar preocupado. Outros dois políticos assassinados no intervalo de um mês, um vereador e um deputado estadual, completavam o quadro legislativo de vítimas. Seu problema agora era federal, estadual e municipal. Havia pressão por todos os lados e nenhuma nova pista surgia em seu auxílio. Manchetes como "Quem será o próximo?" e "Quantos ainda terão que morrer?" latejavam em sua alma, atingida sem clemência por todos os tipos de mídia.

Como se não fosse o bastante, a constatação de que começavam a circular na internet manifestações de apoio aos Vingadores do Povo caía como um urubu na sopa de sua vida, mais um tombo no meio de tantos que já levara e ainda haveria de levar, só que nunca tão exposto ao público.

Várias coisas não caíam bem ultimamente. Sua rejeição no ambiente de trabalho, ainda por conta da desconfiança provocada pelas conversas a portas fechadas com Belchior, combinadas com sua atitude autossuficiente, era o exemplo mais gritante de maré baixa. Por outro lado, seu prestígio com o chefe, ao contrário do que imaginavam os colegas, estava próximo do chão, tanto por se recusar a achacar o pastor Ismael em busca de recursos para a campanha ao Senado do doutor PP, quanto por estar empenhado em descobrir os responsáveis pela morte de Casemiro. Para o delegado-chefe, o finado Casemiro desviava a atenção de Hermano do único problema que realmente importava naquela DP: os assassinatos de dois deputados federais, um deputado estadual e um vereador, com as mesmas características e requintes de crueldade, num curto período de tempo, executados por criminosos extremamente profissionais, sobre os quais a polícia seguia contando com a única e leve suspeita, ainda sem indiciamento formal, de que um pastor ex-traficante estaria ligado ao crime. Ironicamente, o esforço que Hermano fazia para lidar com tantas expectativas simultâneas era visto com ceticismo pelo pastor Ismael, que não perdia nenhuma oportunidade de demonstrar que o considerava culpado pelo que aconteceu ao seu guarda-costas, e desqualificava as diligências do delegado para apurar o caso. Ironicamente a acusação se amparava no mesmo raciocínio do chefe, de que o pastor e seu preposto eram insignificantes demais para merecer a atenção de quem estava às voltas com crimes tão estrepitosos.

Em casa, a vida também não andava fácil. Alice, estranha desde que Hermano percebeu a escultura colocada na estante.

– Está aí há dois dias – respondeu ela quando inquirida sobre o objeto.

– Ok, estou distraído, cabeça cheia demais, mas o que perguntei foi de onde veio essa pequena obra de arte. Comprou onde? Parece cara.

– Foi presente... do Gunnar – ela revelou com alguma hesitação.

– Ah, sim! Presente do seu professor de arte, muito bom! Por acaso perdi alguma data importante que justifique o presente? Vou logo avisando que não posso competir com ele, não tenho dinheiro pra comprar nada que se compare a uma escultura de... de que metal é isso mesmo?

– Bronze e ferro – esclareceu Alice –, e não houve nenhuma data importante, não.

– Opa! Agora é que minha curiosidade aumentou. O presente seria então por conta de?...

– Felicidade – ela arrematou. – Gunnar está feliz porque concluiu um trabalho importante que vai ser apresentado ao público depois de amanhã. O convite pro *vernissage* está ao lado da escultura. Quer ir comigo?

– *Vernissage*... palavra chique... Que bom que você se lembrou de me avisar – ironizou Hermano. – Deixa eu ver. Bonito o convite. Hmmm, *La Venus del espejo*. Ele reproduziu um quadro em foto, bacana, hein! Não sei se vou poder ir, pena, estou tão ocupado esses dias... Mas não creio que vá fazer falta, né? Um cara como eu, de repente é até melhor que não vá, concorda?

Alice amarrou a cara, preferiu não entrar no jogo de provocações que tinha tudo pra resultar em conflito, deixou-o a sós com a escultura para que pudesse observá-la e interpretá-la sem a influência venenosa dos ciúmes.

Hermano se arrependeu da acidez usada na conversa, sentiu-se um adolescente idiota, inseguro, antipático etc, mas concluiu que, a despeito do seu comportamento reprovável, havia, sim, algo a ser investigado também em sua vida privada. Era óbvia a tensão nos gestos de Alice durante a conversa e indisfarçável o alívio em seus olhos quando ele deu a entender que não iria à exposição. Na verdade, estava agora interessado em ir, para compreender melhor o que se passava, e não ceder um milímetro sequer ao ex-namorado de sua companheira. O difícil era hierarquizar tantas investigações que pairavam sobre sua cabeça e manter-se em forma para dar conta do serviço.

A brisa evoluiu para um vento médio, levantador de poeira e de saias. Vento incomoda, mas ajuda a descobrir coisas, pensou. A pequeníssima calcinha vermelha da jovem sardenta pega de surpresa ao correr em direção ao ônibus foi um bem-vindo colírio. Hermano suspirou de tesão, preocupou-se com estar levantando poeira demais no trabalho e em casa, mais do que devia, muito além do que conseguia administrar.

O café da manhã pesava como nunca. Mais alguns passos, estaria de volta à DP, de onde deveria sair antes das 12:30 horas para o almoço remarcado pela terceira vez com a jornalista. Miriam, gravou o nome, o olhar, o tom de voz, apesar da minúscula duração de seu único contato pessoal. Era uma figura agradável, não o assustava como costumavam fazer os jornalistas. Hermano morria de medo de cometer alguma gafe, revelar algo indevido, tropeçar nas frases, mas Miriam tinha um jeito positivo, amistoso, não sinalizava a voracidade dos seus colegas de profissão. Chegou à delegacia considerando se sua avaliação de Miriam não seria mais traiçoeira do que confortante. O vento ficou do lado de fora, fazendo companhia ao calor que o derrotava de forma humilhante. Bendisse o ar-condicionado no máximo e apressou-se em tomar seu antiácido. Precisava livrar-se o quanto antes da queimação estomacal para não fazer feio no almoço.

– Almoçamos juntos? – consultou Jaqueline.

– Hoje não posso, estou agendado.

– Posso saber com quem?

– Normalmente não poderia, sua enxerida. Mas, como nesse caso foi você que recebeu o primeiro contato, vou abrir uma exceção – Hermano suspendeu sua fala para observar a passagem de Belchior com cara mais tensa do que de costume.

– Vai falar ou prefere guardar o segredo para o próximo capítulo da novela? – provocou Jaqueline.

– Vou almoçar com aquela jornalista que me ligou há um tempão, lembra? Foi você que atendeu e me passou o recado.

– Humm, jornalista! Chefinho tá virando celebridade.

Atentos à conversa dos colegas, Aristarco e Fábio trocaram olhares.

O entorno gradativamente deixou de afetar Hermano. Absorto com os últimos depoimentos de testemunhas que insistiam em acelerar o desenlace do caso Casemiro Seabra, cada vez mais à frente da investigação prioritária dos assassinatos de Nicholas Felcman e Marcílio Tavares, aos quais se juntaram os de Jurandir Fragoso e Luís Carlos Amaral – o Lulu do Pastel –, enfim, Hermano acabou por descuidar-se do horário. 12:45 horas. Maldisse estar atrasado para o compromisso que prometia ser o mais importante do dia. Ligou o iPod, colocou o fone de ouvido e partiu em velocidade incompatível com a requerida por um simples compromisso de almoço, embalado por The Cult cantando *Ashes and ghosts*.

– Pensei que não viesse – recebeu-o Miriam com um sorriso acolhedor, que de alguma forma se harmonizava com o cheiro de carne dominante no recinto.

– Desculpe, eu...

– Por favor, não se desculpe, eu apenas imaginei que alguma outra emergência pudesse...

– Não, não, não houve emergência nenhuma, é que...

– Esqueça, delegado, estamos finalmente realizando o almoço combinado há tanto tempo, e é isso que importa.

Hermano ficou encantado com a rara objetividade de sua companheira de mesa. Uma mulher que não cobra explicações era fato novo em sua vida. Fez uma panorâmica no restaurante àquela hora já bastante movimentado e bulhento, localizou Percival numa mesa de canto com três desconhecidos, foi detectado imediatamente por Gerson, seu garçom favorito, e lembrou-se da lasanha de acelga mastigada sem muito entusiasmo na noite anterior. Viver com Alice lhe exigia uma adesão vegetariana, racionalmente saudável, mas emocionalmente sacrificante.

– Boa tarde, delegado! – aproximou-se Gerson, com uma alegria tão espontânea quanto confiada. – Vejo que está muito bem-acompanhado hoje.

– É uma jornalista, Gerson, dona Miriam. Cuida bem da gente, se não você pode virar notícia ruim amanhã – brincou Hermano. Gerson e Miriam riram juntos.

– Já escolheram? – emendou Gerson.

– A gente acabou de chegar, mas...

– A gente? – ironizou Miriam. – Eu vou querer o *steak* completo que, pelo que vi, é uma das especialidades da casa, certo? Ao ponto.

– Esqueci que você já está aqui há mais tempo – corrigiu-se Hermano. – Eu vou querer o mesmo, ao ponto pra bem-passado. Vinha salivando pelo caminho só de pensar. Capricha aí pra nós, tá, Gerson?

– Não tem erro. E pra beber?

– Um guaraná – ela.

– Uma Coca – ele.

– Normal ou diet?

– Zero – ela.

– Normal – ele.

Hermano lembrou-se da azia matinal, reduzida agora a poucos vestígios, do bem que lhe faria a Coca encomendada ao garçom e do quanto precisava acautelar-se para não deixar que o clima descontraído, tão rapidamente instalado no encontro, o levasse ao esquecimento de que estava diante de uma profissional da imprensa, com mais apetite por notícias que por *steaks*.

– Vida puxada, né? – Miriam rompeu o breve silêncio.

– *Ô!*

Ambos sorriram.

– Estava preocupada com este almoço. Da primeira vez que marcamos, morreram duas pessoas. Depois, mais duas – Miriam tinha o hábito de olhar para baixo toda vez que se arriscava a dizer algo engraçado. Mistura de timidez com receio de não atingir o humor pretendido. Hermano sorriu educadamente, sinalizando o fracasso que ela tanto temia. – Desculpe – retratou-se. – Não devia estar brincando com assunto tão sério.

– Não, não, não se preocupe. Estou acostumado a esse tipo de brincadeira. Você não imagina o que eu escuto na delegacia.

– Obrigada pelo consolo – agora seus olhos se fixavam nos de Hermano, que tresandaram a piscar, obrigando-o a olhar para baixo e encenar uma ajeitadinha no guardanapo.

– Esses casos que estou investigando e o assédio da imprensa têm me tirado o sono – a frase, que pretendia justificar seu descontrole pisca-piscante, soou como confidência. Hermano sentiu imediatamente que havia errado no tom.

– Taí um tema palpitante: o quanto de envolvimento emocional do delegado Hermano existe na investigação dos Vingadores do Povo.

– Por favor, não estamos fazendo uma entrevista, certo? Não quero meu nome em jornal mais do que já tem saído contra a minha vontade, e não quero especialmente dar a entender que reconheço qualquer forma de apoio popular aos assassinos.

– Desculpe, de novo, delegado. Mas a expressão "Vingadores do Povo" já pegou. Não há nada que se possa fazer. É como o "mensalão". Tentaram substituir pelo número da ação e nada. Quando o público adota, não tem jeito.

– Claro, claro, compreendo. Mas minha posição simplesmente não permite.

– Entendido. Não se fala mais nisso.

– Sabe, acho até bom estarmos conversando sobre isso. Se vocês da imprensa pudessem omitir a menção a essas manifestações que estão acontecendo nas redes sociais...

– Não é só nas redes sociais, delegado. O assunto está ganhando as ruas. Já vi gente usando a expressão no salão de beleza, em festa de aniversário, no metrô... "Vingadores do Povo", o nome é forte. Uns elogiam os assassinos, e quase todos se divertem com a crueldade da pena imposta aos corruptos.

– Brincadeira de péssimo gosto, inversão total de valores. Apoiar um grupo de assassinos é sinal de barbárie, será que ninguém tá vendo? Você não faz ideia da brutalidade com que esses criminosos agem. Muito ruim essa reação, muita decadência, meu Deus!

– O senhor é religioso?

– Gozado, você é a segunda pessoa que me pergunta mais ou menos isso nas últimas semanas. Acredito em Deus, sim, mas não pratico nenhuma religião.

– Sinceramente, não sei como a ideia dos Vingadores do Povo ainda não foi parar na mídia de massa. Lamento dizer, mas é inevitável.

– Só apelando pra Deus mesmo. Esse caso está me arrastando pra religiosidade – desabafou Hermano com desolada ironia. – E pode me chamar de você, somos muito jovens pra essas cerimônias de senhor e senhora.

– Ok. *Vocêêê* desconfia de motivações religiosas ou políticas para esses crimes?

– Não descarto nenhuma possibilidade. Mas como explicar a morte do Casemiro Seabra, por exemplo? Nisso ninguém pensa quando inventa apelidos simpáticos para os bandidos.

– Quer dizer que o senhor, desculpe, você, acha que as mortes dos deputados, do vereador e a de Casemiro estão interligadas? Seriam os mesmos assassinos?

– Bem, os mesmos exatamente, não, até porque os homicídios de Nicholas e Casemiro foram cometidos quase ao mesmo tempo em locais bem distantes. Mas pertencerem ao mesmo grupo é uma das possibilidades.

– Como assim? A forma de execução é tão diferente...

– Ainda não temos elementos suficientes para uma declaração oficial, mas essa quadrilha pode ter variado a forma de execução só para nos confundir. Ou quem sabe, de repente, mudaram de método naquele momento por uma questão de praticidade, porque descobriram que é mais simples matar alguém com porretes e alicates do que com maçaricos, ou ainda trataram Casemiro como efeito colateral, acidente de percurso ou algo do gênero, ou quem sabe até estejamos lidando com mais de uma quadrilha, o primeiro inspirando o segundo, os dois primeiros inspirando o terceiro e o quarto? São tantas possibilidades. E por mais que a imprensa insista, não se pode dizer que quatro crimes idênticos definam um padrão.

– Ah, não?! Quantos são necessários?

– Não é uma questão apenas numérica. Há vários fatores a considerar.

– Mas você há de convir que o ritual do maçarico é supermarcante, dá uma personalidade diferenciada aos assassinos. A fama deles é um fato. Fala-se muito em *serial killer*, sim, mas também em grupo ideológico.

– Sem dúvida. Deve ser essa a intenção dos assassinos. Hoje em dia o marketing está em tudo.

– Hummmm, marketing... Não entendo, delegado. Qual seria a ligação de Casemiro Seabra com a política ou com os políticos mortos? E por que motivo eles abririam mão de um marketing, como você diz, tão benfeito?

– Já disse que Casemiro pode ser apenas um acidente no meio de um plano maior. Perdão, acho que já falei demais. A investigação não está suficientemente madura pra que eu te responda, tá? Falta esclarecer muita coisa, inclusive a real motivação dos criminosos.

– Tudo o que estamos conversando é *off*, delegado. Fique tranquilo.

– Dois *steaks* caprichadíssimos – interrompeu Gerson, trazendo a comida junto com a bebida. – Preferem que eu sirva ou deixo a bandeja?

– Pode deixar a bandeja, obrigado-obrigada. – Os dois responderam quase em uníssono, depois de um rápido acordo de olhares.

– A cara está ótima – animou-se Miriam, acomodando no lado esquerdo de seu prato a primeira colherada de farofa.

Algumas mesas adiante, um homem pardo, gordo, trajando camisa estampada de gosto duvidoso, comentou algo com Percival, que logo se esticou e apontou o celular para a mesa de Hermano, fotografando-o com sua companheira de almoço.

– Onde é que estávamos? – retomou Miriam.

– Aqui mesmo – brincou Hermano com expressão séria, o que costumava deixar as pessoas sem saber como reagir. Miriam hesitou um pouco antes de liberar seu sorriso indeciso de boca cheia. – Piadinha boba. Às vezes não resisto. Pode ficar tranquila, não acontece toda hora.

– Lembrei. Eu estava lhe dizendo o mesmo que você acaba de me dizer: fique tranquilo.

– Coincidência.

– Não acredito muito em coincidências, delegado. Nós dois preocupados em tranquilizar um ao outro, é porque sabemos o perigo que nos ronda.

– Outra coincidência: como você, eu também não acredito em coincidência. De que perigo você está falando exatamente?

– Das forças políticas que giram em torno desses crimes. Tenho muita informação sobre o pastor Ismael, por exemplo. Sei que ele é o principal suspeito até agora, a não ser que você me fale de algum outro neste almoço, e sei que o delegado Belchior está doidinho para incriminá-lo depressa.

– Hmmm! Como pode saber tanto?

– Eu também tenho um chefe na redação do jornal que recebeu ligação de algum informante, orientando uma investigação nossa por essa vertente. Jornalismo investigativo, delegado. Investigar não é exclusividade da polícia.

– Puta que pariu! Esse Belchior é foda – rosnou Hermano, adivinhando a identidade do tal informante.

– Imagino o quanto isso o aflige, porque sinto a mesma pressão do meu lado e não quero participar de nenhuma trama malpensada ou mal-intencionada, que termine prejudicando alguém.

– Já teve gente pagando com a vida por essa pressa.

– Sei disso. Casemiro acabou pagando o pato, provavelmente porque era ligado ao pastor.

– Você está caminhando sobre areia movediça, Miriam. Esse jogo é mais complicado do que parece.

– Não tenho dúvidas. Por isso estou aqui: pra ajudar e ser ajudada.

– Alguma nova pista?

– Não exatamente pista, mas uma boa tese.

– Baseada em quê?

– Na minha descrença em coincidências.

– Que coincidências?

– A da primeira vítima ter sido morta depois de uma série de discursos veementes contra a bancada das armas no Congresso.

– Não se esqueça de que a vítima também estava envolvida num escândalo de desvio de recursos das áreas atingidas pelas chuvas na região serrana, daí essa coisa de Vingadores do Povo. Podemos estar lidando com uma espécie de *Edukators*, sabe aquele filme?

– É sobre uns jovens alemães que protestam ameaçando os ricos?

– Isso.

– Vi há bastante tempo. Se bem me lembro, eles não matam.

– Não, não. A semelhança é só no aspecto ideológico.

– Interessante, pode ser um grupo parecido. Mas por que não se identificaria? Você falou em marketing há pouco, e o que esses grupos mais buscam é fazer propaganda de suas ideias.

– Talvez porque não precisem, porque o próprio público já os batizou e os divulga espontaneamente.

– Ou porque eles próprios o façam por trás dos panos, atiçando a opinião pública através da internet.

– Outra possibilidade.

– Mas voltando ao envolvimento das vítimas com escândalos, creio que nada esteja provado até o momento. Os desvios de que acusam o deputado Marcílio, por exemplo, ocorreram em âmbito municipal e as suspeitas foram subindo como a água das enchentes até esbarrarem num deputado estadual que é seu antigo aliado. O que se sabe de verdade é que ele andou doando um dinheirão pras obras sociais do pastor Ismael. Tudo muito nebuloso, colocando o pastor numa posição de lavanderia, ou, na pior das hipóteses, provando que Marcílio roubava de uma obra social pra doar a outra.

– Concordo. Mas não podemos descartar a hipótese do ataque à bancada das armas ser um artifício pra tirar o foco do escândalo serrano. Inventar um conflito pra obscurecer o problema real, políticos são mestres nisso.

– Nem podemos esquecer que o deputado foi chamado a se explicar e bombardeado na mídia por políticos pertencentes a que bancada?

– Vamos com calma, Miriam. É natural que políticos atacados num episódio se esforcem para contra-atacar em qualquer território o quanto antes, devolvendo o incômodo que os rivais lhe causaram. Bateu, levou, essa é a regra.

– Pode ser, pode ser, delegado. Mas você não acha muita coincidência que o segundo deputado morto também seja adversário da bancada das armas?

– E o vereador? E o deputado estadual? O tema das armas nem é da alçada deles. O único elemento comum aos quatro políticos mortos é a corrupção, provada ou suspeitada, não importa. E a opinião pública, que os considera desprezíveis, já os condenou.

– Faça uma projeção, delegado. Houve dois políticos mortos depois dos deputados federais, com os mesmos requintes de crueldade, mas com menos impacto na opinião pública devido aos postos menores que ocupavam. Se essas duas últimas vítimas fossem parar em Brasília, ouvi dizer que o Lulu do Pastel estaria se candidatando a federal nas próximas eleições, se eles votassem nessa matéria das armas, como se posicionariam?

– Como eu posso saber? É suposição demais.

– A política é uma teia intrincada, eles poderiam estar costurando alguma coisa nos bastidores, delegado.

– Posso te pedir mais uma coisinha?

– Claro que sim.

– Não precisa ficar me chamando de delegado o tempo todo. Prefiro que me chame de Hermano, ok? Em ocasiões formais, com outras pessoas em volta, tudo bem, delegado soa melhor. Mas num almoço como este, fica excessivo, não faz sentido – o exercício da sedução acionou o alerta ético de Hermano. Estava em clima de flerte, evidente, impelido pela velha força irresistível que tantos prazeres e transtornos já lhe causara.

– Primeiro, retirou o senhor. Agora, retira o delegado. Estamos ficando íntimos muito depressa – Miriam ruborizou enquanto esboçava um riso artificial, arrependendo-se no ato de ter sido tão ousada. Segunda tentativa fracassada de fazer graça no mesmo almoço. Decididamente, seu dia não estava favorável a piadas. Hermano voltou a sorrir para o guardanapo.

– Bem, ehr... gostou da comida? – desviou ele.

– Adorei. Era exatamente o que eu gostaria de almoçar.

– Acho que... podemos nos ajudar, sim. Vou refletir sobre sua tese da bancada, vale aprofundar o assunto. E você, descobrindo qualquer fato novo, por favor...

– Não tenha dúvida. O senhor... ehr... você, podendo adiantar o meu lado, também, por favor... vida de jornalista, sabe como é. Se não contamos com boas fontes... secamos. A hipótese dos *Edukators* daria uma matéria e tanto.

– Não posso prometer contrapartida, Miriam. Essa coisa do sigilo profissional é muito séria e...

– Pelo menos, não me deixe ser a última a saber, tá bom? Posso contar com isso?

– Havendo algo a declarar, por que não? Tudo indica que estamos fazendo um acordo de parceria.

– Parece que sim. Ambos temos interesse em solucionar o caso e temos que lidar com regras éticas de nossas profissões.

– Perfeito. E ainda temos chefes que nos pressionam a precipitar as coisas.

– Ai, nem me fala.

– Mais uma razão pra que a gente se una – ambos riram e brindaram discretamente. – À união!

– Gerson, traz dois cafezinhos aqui pra gente?! E a conta também, por favor.

– É pra já! – respondeu Gerson esbanjando animação, como se também comemorasse o acordo fechado entre os simpáticos clientes.

Tomados os cafés e dividida a conta, despediram-se reforçando as promessas feitas de preferência recíproca.

Um certo alívio saltava dos olhos de ambos quando se retiraram. No caso de Hermano, um alívio enganador, superficial. Mal deixaram o restaurante, ele já se arrependia por ter falado tanto.

BRISA

Havia um enorme painel ao lado da pequena reprodução impressa do quadro. Explicava, com texto bem-costurado, tratar-se do único nu de Diego Velázquez. Dizia, por exemplo, que na temática mitológica visitada pelo pintor em outras de suas obras, não havia registro de alguma tela em que a figura mítica fosse despida de sua aura transcendental, mostrando-se tão completamente humana como aquela, o que produzia o efeito contraditório de torná-la divinamente mulher. E, após listar os outros nomes atribuídos à obra, como *The Toilet of Venus* e *The Rokeby Venus*, este último por conta de sua hospedagem durante todo o século XIX no Rokeby Hall de Yorkshire, aproveitou o ensejo para discorrer sobre o quanto a deusa viajara desde seu nascimento na Espanha até a atual residência na National Gallery de Londres. O longo texto do painel desembocava numa curiosa evidência: destoante da Vênus de Rubens, de *La Maja* de Goya e de outras mulheres representadas na arte clássica, geralmente rechonchudas, como era o padrão de beleza antes do século XX, a de Velázquez ostentava formas consideradas atraentes até hoje, ou seja, continuava merecendo a adjetivação divina no sentido estético que atualmente lhe damos.

Diante do belo texto, a mulher de cabelos castanhos soltos, contrastando com o penteado preso da personagem central da obra, sentiu-se lisonjeada. Usava um vestido vermelho simples, que lhe caía extremamente bem, escolhido com especial cuidado para não revelar muito de suas costas. Gargantilha e brincos discretos, sapatos de salto médio combinando com a bolsa preta, tudo tão elegantemente básico que ninguém imaginaria o tempo enorme dedicado à definição do conjunto e de cada um dos acessórios. No ambiente repleto de refinados e moderninhos, mesmo teoricamente se esforçando pela discrição, Alice estava deslumbrante. E tinha consciência disso. No fundo, comemorava em silêncio o êxito do seu plano.

Ao lado do painel que acabara de ler, erguia-se outro relatando o atentado sofrido pelo quadro de Velázquez em 10 de março de 1914. Como um trabalho realizado em data imprecisa, algo que varia entre 1647 e 1651, poderia provocar tamanho furor séculos depois?, perguntou-se Alice, enquanto flutuaram por seus pensamentos os mistérios que envolvem a violência desde as Mary Richardsons do início do século XX até os assassinos de gente inocente e políticos culpados nos dias de hoje. Lembrou-se de Hermano e repisou no fundo da alma que não havia nada de errado no que estava fazendo, embora se alegrasse intimamente pela ausência do marido no evento. Tal sensação de alívio lhe respingava borrifos de culpa.

Um terceiro painel tratando das fontes em que Velázquez teria buscado referência para seu polêmico trabalho, e um quarto – o maior de todos – dedicado à técnica fotográfica e à proposta do autor daquela exposição, formavam uma espécie de portal a destacar o que todos estavam ali para ver: a foto. Com os exatos 1,22 x 1,77 metro do quadro original, que facilmente a faria passar por *still* de luxo de um *making of* impossível, como se, voltando no tempo, o fotógrafo pudesse captar em época pré-invenção da fotografia a situação transposta para a tela por Velázquez, a foto era deslumbrante. Muito mais que um *still*, obviamente, daí o "de luxo" a qualificá-lo, pela surpreendente fidelidade às nuances de cor e luz da pintura do século XVII.

Ao se deparar com seu corpo exposto tão gloriosamente, Alice enrubesceu. Um misto de vergonha, orgulho, vaidade e outros sentimentos que ela não saberia descrever, percorreu-lhe a corrente sanguínea, e o comentário brincalhão de um rapaz com sua namorada, "bem gostosa essa Vênus!", provocou-lhe um tesão constrangedor. Deteve-se a admirar as nádegas que, ao espelho, mereciam severas críticas, e encontrou nelas uma graça inesperada. Suas costas, toda a linha ondulante de seu corpo, daquele privilegiado ponto de vista, observada e elogiada por tanta gente, era a melhor vitamina que a autoestima poderia receber.

Gunnar, ao lado da obra, dando entrevistas e sorrindo para os flashes, não cabia em si de tanta excitação. A exposição do *remake* fotográfico de *La Venus del espejo* fora planejada nos mínimos detalhes, desde o *décor* do ambiente, até os canapés e drinques servidos, tudo de muito bom gosto, sofisticado, charmoso. A luz que incidia sobre o quadro, cuidada por um iluminador com passagens por importantes museus de Barcelona e Paris, parecia parte integrante da obra, envolvendo-a numa atmosfera que beirava o mágico. E magia combina bem com mistério.

O mistério em torno de quem posou para o quadro, além de reforçar um dos aspectos históricos da obra original, era exigência absoluta de Alice e promessa de Gunnar, que obrigou toda a equipe a assinar um termo de confidencialidade que previa severas penas para quem o desrespeitasse. "Ninguém, por mais que investigue, mesmo que chegue por algum meio a descobrir que você foi a modelo, jamais ouvirá de mim ou de qualquer outra pessoa envolvida neste trabalho a confirmação de que você é a Vênus da foto", prometeu-lhe Gunnar solenemente. A preocupação de todos era Rafael, cujo rosto facilmente identificável na foto poderia atrair xeretas que, valendo-se da inocência do menino, acabassem por arrancar-lhe a valiosa informação. Apesar das enfáticas recomendações feitas a ele, Gunnar preferiu não levá-lo à exposição, o que foi simplificado pelo fato de ser um ambiente adulto, sem atrativos para crianças.

Alice misturava-se bem aos demais alunos de Gunnar. Quem a visse ali no meio de toda aquela turma jamais adivinharia tratar-se da deusa nua que reinava absoluta no ambiente. Disfarçava bem suas inquietações, agindo com a naturalidade que lhe era possível, e procurava comentar sobre algumas outras fotos de Gunnar que coadjuvantemente completavam o *vernissage* sem que quase ninguém lhes desse atenção, até que a voz encorpada de um repórter ecoou no salão.

– Senhor Gunnar, quem é a modelo da foto? – Gunnar sorriu.

– Este é um segredo que faz parte da obra – respondeu o artista com toda a serenidade que pôde demonstrar.

– Como assim?

– Velázquez não revelou quem posou para seu quadro, o mistério completa o quadro. Vou segui-lo nisso também.

– Dizem que o segredo de Velázquez escondia uma amante. Seria esse o seu caso? – interveio outro repórter, de voz menos possante, mas denotando maior intelectualidade.

"Meu Deus!", sussurrou Alice para si mesma, empalidecendo bruscamente. "Tudo bem, Alice?", interrogou Patrícia, uma de suas colegas mais próximas, ao notar a súbita lividez em seu rosto. "Uma cólica", mentiu ela tentando recompor-se. "Isso lá é hora de se ter cólica?", brincou Alice com um risinho sem graça. "Vou dar um pulo no banheiro e já volto." "Vou com você", solidarizou-se a colega. "Não precisa, é coisa boba." "Falando em boba, deixa de bobeira, menina. O que é que custa acompanhar uma amiga? Vamos sim, que eu também preciso retocar a maquiagem."

Na delegacia, Hermano se preparava para sair. Planejava fazer uma surpresa a Alice, aparecendo na exposição, mostrando-se mais sensível ao universo artístico frequentado por ela, levando-a para jantar em seguida, dando sinais de querer reaproximar-se. Ao mesmo tempo, gostaria de flagrá-la num ambiente onde Alice não contava com sua presença, ver como ela se comportava na frente de Gunnar e dos colegas. Estava dividido entre sentimentos conciliadores e ciúmes, por isso fez questão de deixá-la pela manhã com aquele "vamos ver, acho que não vai dar, o trabalho está pesado hoje" que, para bom entendedor, soava como um "não" eufemizado. O fator surpresa era fundamental para seus dois objetivos, por mais antagônicos que fossem. Começava a desligar o computador quando Jackie o abordou.

– E aí, como foi o almoço? Tanta coisa rolando que nem falamos nisso.

– Foi ótimo – respondeu Hermano, com ar apressado.

– Ótimo como?

– Ela quer colaborar, pareceu uma pessoa legal.

– Ahan... Só isso?

– Interrogatório agora?

– Não, não. Curiosidade, sabe? Especialmente depois de ver o Percival chegar do almoço todo animadinho.

– Estranho...

– Pois é, parceiro, Percival sorrindo não pode ser boa coisa. Ficou um tempo trancado com o Belchior, conversando fiado.

– Vi o Percival no restaurante. Tava lá com uns caras que não conheço.

– Foi o que imaginei. Ele gosta de almoçar no Filezão de Ouro, apesar do preço mais salgado.

– Não tinha nada de mais na minha mesa. A alegria dele pode muito bem ter vindo da conversa que rolou com seus companheiros de almoço. O que ele poderia estar aprontando?

– Sei lá. Você tava com uma mulher, o que sempre é um prato feito pra uma intriga básica. É bonita ela?

– Bonitinha.

– Ahan...

– Que cara é essa, menina? Não houve nada, só uma conversa simpática e civilizada durante o almoço.

– Uma conversa simpática e civilizada com uma jornalista, Maninho. Não se esqueça desse detalhe: uma jornalista.

Recomposta depois da ida ao toalete com Patrícia, Alice tomava um copo d'água quando percebeu que Gunnar vinha em sua direção.

– Esses jornalistas são uns malas. Não param de me perguntar sobre a modelo da foto – cochichou ele.

– Vi parte da pressão, quase tive um troço – devolveu ela com a mesma discrição.

– Já ligaram até lá pra casa querendo falar com o Rafael. Você acredita nisso?

– Que loucura!

– Não respeitam nem criança esses urubus.

– Vem vindo gente, disfarça e segue.

– Parabéns, viu, professor! Tá tudo lindo! – as frases de felicitações foram ditas em tom mais efusivo, para despistar o clima de confidencialidade em que conversavam.

– Uma foto? – abordou o fotógrafo contratado pela produção para cobrir o evento.

– Claro – responderam os dois, mão dela no ombro dele, ambos sorrindo resplandecentemente.

– Mais umazinha aqui – solicitou o fotógrafo ao astro da festa, vendo aproximar-se a figura solene de Ewerton Rosenthal.

– Capricha no clique que este é quem cuida da minha saúde física e artística – comemorou Gunnar, agradecendo baixinho a presença do conceituado médico e grande colecionador de arte, antes de fazerem a pose com que seriam registrados.

– Fico feliz de vê-lo tão jubiloso – comentou o doutor Rosenthal, enquanto era conduzido por Gunnar para o núcleo central da exposição, seguido de perto pelo fotógrafo que deduzia a importância dos convidados pela atenção que o artista lhes dispensava.

– Melhorou? – indagou Patrícia, aproximando-se por trás, logo após a saída de Gunnar.

– Bem melhor agora, obrigada – tranquilizou-a Alice, forçando na animação.

– Você precisa provar essa torradinha com queijo *brie* derretido e geleia de damasco – disse Patrícia, já se adiantando em pescar uma torrada na bandeja do garçom que passava ao lado. – Pega essa – ofereceu-lhe a fatia amarelada generosamente coberta de queijo quente e geleia. – Tá uma delícia!

A sonora crocância da torrada dentro da cabeça de Alice misturou-se aos pensamentos sobre Rafael. Estava lindo o menino, angelical de verdade no papel de Cupido, e era o único modelo identificável da foto. Muito sucesso pela frente, muita vulnerabilidade imediata. E logo no papel de Cupido, parece provocação. Se o Hermano desconfia, nem quero pensar, arrepiou-se ela.

Multiplicavam-se as perguntas de jornalistas.

Depois de responder sobre estar ou não corroborando a tese do crítico Lorenzo Mammì sobre a inexistência de distinções essenciais entre pintura e fotografia, já que ambas seriam formas de manipulação de imagem, Gunnar foi atingido por um petardo disparado por um repórter de baixa estatura que, por estar posicionado na linha de trás, projetou sua voz com volume além do necessário.

– O senhor considerou os problemas por expor a nudez de uma criança? Em tempos de tanto debate sobre pedofilia, não se preocupou em resguardar seu filho?

Alice voltou a se inquietar. Deslocou-se depressa para um ponto onde não pudesse ouvir mais nada que soasse ameaçador. Quando julgou ter conseguido, o celular tocou.

"Oi, Hermano!

[...]

Quê?

[...]

Tá vindo pra onde?

[...]

Não, não, é a ligação, tá ruim.

[...]

Ahn, tá chegando... que pena!

[...]

É que já acabou, meu bem. Quer dizer, não acabou, mas eu já tô voltando pra casa.

[...]

Vozerio? Ah, é. Muita gente saindo junto.

[...]

Melhor não, Hermano, isso aqui tá muito chato, você vai detestar, nem eu que faço o curso estou aguentando.

[...]

E também... já me despedi de todo mundo, sabe?

[...]

Estranha... pode ser. Na verdade, não tô me sentindo muito bem.

[...]

Sei lá, deve ser pressão baixa, tá me dando uma fraqueza...

[...]

Me pega na porta? Quanto tempo?

[...]

Ok, te espero na porta, então. Beijo!"

– Você tá branca como um fantasma, amiga – observou Patrícia vinda do nada e fazendo Alice pular de susto. – Desculpa, te assustei?

– Um pouco. Tava distraída – justificou-se Alice.

– Vamos lá pro fundo, procurar uma cadeira, uma água... Tua cara não tá nada boa.

– Não! – a negativa de Alice saiu mais aguda e enfática do que devia. – Meu mari... namorado tá vindo me buscar, não se preocupe – adocicou o final da frase, corrigindo a aflição demonstrada no seu início.

– Fico com você lá na porta até ele chegar, ok?

– Não precisa, Patrícia.

– Precisa, sim. Deixa de ser teimosa.

Ainda às voltas com as entrevistas, Gunnar observava a cena de longe. Percebeu o telefonema perturbador, a palidez de Alice, a solidariedade de Patrícia, a saída das duas. Talvez tenham ido tomar um pouco de ar, pensou. Imediatamente ocorreu-lhe a ideia de falar das fotos menores que completavam o *vernissage*, uma trégua mais do que bem-vinda, depois de tanto falar sobre a obra central e escapar de temas delicados. Durou poucos minutos. A *Vênus do espelho* era sedutora demais pra ser trocada por qualquer assunto.

Do lado de fora, outro observador atuava. Protegido pela sombra de uma árvore, junto à qual estacionara seu Fiat Palio verde, o vulto de um homem alto e forte agitou-se com a chegada de Hermano, apurou a audição para ouvir Patrícia sendo apresentada ao delegado, os votos de melhoras para Alice e os agradecimentos do casal. Foi ágil o suficiente para sincronizar seu embarque com o de Alice, o que lhe possibilitou segui-los até o restaurante e depois até a porta de casa, sem maiores contratempos.

VENTO

A noite funcionara melhor do que Hermano havia imaginado. Perdida a etapa do *vernissage*, que no fundo era a que menos lhe interessava, por culpa do seu atraso em sair da DP, a segunda parte do plano revelou-se um enorme êxito. Bastou a proposta do jantar para que Alice recuperasse a cor. Foram a um restaurante italiano, onde as restrições vegetarianas dela não encontraram maiores dificuldades, comeram bem, conversaram bem, tudo muito bem como há algum tempo não lhes acontecia. Tão bem que despertava suspeitas. "Será que a simples demonstração de boa vontade com a exposição de arte ou o convite banal para um jantarzinho teriam efeitos assim tão imediatos?", questionava-se Hermano, balanceando a sensibilidade de sua companheira com o exagerado sentimento de alívio demonstrado por ela. Seria alívio pela iniciativa de reaproximação dele ou por ter sido evitado o encontro com Gunnar?

Em casa, fizeram amor como nos melhores tempos de sua relação e dormiram como anjos, tomando o cuidado de desligar os celulares como convinha a uma noite tão especial.

Assim dormiram, assim acordaram, ainda chameguentos, espreguiçando corpos e almas, preparando-se para começar o dia sob os efeitos benéficos da revigorante noite.

Ao ligar o celular, Hermano viu registradas duas ligações de Miriam e uma de Jaqueline. Preferiu não retornar nenhuma delas antes de sair de casa, mas acelerou o café da manhã, folheando o jornal com mais pressa do que de costume. Tinham o hábito de dividir os cadernos durante a leitura, trocando-os em seguida: Hermano começando pela área política, econômica e policial; Alice começando por colunas sociais, cultura, comportamento e lazer. Poucos minutos após iniciarem seu ritual informativo, o sangue voltou a fugir do rosto de Alice. Ela se levantou discretamente, tomou um copo d'água e fingiu esquecer a página que a transtornara longe da mesa do café. Respirou fundo e voltou a sentar-se.

– Você está bem? – perguntou Hermano, tocando-lhe a mão esquerda afetuosamente.

– Estou sim, querido, obrigada – respondeu Alice, esforçando-se para dar aparência de alegria à preocupação que lhe visitava o espírito.

– Ótimo. Estou indo, tá? O dia hoje promete – Hermano ia saindo e retornou abruptamente. – Ah, sim! Tô indo de ônibus. Deixa o carro na revisão pra mim?

Ela concordou com um sorridente movimento de cabeça.

– Obrigado, meu bem!

Hermano beijou-a e despediu-se, cismado com o novo alívio exagerado que agora sua despedida parecia provocar. Algo diferente estava acontecendo com Alice, e ele sequer conseguia avaliar se era bom ou ruim.

Preocupada em ocultar a nota sobre o *vernissage* da véspera, Alice nem percebeu o rosto tenso do companheiro ao ver a foto de Percival na matéria que detalhava as operações da máfia dos caça-níqueis. Apontado como figura-chave, seu colega de trabalho estava praticamente garantido como encabeçador da lista dos réus na denúncia que o Ministério Público ofereceria em breve. Ao dizer "o dia de hoje promete", Hermano não estava apenas usando uma frase de efeito.

Não começou tão mal quanto o esperado. O telefonema de Jackie durante a noite informava que Miriam havia ligado ansiosa para a delegacia, e as ligações da jornalista confirmavam o que ambos sabiam desde o começo: pressões crescentes para que se tornasse pública a suspeita sobre o pastor Ismael e se destacassem todos os ângulos dos assassinatos que, ou não estavam maduros para aparecer, ou seriam inconvenientemente estimulados caso aparecessem.

Fábio estava agitado, como era de seu feitio, especialmente quando algum tema importante, sobre o qual não se devia falar, pairava sobre a delegacia. Havia um acordo tácito de discrição em torno de assuntos embaraçosos, e o prato do dia era Percival, com sua foto destacada nos jornais e seu nome atolado em suspeitas. Fábio tinha enorme dificuldade em se manter calado, todos reconheciam nele um ímpeto de expressar-se que costumava gerar problemas, e esse mero reconhecimento potencializava a apreensão que o fato desencadeador do acordo de discrição naturalmente provocava.

Belchior chegara mais cedo que todos – raridade – e estava trancado em sua sala, compenetrado com o tema que todos imaginavam qual seria. Percival chegou por último e, para surpresa geral, aparentava calma, chegando a transmitir menos sisudez no rosto, menos agressividade nos gestos do que habitualmente transmitia. Lembrava os condenados à morte pouco antes da execução, quando, sem dispor dos curativos da esperança, desvencilham-se de possíveis revoltas, conformam-se e adotam uma postura de reconciliação com a vida irremediavelmente encurtada. Tinha mulher e quatro filhos – dois do casamento presente, dois do passado. Seu salário, que não era lá tão vigoroso quanto faziam supor os riscos e responsabilidades do cargo que enobrecia seu contracheque, chegava enfraquecido todo mês pelo desconto em folha da pensão devida à ex-mulher e aos filhos do primeiro casamento, determinada por sentença em um divórcio altamente litigioso. Sobrava bem pouco para atender às necessidades dos que compartilhavam com ele o mesmo teto, dentre os quais se incluíam seus pais, ambos inválidos. Ninguém na DP ignorava as dificuldades enfrentadas pelo colega, mas as opiniões eram divididas entre os que enxergavam nesse quadro atenuantes para seus desvios de conduta, muitas vezes a ponto de justificar plenamente o ganho extra buscado por ele junto aos operadores de caça-níqueis, e os que não admitiam desculpas para nenhum comportamento desonesto. Dentre os últimos estava Hermano que, independentemente de suas convicções, guardava um respeitoso luto em relação ao companheiro de trabalho, poupando-o de palavras e olhares recriminatórios. O fato é que todos mediam seus movimentos com o cuidado de quem se desloca em uma loja de cristais, onde corredores estreitos prenunciam acidentes a cada passo. Dos cuidados, resultava tensão, e da tensão decorria a necessidade de descontração, algum comentário divertido sobre qualquer coisa que não se relacionasse com o objeto da preocupação envenenadora do ambiente, que não lembrasse em nada aquilo que não ousavam mencionar, e que não desse margem a interpretações irônicas, que teriam efeito desastroso, exatamente oposto ao desejado. Falar em corda na casa de enforcado, jamais. Foi quando Fábio bradou animado:

"O melhor negócio do mundo é ganhar dinheiro no grito!"

A frase e o riso de humorista fracassado que a ela se seguiu ecoaram na delegacia como uma blasfêmia proclamada em catedral. Os olhares incrédulos e reprovadores dos demais delegados ao caçula da turma indicavam predominar em suas cabeças a interpretação de que a frase era referência, a única até ali, aos supostos ganhos ilícitos de Percival. Foram dois longos segundos de silêncio, onde o rubor feroz do acusado, a careta de Jaqueline e o pigarrear de Aristarco encheram o ar de eletricidade.

– Que cara é essa, gente? – continuou Fábio, por um breve instante dando a impressão de que jogaria gasolina na fogueira. – Tô falando do quadro, *O grito*, daquele pintor norueguês, Edvard Munch. Já ouviram falar?

– Já, já – acelerou Hermano. – Mas o que é que tem a ver o quadro com as calças?

– Foi vendido num leilão por 120 milhões de dólares, galera. Tá aqui na internet. Recorde mundial. Uma grana dessas num quadrinho, já pensou?

– Em dólares, 120 milhões! Dinheiro pra cacete – comentou Jackie, aliviada.

– Quem daria tanto dinheiro num quadro? – embarcou Aristarco.

– Quem tem grana sobrando – arriscou Percival, surpreendendo de tal modo com a leveza da resposta que acabou provocando mais efeito do que esperava.

– Não é tua mulher que tá estudando artes plásticas, Hermano? – Tomás só entrou na conversa depois de se certificar de que não havia perigo. Jackie torceu a cara involuntariamente diante da menção feita a Alice.

– É sim. Ontem mesmo tava lá metida num *vernissage* – respondeu Hermano com um sorrisinho de quem prenuncia alguma gozação.

– Você ainda vai ficar milionário – animou-se Fábio. – Investe nessa mulher, que ela vai render mais do que esse empreguinho de delegado.

Todos riram.

– Vira esse olho gordo pra lá. Outro dia, entrei na roda porque ia ganhar dinheiro como poeta. Agora, é porque minha mulher é artista. Essas granas pesadas só rolam na Europa, nos Estados Unidos... Aqui no Brasil artista passa fome. Tem essa não – toureou Hermano, fechando com maestria a perigosa, mas bem-sucedida, iniciativa desanuviadora de Fábio.

A partir dali, a conversa derivou para umas poucas curiosidades sobre o ambiente artístico frequentado por Alice, que Hermano definiu como um bando de gente estranha onde só sua mulher se salvava, embora houvesse controvérsias quanto a isso – fez questão de frisar –, provocando risos no grupo temporariamente desfalcado. Apenas Tomás percebeu que Jaqueline partira subitamente em direção ao banheiro, mais como quem fugia da conversa do que como quem urgia no atendimento a convocações excretoras.

Serenadas as aflições, todas as atenções retornaram às tarefas de origem. Tomás apresentou a Hermano os depoimentos dos cinco recentes compradores de maçaricos no Rio que não eram soldadores, aqueles pré-suspeitos que ninguém a princípio levava muito a sério. Embora nenhum dos depoentes estivesse diretamente ligado aos crimes, havia entre eles algo relevante a examinar. Josué Saldanha, atravessador, pressionado para revelar de onde vinha o dinheiro para as compras que fazia, quem eram seus clientes e por que não documentava nenhuma de suas transações, ofereceu informação preciosa em troca de um afrouxamento nas questões fiscais. "Olha o que diz esse Josué aqui, ó", apontou Tomás. "Um cliente dele comentou ter sido contatado por um sujeito que lhe fez perguntas estranhas sobre os maçaricos e lhe pagou pra fazer testes com tubos metálicos, não para soldá-los, nem cortá-los, mas para fazer a chama do maçarico percorrer a extensão do tubo e descobrir a distância máxima que ela conseguiria atravessar e em quanto tempo o tubo seria destruído pelo calor", Hermano leu em voz alta. "Tem o nome e o endereço do tal cliente mais abaixo. Entregou esse pra preservar os outros e se ver livre da gente", celebrou Tomás. "Jackie, vem ver o que nosso peritaço conseguiu!", convocou Hermano. "Preciso que você vá com ele até Acari pra interrogar esse cara!" "Pra já!", respondeu Jaqueline, sem hesitar. "Vamos nessa, Tomasão? Té mais!", despediu-se de Hermano, deixando o jornal dobrado sobre a mesa com um título de matéria em destaque: Quem será a Vênus do espelho?. O jornal ficou horas ali, na mesa em frente à de Hermano, esperando atrair a atenção de alguém. A frase era instigante, aguçava a curiosidade, mas nada. Bastaria virar o caderno do jornal para ver, na parte que ficou dobrada para baixo, a reprodução da obra de arte produzida por Gunnar, e aí dificilmente Hermano deixaria de atentar para a possibilidade de ser Alice a resposta para a chamada da matéria, mas nada. Chamou a atenção de Fábio, aparentemente só a dele, que ensaiou perguntar a Hermano sobre se teria sido aquele o *vernissage* a que ele se referira há pouco, mas desistiu ao ver que o celular do colega estava tocando. Era Miriam.

– Oi, Hermano! Vou falar rapidinho, que tem gente chegando. Meu chefe elevou o tom. Tá difícil. Ele quer que eu escreva sobre os Vingadores do Povo, é o meu emprego que está em jogo. Vou tentar ganhar algum tempo com checagens e ajustes, mas não consigo enrolar mais do que dois dias. Temos informações seguras de que duas revistas semanais estão preparando matérias sobre isso.

– Verdade. Já me ligaram um monte de vezes e eu me recusei a atender.

– Pois é. Pega mal pra um jornal como o nosso, que está juntinho dos fatos, deixar que alguma revista nos passe a perna.

– Compreendo, mas...

– Prometo pegar o mais leve possível, tá? Ah, e não tem como deixar de mencionar o teu nome nem o do pastor Ismael.

– Peraí, e o nosso trato?

– Tá de pé. Por isso, estou ligando. Desculpa. Não fica bravo comigo. Agora tenho que desligar. Te cuida!

"Te cuida", repetiu Hermano para si. Viu Belchior através do vidro falando ao telefone mais animado do que de costume. Observou Fábio devorando o que lhe dizia seu computador com empenho de quem joga videogame, chegou a imaginar que era exatamente isso que o entretinha naquele instante. Notou que Aristarco parecia mais velho quando se concentrava na escrita e que Percival, com a caneta suspensa no ar, era um corpo descorado alheio ao seu entorno, esperando por sua alma que vagava bem longe dali. Num gesto mecânico, pegou o celular e ligou para Alice. Fora de área. Estaria na aula de arte? No dia seguinte ao *vernissage*? Sacudiu a cabeça, dispersando a aglomeração de pensamentos indesejados que começava a se formar, antes que eles começassem a gritar palavras de ordem. Olhou para o celular em busca de respostas que, tinha certeza, não estavam ali. Digitou o número de Miriam. Respondeu-lhe a voz metalizada de uma gravação irritante. Teve ímpeto de arremessar o telefone contra a parede. Controlou-se, para logo em seguida envergonhar-se do quase descontrole. Um barulho inconveniente, daqueles que nos arrancam do sonho no melhor momento, invadiu seu silêncio interior. Era uma mulher com o vestido banhado em sangue, gritando entre lágrimas que havia acabado de matar seu marido. Todos se agitaram. Aristarco, fazendo um sinal apaziguador aos companheiros, adiantou-se em atender a homicida, cujo sofrimento estridente prenunciava legítima defesa, decorria da autocondenação ou do arrependimento, conjugava as duas hipóteses, ou revelava uma desequilibrada mental com enorme talento dramático. Alice retornou a ligação. "Oi, Hermano! Você me ligou?" Atordoado pela agitação repentina no ambiente de trabalho que se somara à não menor agitação que lhe dominava o espírito, Hermano, sem verificar no aparelho quem estava ligando, e condicionado pela saudação "Oi, Hermano!", recebida minutos antes, confundiu as vozes de timbres muito semelhantes, pensando tratar-se de Miriam. "Pois é. Fiquei preocupado com aquela história do jornal. Você tem condições de falar sobre isso agora?", respondeu ele com a lentidão de quem procura as palavras. Alice, julgando que ele se referia à matéria sobre o *vernissage*, engasgou de início, até que conseguiu formatar a resposta que lhe pareceu mais sensata. "Olha, querido! Melhor a gente falar disso quando você chegar em casa, tá bom? Estou preparando um jantar caprichadíssimo pra nós". Bastou o "olha, querido" para que Hermano se desse conta do equívoco. A música da voz de Alice na introdução de sua proposta era inconfundível e, mesmo que assim não fosse, o tratamento íntimo seria mais que suficiente para a identificação. "Tudo bem, tudo bem", disse ele, tentando imaginar o que ela havia entendido ser a tal história do jornal que o preocupava. "Falamos à noite. Beijo!"

A assassina confessa com o vestido ensanguentado ainda chorava muito, mas seu efeito sobre a rotina da delegacia foi esmaecendo. Salvo Aristarco e a assistente social, envolvidos diretamente no atendimento, e esparsas olhadelas de um ou de outro, nada parecia acontecer fora do *script*. Para os que chegavam à delegacia, porém, deparando-se com a figura insólita cercada de dezenas de pessoas que pareciam ignorá-la, a cena parecia extraída de uma peça de teatro do absurdo. Belchior levou vinte minutos para sair de seu gabinete e sugerir que levassem a mulher para uma sala fechada. Retornou a seu posto de trabalho sob uma dúzia de olhares de aprovação, dentre eles o de Hermano. Era a primeira vez que oficializavam estarem se enxergando naquele dia, elevação de sobrancelhas de um lado, semissorriso de outro.

Maninho pensou em Miriam, no que poderia estar nos jornais nos próximos dias, no efeito que isso teria sobre seu chefe, sobre seu trabalho... Lembrou-se do alerta feito pela jornalista sobre a bancada das armas no Congresso, dos discursos dos deputados mortos contra o objetivo da tal bancada, que se resumia em aumentar a produção de armas, fazendo dessa atividade um dos pilares da economia nacional. Lembrou-se do tom agressivo dos debates, dos partidos que lideravam os pontos de vista antagônicos, da filiação do doutor Péricles Pereira ao partido mais favorável ao *boom* armamentista, logo ele, o velho doutor PP, candidato ao Senado, para quem Belchior insistia em arrecadar recursos de campanha. As pesquisas de Hermano sobre possíveis motivações políticas para os homicídios que investigava colocavam-no em assustadora rota de colisão com seu chefe, com os chefes do seu chefe, e não tinha como avaliar com quantos mais outros chefes de escalões acima do que sua visão alcançava. Quanto mais se aprofundava nessa vertente, mais se preocupava e mais torcia para que ela não fosse a verdadeira.

Passaram-se quatro horas e meia entre a saída de Jaqueline com Tomás e a volta deles de Acari. Tinham olhos brilhantes de quem trazia boas-novas.

– Apertamos o cara e ele abriu o bico – trombeteou Jackie, toda sorrisos.

– Como foi isso? – animou-se Hermano.

– A Jackie foi sensacional! – celebrou Tomás. – Começou de mansinho, quase cúmplice, e quando o cara começou a escorregar, deu-lhe uma enquadrada daquelas, ameaçando fechar o ferro-velho dele e o escambau.

– Uma dura psicológica, sem violência física – certificou-se Hermano.

– Tirei a pistola do coldre só pra impressionar, mas nem apontei pra ele, né, Tomás?

– Nadinha. Só psicológico – confirmou Tomás.

– Ótimo. E daí?

– Daí que o Marcelino, o nome dele é Marcelino Rubião da Silva, tremeu na base, pediu pra gente aliviar o ferro-velho que era o ganha-pão dele, disse que só soldava umas coisinhas que lhe encomendavam e tal. Tem toda a pinta de trabalhar com desmanche de carro roubado, tocamos nesse assunto e o bicho suou que só ele. Aí eu amarrei a cara e disse que ia ter que abrir uma investigação mais profunda, aquela encenação do "tá fodido", sabe? – relatou Jaqueline.

– Que aliás você adora encenar – comentou Hermano, provocando um riso moleque na parceira.

– Adoro mesmo – ela prosseguiu. – Aí foi a vez do Tomás interpretar o papel dele. Me chamou prum canto, fingiu confabular e voltou ao Marcelino propondo um acordo: o dono do ferro-velho falaria de um lado, a gente calaria do outro. Facinho, facinho. Topou na hora.

– E?

– Continuou suando. Morre de medo do sujeito que foi fazer os testes, um tal de Tenório, segundo ele, cheio de papo sinistro, negro, magro, a descrição tá toda gravada pra gente fazer o relatório direitinho. Ele diz que não sabe o endereço, que nunca tinha visto o cara por aquelas bandas. Só se viram duas vezes: uma pra sondagem e ajuste do preço, outra pra fazer os testes.

– Que papo sinistro seria esse que ele mencionou?

– Não ficou bem claro – respondeu Jackie.

– Tem a ver com ameaças – complementou Tomás. – Sublinhar que era assunto de gente graúda, que não podia vazar se não o bicho pegava geral, essas conversas levadas olho no olho, intimidação clássica.

– Ahan! E o... Tenório, agia sozinho?

– Era só ele que fazia contato. Mas chegava num 4x4 preto, dirigido por um cara que o Marcelino só viu de longe, branco, alto, musculoso e usando rabo de cavalo – esclareceu Jaqueline.

– Humm, rabo de cavalo. É a segunda vez que ouço falar dele – murmurou Hermano.

– Foi o porteiro do prédio do Marcílio, não é isso? – lembrou-se Tomás.

– Caraca, nem me toquei! – Jaqueline deu um tapa na testa.

– Exatamente. Jorge Amaro, ali naquela cadeira. Esse rabo de cavalo chama a atenção por onde passa, vai nos levar a algum lugar – refletiu Hermano. – E os tais testes? Eram mesmo sobre o que Josué adiantou?

– Cravado, chefe! – confirmou Jackie. – O que Tenório queria saber é que tipo de material resiste a que nível de temperatura e por quanto tempo.

– Levou tubos de diferentes materiais e calibres. Marcelino disse que foi tudo anotado num bloquinho levado por Tenório: material, calibre, distância percorrida pela chama dentro do tubo, abertura do maçarico... um negócio com jeito bem científico – explicou Tomás.

– Tá ficando quente – brincou Hermano.

– Detalhe: o Tenório usou nos testes o maçarico de bico mais longo que existe no mercado – acrescentou Jaqueline.

– E o Tenório comprou o maçarico?

– Não, não. Mas especificou o modelo que queria usar. Estava interessado na experiência, nada mais. E pagou uma grana por ela. Mil reais a troco de conhecimento puro, nenhum equipamento envolvido no negócio, até os tubos testados foram trazidos pelo cliente – esclareceu Jackie.

– Modelo do maçarico?

– Tudo gravadinho, chefe. Os caras sabiam muito bem o que queriam. Ou já tinham o maçarico com eles, ou contavam com outro fornecedor que, de repente, nem faz ideia do tipo de gente com que esteve lidando – continuou Jackie.

– O importante é que agora podemos dizer, com pouca margem de erro, que conhecemos a mecânica dos crimes – celebrou Tomás.

– Há quanto tempo aconteceram esses testes? – indagou Hermano.

– Uns oito meses – disse Jackie, franzindo a testa. – Isso é que me intriga. Planejaram os assassinatos com tanta antecedência que mais parecem empresários do que criminosos.

– Isso pode ser uma pista – sorriu Hermano. – Estamos lidando com gente bem-preparada, não com bandidos comuns. Podem muito bem ser empresários.

– Ou políticos – emendou Tomás.

– Opa! Segura a carteira. Alguém falou em políticos? – intrometeu-se Fábio, novamente tentando ser engraçado. – Desculpa cair de paraquedas na conversa de vocês, mas o papo tava interessante demais pra passar batido, e eu acho que tungstênio pode ajudar.

– Tungstênio? – Hermano e Jaqueline estranharam.

– Já ouviram falar de lâmpadas de tungstênio? – os três ouvintes assentiram com a cabeça. – Pois o tungstênio é usado nas lâmpadas por ser um excelente condutor de calor e eletricidade. É o metal com o maior ponto de fusão que existe, o último a derreter, passa dos 3.400 graus Celsius.

– Tu engoliu uma enciclopédia, rapaz? – brincou Jackie. – Caraca!

Hermano olhou para Tomás, que imediatamente fez uma anotação em seu caderno. Belchior, de seu gabinete, esticou-se para observar a conversa. Sem conseguir escutar nada do que falavam, lançou um olhar inquiridor para Percival, que piscou de volta tranquilizando-o.

Alguns minutos mais tarde, Percival, a pretexto de ter documentos para mostrar ao chefe, que na verdade nada mais eram do que papéis empilhados aleatoriamente, enfiou-se no gabinete de Belchior, lá permanecendo por quase uma hora, até que o telefone tocou.

– Meu caro Belchior! – saudou a voz grave e lenta, que imediatamente empalideceu o delegado-chefe, fazendo-o despachar Percival com um gesto de mão.

– Sim, doutor, em que posso servi-lo? – respondeu ele logo após a retirada de Percival, com o tom mais tranquilo que conseguiu fingir.

– Soube de uma visita feita por seus meninos hoje, que me preocupou bastante.

– Já estou informado, doutor.

– Informado não basta, meu caro Belchior.

– Eu sei, eu sei. Estou tomando providências.

– Pois tome, senão serei obrigado a buscar alternativas.

– Pode deixar, doutor.

– Saudações.

Essa foi a última palavra do outro lado da linha, tão seca que soou ameaçadora. Deixou a resposta cordialmente acovardada de Belchior pendurada na primeira sílaba.

Após revisar o relatório escrito por Jaqueline com o apoio técnico de Tomás, Hermano passou a sublinhar os pontos mais relevantes, anotando como prioridade encontrar Tenório e o homem do rabo de cavalo. Se chegaram até Marcelino em Acari, provavelmente tinham contatos nas redondezas.

Repassou todos os depoimentos de amigos e parentes dos políticos assassinados, confirmando a impressão, que guardava desde o início, de que a opinião das pessoas próximas sobre Marcílio Tavares era conflitante com as suspeitas de desvio de verba que pairavam sobre ele. Ninguém que realmente o conhecesse parecia aceitar que ele fosse culpado. Com Nicholas Felcman acontecia um fenômeno sintomático: pessoas menos confiáveis o apoiavam enfaticamente, e pessoas com maior rigor ético ou evitavam analisá-lo, ou erguiam os ombros e inclinavam a cabeça, num gestual clássico de não botar a mão no fogo. Jurandir Fragoso era um vereador recém-chegado à política, pediatra atuante em Campo Grande, alçara voo depois de denunciar o superfaturamento de remédios nos postos de saúde cariocas, sendo logo em seguida apontado como atravessador em aquisições de aparelhos de ressonância magnética e tomografia computadorizada. Com a maior reverberação dada às investigações contra ele, seu papel heroico na questão dos remédios fora obscurecido pelo de vilão na questão dos equipamentos. Já Luís Carlos Amaral notabilizara-se como dono de uma pastelaria em Marechal Hermes, crescera politicamente distribuindo pastel às crianças carentes no Dia de São Cosme e Damião, o que ancorava seu slogan "Chega de adoçar, a gente quer é sustância", criticando as medidas paliativas do governo contra a miséria. Apesar da grande popularidade, sua reputação nos dias que antecederam o assassinato vinha sendo manchada por denúncias de participação nas recentes falcatruas em torno da merenda escolar, o que por pessoas mais próximas era considerado como um plano para minar sua quase inevitável candidatura à Câmara Federal. Quatro vítimas com históricos e estirpes bem diferentes, respingadas por escândalos diferentes, em todos os casos sem provas que as incriminassem. Hermano pensou na hipótese idealista, que batizou intimamente como *Edukators*, contrapondo-a à do fanatismo religioso. Ambas guardavam semelhanças atitudinais, baseavam-se em princípios, distorcidos, doentios, sem dúvida, mas princípios, não em interesses pessoais. Lembrou-se então de Miriam, da tese da motivação política. Rechecou a formação original de cada um dos 37 parlamentares (35 deputados e dois senadores) assumidamente integrantes da bancada das armas, dentre eles cinco policiais, cinco militares, quatro advogados, quatro proprietários rurais, dois pastores evangélicos, dois empresários, dois metalúrgicos, dois bancários, um comerciante, um apresentador de programa de TV com conteúdo sensacionalista, um jogador de futebol, uma atriz de filmes pornô, um humorista, um DJ, um radialista, um engenheiro, um escritor, um médico e um político profissional semianalfabeto que jamais desempenhou qualquer outra função fora da política. Uma fauna bem diversificada, com representantes de todas as regiões do país, em franca expansão, e com históricos que coincidiam em grande número no apoio apaixonado às causas com maior potencial de rentabilidade para suas contas bancárias. Um estudo ultrassecreto sobre as ligações pessoais de cada um e possíveis tendências à adoção de medidas violentas contra seus desafetos estaria em andamento na Polícia Federal. Hermano ouvira falar a respeito numa roda de amigos, mas nem queria pensar nas consequências da quebra de sigilo desse estudo. Sempre que a ideia o perturbava, ele apelava para o artifício de pensar em quantos apoios não declarados se ocultavam entre os que optavam por uma posição aparentemente neutra, e reconcluía que, estes sim, eram os mais perigosos, capazes de manipular e articular o que fosse necessário para atingir seus objetivos. Um jogo mental em que uma ameaça era neutralizada por outra que em tese a potencializava, mas que, apesar de não resistir a qualquer análise lógica, mostrava-se maquiavelicamente eficaz. Cansado de jogar com as hipóteses, a cabeça já borbulhando, foi surpreendido ao mesmo tempo pelo adiantado da hora e pela lembrança de estar com o carro na oficina. Riu de si mesmo por cair novamente na armadilha de sua distração crônica e partiu para o ponto de ônibus curtindo a situação de pedestre, quase passeando, sem muita pressa de chegar em casa.

A poucos metros da delegacia, avistando um Palio verde estacionado, teve a vaga impressão de *déjà vu*. Pegou o celular para avisar Alice que estava saindo, no exato momento em que um vulto grande passou a segui-lo. Fazia-o de forma discreta, buscando as áreas mais sombrias da rua, interpondo postes, árvores e a única banca de jornais existente no trajeto entre ele e seu alvo, mas encurtando a distância a cada passada. A atitude mais relaxada no caminho de volta que, como costumava dizer Alice, tinha o poder de atrair energias positivas, fez com que o ônibus parasse no ponto exatamente um segundo após a chegada de Hermano. Mesmo não sendo místico como a namorada, Hermano voltou a sorrir brincando de acreditar na sobrenaturalidade daquela coincidência e, porque sorriu, recordou-se da força mágica que Alice atribuía ao sorriso, tudo isso enquanto a palavra "coincidência" o levava de volta à jornalista, recente companheira de almoço, declarando-lhe não acreditar em tal palavra. Entrou no ônibus pensando em um dia escrever alguns versos sobre crenças e descrenças, ou sobre coincidências, sem dar maior importância ao quanto seu seguidor teve que correr para alcançá-lo e se sentar cinco bancos atrás, em posição diagonal à sua. Como sempre fazia aonde quer que fosse, Hermano escaneou todos os cantos do ônibus com os olhos, percebendo o homem forte que escapava à sua observação como se procurasse algo caído próximo a seus pés. Apesar de não vê-lo direito, sentiu uma certa familiaridade com sua figura. Um pouco mais adiante, voltou a olhar. De novo, o rosto do parrudo voltou-se para baixo. Cinco minutos mais tarde, repetiu a tentativa. O sujeito havia mudado de lugar, posicionando-se três bancos atrás, agora alinhado com a mesma janela ocupada por Hermano, e lia um jornal que lhe cobria o rosto.

Vinte minutos depois, Hermano fez soar o sinal um ponto antes do que seria o seu e saltou rapidamente. O homem forte apressou-se em saltar também, mas chegando à calçada não conseguia mais ver Hermano. Inquietou-se, fez curtos deslocamentos em quatro direções, e nada. Quando se preparava para atravessar a rua, sentiu o rosto que se aproximava de sua nuca, sussurrando: "Tá procurando o quê, meu irmão?". O susto de Alcebíades beirou o ridículo. Sentiu-se como um menino flagrado em travessura. "Desculpe o mau jeito", ele disse. "Que mau jeito, porra nenhuma! Não gosto de marmanjo me seguindo", Hermano sabia que sua inferioridade física era compensada pelo fator surpresa e pelo domínio psicológico que o tornavam especialmente robusto. Em nenhum momento cogitara fazer uso da pistola, que empunhava por mera questão de procedimento-padrão de abordagem, o mesmo procedimento que determinava a revista do suspeito, feita com a mão esquerda. Na terceira apalpadela, um 38. "Por que é que eu não tô surpreso de encontrar uma arma contigo, hein?", ironizou. "Trabalho como segurança, doutor, aposentado da PM, tenho porte de arma, tudo dentro da lei", respondeu Alcebíades com o mesmo tom de voz usado quando se conheceram no templo da Chama Divina, só que desta vez menos arrogante. "Sei disso, malandro, pensa que não te saquei no ônibus? Pastor Ismael, né? Com aquele papo de santinho, mas mandando um capanga armado atrás de mim." Hermano imprimia um tom marginal à sua fala quando queria soar intimidador. "Não é nada disso não, doutor. O pastor nem sabe que eu tô aqui. Só tô querendo ajudar." Hermano diminuiu a pressão estrategicamente para deixar Alcebíades um pouco mais à vontade. "Ajudar como? Por que não foi à delegacia ou telefonou?" "Porque estamos sendo vigiados, doutor, e ninguém pode saber que conversamos." "Vigiados por quem?" "Pela polícia, por assassinos, talvez até por gente que se faz de amiga." "E por que você se deu o trabalho de pegar o ônibus comigo? Podia ter me abordado a poucos metros da delegacia, ou, se não tivesse como me alcançar antes, até dentro do ônibus." "Tem razão, doutor. Mas achei que perto da delegacia era perigoso demais, e o ônibus tava cheio de testemunhas, tinha uma dona que não tirava o olho de mim, fiquei cismado, e também não sabia como o senhor ia reagir, precisava achar uma boa oportunidade e um bom jeito de lhe falar." "Ok. Entendi. Isso explica também os desvios de rosto toda vez que eu tentava te encarar. Mas deixar seu carro na Barra e vir atrás de mim num ônibus?" "Fazer o quê, né? Depois eu volto lá pra buscar." "Podia ter me oferecido carona e viríamos os dois de carro, seu mané." "E o senhor aceitaria minha carona?" "Claro que não." Alcebíades não conseguiu conter o riso, controlando-se logo que percebeu a seriedade estampada no rosto do delegado e a objetividade com que deu sequência à conversa. "Vamos direto ao ponto. Você tava atrás de uma oportunidade pra me falar, não é isso? Pois tá aqui a oportunidade. Rua mais erma do que esta vai ser difícil encontrar. Abre o bico." Alcebíades tomou fôlego como um pecador diante do confessionário e começou: "Tão querendo fritar o pastor Ismael, doutor. Apagaram o Casemiro tentando arrancar dele alguma informação." "Quem apagou o Casemiro? E que informação é essa que eles querem?", fuzilou Hermano, retomando a pressão inicial. "Foi polícia, doutor, tá todo mundo comentando, gente que tem bronca dessa mudança de vida do pastor." "E você acha que iriam torturar e matar o Casemiro só porque não ficaram felizes com a regeneração do seu chefe? O que é que eles tão querendo saber?" "Sei lá, doutor. Só pode ser pra acusar ele de matar o deputado Marcílio. Um dia pegam o Casemiro, daqui a pouco vão querer me pegar, o senhor entende?" "Mais ou menos. Não consigo entender por que tanto esforço pra incriminar o pastor. Tinha ligação com o deputado Marcílio, todo mundo sabe, mas e com Nicholas Felcman, Jurandir Fragoso e Lulu do Pastel?" "Também não entendo, doutor. A explicação não tá por aqui não senhor. Tá lá no alto." "Vai querer me convencer de que Deus tá metido nessa encrenca?" "Não é isso não, doutor. É lá do alto da serra que eu tô falando, Petrópolis, Itaipava, aquelas bandas. É lá que tá a resposta, doutor. Essa coisa toda vem do alto."

Hermano jogou ainda algumas iscas pra ver se Alcebíades abria mais o jogo, sem êxito. Quinze minutos depois, devolveu-lhe a arma e ficou esperando que ele atravessasse a rua para pegar a condução de volta. Só quando o viu no ponto de ônibus é que empreendeu sua caminhada até em casa, desta vez mais longa. Saltou antes para dificultar a seu seguidor a localização de onde morava, sem saber que seu endereço já era conhecido por ele desde a véspera.

A conversa de Alcebíades estava longe de ser convincente. Havia muita coisa mal-explicada, aumentando as chances do envolvimento de Ismael nos crimes. Seria muito irônico se Belchior estivesse correto em sua pressa de incriminar o pastor.

A chegada em casa, após tantos contratempos, deu-se bem mais tarde do que o previsto. Um bilhete de Alice o esperava:

> Boa noite, querido! Fui dormir porque saio cedinho amanhã. O jantar especial que preparei está no micro-ondas. Foi feito com muito amor, viu? Espero que goste. Beijoca!

Mais carinhoso do que de costume. Bom sinal? Mau sinal? Hermano não tinha como avaliar, apenas sentia-se aliviado por não precisar conversar a respeito de nada. Aqueceu o quibe de abóbora, acompanhado de arroz integral e suflê de cenoura, previamente servidos no prato que se exibia pela vitrine do forninho, acrescentou ao conjunto fumegante a salada de alface, agrião e rúcula que dominava o centro da mesa, mastigou cada garfada junto com *flashbacks* desconexos do seu dia, engoliu comida e pensamentos com bons goles do suco de uva orgânico que encontrou na geladeira e, sem conceder nenhum intervalo para a digestão, deixou-se vencer pelo sono que, àquela altura, pesava toneladas.

LUFADAS

A campainha tocava pela sétima vez quando Gunnar despertou. Já vai, já vai, gritou da porta do quarto, agastado pela insistência. Senhor Gunnar Svensson?, conferiu a voz do outro lado da porta. Eu mesmo, confirmou Gunnar. Posso saber quem está me tirando da cama numa hora dessas? Oficial de justiça, disse a voz, agora mais fria. Gunnar conferiu a identificação de seu visitante aproximada do olho mágico como se fosse esfregada em sua cara. Abriu a porta com a expressão amarrotada de sono e surpresa. Era um homem calvo em trajes tão convencionais que parecia ter chegado naquele instante de algum lugar do passado; carregava uma pasta de couro preta toda puída na mão esquerda e um papel pousado sobre um livro, que poderia muito bem ser usado para atas de reuniões de condomínio, na mão direita. Pode assinar aqui, por favor?, solicitou-lhe o oficial de justiça com a formalidade que a situação exigia. O senhor está intimado a comparecer à Delegacia da Criança e do Adolescente, amanhã, às 14:30 horas, para prestar esclarecimentos à promotora especializada em crimes contra a criança, doutora Ednéia Vargas. O nome dela, o endereço da delegacia, o horário, está tudo aí na intimação, o senhor consegue ler? Gunnar fez que sim. Então está feito. Muito obrigado e desculpe ter vindo tão cedo, faz parte da estratégia para encontrar as pessoas em casa. Tenha um bom dia.

A imagem de Gunnar lendo o papel que lhe fora entregue era incompatível com o "tenha um bom dia" a ele dirigido. Recuou lentamente para dentro de casa sem tirar os olhos do documento, custando a acreditar que estava sendo acusado de expor a nudez de seu filho em trabalho artístico com conotação sexual, e que seu quadro fotográfico corria o risco de ser apreendido como material estimulador de pedofilia.

No escritório de advocacia nada foi diferente do que Gunnar previa. Recomendado pelo mesmo agente que organizou o *vernissage*, o doutor Caio Augusto Marins era um expert em causas envolvendo julgamento moral de obras artísticas, embora se negasse a admitir a existência de tal especialidade. É uma causa relativamente simples, ele dizia alguns centímetros acima da realidade. Desde que tomemos todas as precauções necessárias, concluía com os pés de volta ao chão. Gunnar e seu agente concordavam com cada palavra do advogado, e era isso que mais os angustiava. Fácil de entender: uma das precauções necessárias mencionadas pelo doutor Caio era o depoimento de todos os envolvidos no trabalho, todos, sem exceção, principalmente Alice. À reação negativa do artista quanto a envolver a modelo, a quem prometera sigilo absoluto, o doutor Caio contrapunha ter havido uma mudança radical de circunstâncias. Era um debatedor calejado e brilhante, totalmente à vontade naquela sala de reuniões austera dominada por móveis escuros de madeira pesada, exigindo de Gunnar malabarismos argumentativos nunca antes exercitados. Não posso fazer isso com ela, bloqueava Gunnar. Não é você que está fazendo, é o Ministério Público, amaciava Caio. É uma atitude covarde, põe em risco até o casamento dela, insistia Gunnar. Enquanto somos nós a tomar a iniciativa, podemos até requerer segredo de justiça e tentar preservar o sigilo previsto no contrato, mas a inclusão de Alice pode acontecer à nossa revelia, já pensou nisso? Arriscaria afirmar que Alice será inevitavelmente chamada a depor pela promotora, e aí, além de perdermos a chance de apresentá-la, estaremos perdendo nosso relativo controle da situação. Nenhum de nós queria isso, Gunnar, Alice há de entender, rebatia Caio.

Contra a retórica profissional do advogado, não havia muito o que fazer. O agente de Gunnar já se rendera há tempos, fazendo questão de aquiescer com olhares, movimentos de cabeça e murmúrios a cada nova ponderação. Gunnar, mais resistente, rendia-se aos poucos, relutando, refletindo, vendo tombarem uma a uma as peças que o protegiam. Xeque-mate. A voz do doutor Caio, ecoando como se viesse dos livros de capas duras e tons sóbrios que se acumulavam na estante à direita da mesa, livros de onde o próprio advogado parecia ter acabado de sair, era impossível rebater.

Você prometeu, foi a frase de Alice com lágrimas iniciando seu percurso face abaixo, logo que Gunnar iniciou sua explanação. Estavam num bar em Santa Teresa, onde ele julgava que o peso da conversa seria amenizado.

"Eu sei, Alice, mas quem poderia imaginar que uma coisa dessas aconteceria?"

"Você prometeu e se comprometeu por escrito."

“A culpa é toda minha, reconheço. Mas, entenda, também sou vítima. Sabe lá o que é dar de cara com um...”

“Eu sabia, sabia que ia me dar mal com essa história.”

“Temos a possibilidade do segredo de justiça, lembra?”

“Segredo, segredo... com tanta gente sabendo, não funciona.”

“Vamos confiar no advogado, ele é muito bom, experiente, seguro de si.”

“Confiei em você, Gunnar, que merece muito mais confiança do que um advogado que eu nem conheço, e olha no que me meti.”

“Não me acuse assim, Alice. Você sabe muito bem por que estamos nesse projeto e a última coisa que eu queria era...”

“Desculpe, Gunnar.”

“Falta pouco. Já, já e adeus problemas.”

“Não fala isso.”

“Aprendi a lidar com essa realidade, não se...”

“Não fala isso.”

“Eu te amo, Alice.”

“Não fala isso.”

“Você é a única pessoa que...”

“Não fala isso. Não fala isso. Quantas vezes preciso repetir?”

“Fique tranquila que...”

“Não fala, porra!”

“Desculpe.”

“Porra! Porra! Porra!”

Ficaram em silêncio olhando para o nada. Vazio de uns dez minutos. Gunnar pediu mais dois chopes, sendo interpelado pelo braço esquerdo de Alice em agitação negativa.

"Pede só uma água para mim", ela disse. Os goles de chope e de água soaram amplificados pela ausência de outros sons e, de tempos em tempos, vazavam pelos olhos dele e dela.

– Meu caro Belchior!

– Sim, doutor. Estava mesmo para lhe telefonar.

– Fui mais rápido.

– Foi sim.

– Como sempre. Mas me diga.

– Já tomei a providência a respeito do nosso amigo falador.

– Bom.

– Pode ficar tranquilo que ele não fala mais.

– E o outro?

– Desculpe, mas que outro?

– Aquele desastrado que se meteu a fazer testes por conta própria.

– Desculpe, doutor, mas não sei de que testes o senhor está falando.

– É, pensei que... esqueça. Estou falando daquele imbecil, do Capa Preta.

– Ah!

– Está na hora daquele rapaz sofrer uma reprimenda forte.

– Ali é outro departamento, doutor, fora da minha jurisdição. Infelizmente não posso.

– Fora de sua jurisdição. Gosto da forma como você se expressa, meu caro.

– O rapaz tem todos os motivos pra embarcar mais cedo, coleciona inimigos e a ficha dele tá que não cabe mais anotação. Por mim, ele já não estaria entre os consumidores de oxigênio do planeta. Mas, sabe como é, muito recomendado, presta alguns serviços relevantes por aí, tem gente graúda que dá cobertura.

– Claro, claro, tem razão. O problema é que toma iniciativas demais, fala demais, exagera nas doses, comete uma burrada após a outra.

– Compreendo.

– Temos que pensar em algo, meu caro. Esse jeito voluntarioso dele pode pôr tudo a perder, e perder é um verbo inaceitável, eu nem sei conjugar, compreende?

– E como!

– Então vamos pensando. Você daí, eu daqui, talvez trocando ideias com pessoas de nossa inteira confiança, até encontrarmos uma boa solução para esse problema.

– Pode contar comigo.

– E, enquanto isso, trate de segurar seus meninos. Eles estão começando a brincar com fogo. Daqui a pouco, se queimam.

– Estão só cumprindo seu dever, não fazem por mal. Mas fique tranquilo que eu os acompanho de perto, acertando uma aresta aqui, outra ali.

– Quem sabe eles mesmos não resolvem nosso problema com o Capa Preta?

– Bem, desde que...

– Eles estariam cumprindo seu dever, como você mesmo disse. Esse rapaz é um perigo para a sociedade, um malfeitor, com extensa ficha criminal. Tudo o que precisamos é facilitar o encontro dos seus meninos com ele.

– Desde que eles não o prendam e ele entregue o ouro, sempre há essa possibilidade.

– Seria amadorismo demais, concorda?

– Seria sim. Deixe que eu cuido disso com calma, doutor. É assunto delicado, não podemos fazer nada ostensivo sob pena de...

– Não me venha com obviedades, meu caro. Qualquer atitude ostensiva é obviamente indesejada. Se não fosse um assunto delicado, não precisaria recorrer a uma pessoa sofisticada como você.

– Obrigado, doutor.

– Não agradeça. Apenas pense em boas soluções e coloque-as em prática. Ficou bem entendido?

– Claríssimo.

– Muito bem, então. Saudações!

Sentada na primeira fila do templo, Jaqueline tinha um campo de visão privilegiado. Até os perdigotos que saltavam da boca de Ismael se exibiam aos seus olhos sem a menor cerimônia. "Uma chuva de cuspe", pensava ela, enquanto se impressionava com a dramaticidade da pregação sobre o profeta Elias, de quem ele falava como se fosse um velho conhecido. Discorria sobre o embate entre o homem de Deus e os adoradores dos falsos deuses, estes últimos representados na leitura bíblica pelos 450 profetas de Baal, a quem Elias propôs uma prova. Colocariam suas oferendas, novilhos despedaçados, sobre a lenha e cada um rezaria ao seu deus. Os de Baal nada conseguiram, mas Elias, tendo o requinte de complicar mais sua situação jogando água por três vezes sobre suas oferendas, a ponto de encharcar tudo, atraiu o fogo do céu que vorazmente consumiu novilho, madeira, as pedras que sustentavam a lenha e até a água que se empoçava ao redor. O efeito da proeza descrito no livro sagrado se repetiu na assembleia. Uma profusão de aleluias dominou o local, comandada pelos olhos avermelhados do pregador. Jaqueline lançou-lhe um sorriso de apreciação que foi discretamente retribuído, e admirou-se com a repentina mudança de tom, do eufórico para o ameaçador, quando o pastor, dando continuidade ao relato, descreveu como o povo se lançou sobre os profetas de Baal, dominando-os para que Elias pudesse matá-los um a um. "Papo sinistro", foi a expressão que Jackie reteve na boca. "Religião com esse grau de violência é um perigo", seguiu ela raciocinando, "e a alusão ao fogo de novo, que fixação!" Fogo de Deus, fogo do inferno, fogo pra todo lado. Fogo, poder e morte caminhando juntos. Os aleluias do desfecho sangrento foram menos animados que os anteriores, não ficou claro se pela perplexidade de estarem louvando um profeta matador, ou pelo menor entusiasmo de Ismael nesse trecho da pregação. Na verdade, o pastor parecia ter detectado alguma presença perturbadora que o fizera esmorecer. Jaqueline deu um tempo antes de olhar para trás e ver, entre os vários retardatários instalados nas últimas fileiras do templo, o homem negro, magro e de olhar agressivo que destoava daquela coletividade.

– Não dava, pastor. Sem condição!

– Como não dava, Tenório? Aquilo foi um erro imperdoável, como está sendo outro erro você aparecer aqui. Vai me comprometer, vai atrair a polícia pra cá.

– A polícia já tá morando no templo, pastor. Percebeu não?

– Com a sua ajuda, não se esqueça.

– O filho da puta te roubou, caralho!

– Fala baixo, estamos no templo.

– Ah, sim, os fiéis têm ouvidos sensíveis, tadinhos.

– Era só pra recuperar o dinheiro. Precisava matar?

– O Casemiro era turrão pra cacete. Chamei uns cumpadi bons de porrada pra ajudar, pacote completo, de unha arrancada a culhão esmagado, todo tipo de ruindade, e só urro, baba, dente rangendo, nenhuma palavrinha. Chega uma hora que a paciência acaba.

– E se...

– O quê?

– Se ele fosse inocente, sei lá.

– Com a reforma que ele fez em casa? O carro novo do filho? Só milagre, aleluia.

– Fez pela família. No fundo eu gostava dele.

– No fundo da cova, deixa de miguelice pra cima de mim. Aquele tempo todo junto na cadeia serviu pra eu te conhecer muito bem. Vai negar que o cara sabia mais do que devia sobre as doações do deputado e que tu ficou aliviado dele ir pro além? Vai negar que tu não se amarrou em poder jogar essa morte na conta dos meganhas e posar de vítima?

– Desse ponto de vista...

– Ahan, começamos a falar a mesma língua.

– Não exatamente. As coisas mudaram. Aquele Ismael que você conheceu na prisão não existe mais.

– Tá bom, outro homem, me engana que eu gosto. Agora paga o que tu me deve, porque eu continuo o mesmo escroto de sempre e me amarro em grana.

– O serviço não foi feito direito.

– Por culpa do Casemiro que resolveu morrer antes de falar. Eu cumpri minha parte, ok? Mas tudo bem. Se tu discorda, se não quiser pagar, põe na conta da velha amizade. O mundo dá voltas, irmão, a gente pode se acertar de outro jeito...

– Não. Toma seu dinheiro, nada de mágoas.

– Tudo aqui? Posso guardar sem contar?

– Eu contei pessoalmente.

– Confiança, na moral.

– Vai com Deus, e... melhor não voltar.

– Tranquilo, irmão. A gente se vê no inferno.

Por mais que Jaqueline esticasse os ouvidos, a conversa na sala particular do pastor Ismael não vazava. O que estariam aqueles dois conversando há tanto tempo? A porta da sala se abriu, ela estremeceu. Baixou os olhos tão logo se chocaram com os de Tenório. Já te atendo, minha filha, dirigiu-se a ela Ismael. Vou só acompanhar este visitante até a saída e já volto. Tenório observou-a enquanto saía, como se desconfiasse de algo. Conferiu a mensagem recebida no celular que dizia: "Ferro-velho cantou, tem que subir". De volta a seu gabinete, ainda visivelmente transtornado, Ismael foi recebido com um beijo que lhe tirou o fôlego e lhe restaurou o ânimo.

VENDAVAL

No dia da audiência na Justiça, Alice inventou que ia à ginecologista. Exames de rotina, justificou ela a Hermano quando questionada. Sairia pouco depois dele, tinha que se arrumar quase que simultaneamente e julgou que seria uma boa desculpa. Quer uma carona?, ofereceu ele, considerando que um pequeno atraso não faria mal nenhum a quem habitualmente trabalhava além do horário. Não, imagina!, reagiu ela numa aflição injustificada que o intrigou. Nenhum problema, a gente vai conversando, o consultório da tua médica é passagem pra mim, um desviozinho de nada, insistiu ele. Não, querido, muito obrigada, eu prefiro me arrumar com calma, fazer as coisas no meu ritmo, tá bom?, despachou-o com um beijo que mais o empurrava para a porta do que acarinhava, preocupada em evitar que Gunnar chegasse para buscá-la enquanto Hermano ainda estivesse por perto. Ao enxotar carinhosamente o namorado, Alice maldizia as últimas decisões tomadas, menos pelo conteúdo do que pela dificuldade de defendê-las perante aparências demasiadamente comprometedoras. Por que aceitara o raio da carona de Gunnar?, admoestava-se intimamente.

Chegou vinte minutos depois. Gunnar telefonou do veículo parado cinquenta metros adiante para evitar ser visto na portaria do prédio, conforme haviam combinado. Alice desceu o mais discretamente que pôde, entrou no carro olhando rapidamente em volta, sem perceber a câmera que clicava seu embarque, oculta num automóvel estacionado do outro lado da rua.

Passariam no escritório do advogado para uma breve preparação e de lá seguiriam para a audiência. Tentaram falar de outros assuntos, evitando a tensão reprimida que o tema central daquele dia poderia desencadear. "Como está o Rafael?", perguntou Alice de maneira displicente após alguns minutos de silêncio. "Bem, estava na condução escolar quando saí de casa, fiquei aliviado por ele não ter que participar disso", respondeu Gunnar, segurando as palavras por considerável intervalo até liberar um comovido "muito obrigado por vir e, mais uma vez, desculpe". "Tudo bem", limitou-se a dizer Alice num tom que se opunha ao que estava dizendo. Novo silêncio. Gunnar apressou-se em ligar o rádio, onde Rita Lee cantava o refrão "tudo vira bosta".

No escritório do doutor Caio, que se esmerava em fazer com que todos se sentissem à vontade, já os esperavam as duas maquiadoras convocadas como testemunhas e o agente de Gunnar. A reunião foi conduzida pelo advogado como a preleção de um técnico à sua equipe. "Nossa tese de defesa está clara para todos?", indagou ele após breve exposição. Sem dúvidas levantadas, passou aos detalhes do procedimento e aos conselhos atitudinais, encerrando sua fala com "Os depoentes entrarão um após o outro. Ajam com naturalidade, falem com clareza e concentrem-se exclusivamente na promotora. É a ela que temos de convencer. Nada de olhar para o Gunnar ou demonstrar qualquer tipo de cumplicidade. Mantenham-se nos trilhos da tese de defesa, falem o menos possível, limitando-se ao que lhes for perguntado. Com um pouco de sorte, resolvemos o assunto hoje e nos livramos de futuros embaraços."

Doutora Ednéia Vargas, a promotora, era conhecida como durona. Mulher magra, empertigada, com os cabelos invariavelmente presos num coque e usando óculos de aros negros mais grossos do que a estética recomendava, ela era o protótipo visual da megera. A voz suave, descasada com a imagem, era seu único sinal de leveza.

– Muito bem, senhora... Alice?

– Isso, Alice.

– Há quanto tempo a senhora namora o fotógrafo Gunnar?

– Nós não somos namorados, doutora.

– Ah, não? Imaginei que... com toda a intimidade gerada por esse trabalho...

– Trabalho, doutora, só trabalho.

– Mas nunca tiveram um relacionamento que pudesse ser chamado de afetivo?

– Bem... Há muito tempo.

– Hmmm... Quanto tempo?

– Uns cinco anos.

– Praticamente a idade do Rafael, certo?

– Certo.

– O menino teve alguma coisa a ver com o fim do seu namoro com o indiciado?

– Ehr... Digamos que sim.

– Deixe-me ver se entendi bem. O senhor Gunnar engravidou outra mulher no período em que vocês namoravam, é isso?

– Exatamente, doutora.

– E o senhor Gunnar continua vivendo com a mãe do menino?

– Não senhora.

– Vive com alguma outra mulher?

– Que eu saiba, não.

– Então, ele está desimpedido.

– Aparentemente, sim.

– Aparentemente... E a senhora, dona Alice, é casada, tem algum relacionamento?

– Tenho namorado.

– Vivem juntos?

– Sim.

– A senhora diria que é uma relação marital? Vivem como se fossem casados ou é menos que isso?

– Vivemos como se fôssemos casados.

– Vivem bem ou estão num momento difícil?

– Como assim?

– Alguma crise conjugal ou coisa parecida?

– Não senhora.

– E seu namorado sabe do seu envolvimento com o senhor Gunnar?

– Sabe sim. Eles até se conhecem.

– Sabe até onde?

– Que já namoramos no passado e que eu agora tenho aulas com ele.

– São quantos alunos?

– Trinta e poucos, em diferentes turmas.

– Há homens também, ou só mulheres?

– Uns dez homens.

– Poucos, né? E o seu namorado, como é o nome dele?

– Hermano.

– Ele também é artista?

– Não senhora.

– Trabalha em quê?

– É policial, doutora.

– Que distância profissional entre os dois namorados, hein! E o Hermano, policial, provavelmente durão como costumam ser os policiais, ele não se incomoda que a senhora mantenha esse grau de intimidade com um ex-namorado?

– Acho que não entendi a pergunta.

– Ele aceita bem que a senhora e o filho do seu ex-namorado fiquem nus para serem fotografados?

– Bem... ehr...

– Vou reformular a pergunta: ele sabe de tudo o que vocês fazem nas aulas de arte?

– Praticamente tudo.

– Quer dizer que de alguma coisa ele não sabe?

– Não entramos em detalhes.

– Mas sobre sua nudez para a foto com o menino, por exemplo, ele sabe?

– Ehr...

– Sabe ou não sabe?

– Não exatamente.

– Hmmm.

– E se soubesse, como reagiria?

– Não sei dizer, doutora.

– De alguma forma, então, podemos dizer que a senhora está enganando seu... *namorido*?

– Enganando, não. Diria que omitindo detalhes mais complexos.

– Detalhes mais complexos... Gostei de sua definição. Parecem muito excitantes e envolventes essas aulas e esse trabalho.

– Só no sentido artístico, doutora.

– Hmmm... Só no sentido artístico... Tem certeza disso?

– Certeza absoluta.

– E o menino Rafael, será que compreende do que se trata?

– Acho que sim.

– E se a senhora estiver achando errado? Ele deve se sentir privilegiado, talvez o único de seus colegas de turma a ter estado diante de uma mulher nua.

– Não sei dizer, nunca conversamos sobre isso.

– Ah, vocês costumam conversar?

– Quando nos encontramos, sim.

– E se encontram com frequência?

– Raramente.

– Hmmm... A senhora frequenta a residência do senhor Gunnar.

– Só no estúdio onde acontecem as aulas.

– Nunca fora do horário de aulas?

– Nunca.

– E foi nesse estúdio que a foto do quadro foi realizada?

– Sim senhora.

– É um anexo da residência do senhor Gunnar, certo?

– Certo.

– Quanto tempo foi necessário para a realização da foto?

– Praticamente um dia inteiro de trabalho.

– Um dia inteiro? Precisava tudo isso?

– É um trabalho complexo, doutora.

– Imagino. Muito complexo para um fotógrafo estar ali com a ex-namorada nua e seu filho. Talvez seja necessário propor alguns jogos para deixar os modelos mais à vontade...

– Não, senhora, nenhum tipo de jogo.

– Como conseguiram relaxar numa situação tão atípica?

– No início, estávamos tensos. Mas com o desenrolar do trabalho, a música ambiente, tudo vai relaxando.

– Ah, havia música?

– Sim, senhora.

– Que tipo de música?

– Clássica.

– Deve ser muito excitante esse convívio de corpos nus ao som de música clássica.

– Não exatamente. É mais tenso do que excitante.

– Quer dizer, então, que o menino Rafael foi submetido a um longo período de tensão?

– Não tão longo. Um curto período, só no início.

– A senhora disse que foi mais tenso do que excitante, correto?

– Correto.

– Então, alguma excitação havia.

– Acho que me confundi, doutora.

– Somos mulheres adultas, senhora Alice. O corpo reage mesmo quando a moral discorda. Seria muito natural, por exemplo, que sua vagina ficasse lubrificada durante as fotos ou que o menino, apesar da tenra idade, tivesse uma ereção. Por acaso, isso aconteceu?

– O que a senhora está me perguntando é um absurdo!

– Desculpe. É que a sensualidade do que vocês chamam de trabalho me fez deduzir que...

– Por favor, não deduza, doutora. A senhora está me ofendendo!

– Baixe o tom de voz e pare de me interromper! A autoridade aqui sou eu e nada do que foi dito teve o propósito de ofender, apenas de investigar. Fui clara?

– Doutora Ednéia – acudiu o advogado, enquanto Gunnar enterrava seu olhar aflito no tampo da mesa –, creio que a senhora Alice não teve a intenção de faltar-lhe ao respeito. Exaltou-se um pouco, reconhecemos, com sua insinuação de haver entre ela e meu constituinte algo além do trabalho. Apenas isso.

– Compreendo, doutor Caio. Mas sendo ela aluna do indiciado, com o natural encantamento que os mestres provocam em seus pupilos, não vejo nada de mais em deduzir que uma paixão possa ressurgir em um momento tão especial como o que eles vivenciaram. A discípula escolhida dentre cerca de vinte alunas, desnudando-se diante do professor, coincidentemente seu ex-namorado, que maravilhosa oportunidade de sedução!

– Doutor Caio, eu não sou obrigada a ficar ouvindo esse tipo de coisa – esbravejou Alice, completamente transtornada.

– Não é obrigada mesmo não, senhora Alice – respondeu a promotora. – Nem eu sou obrigada a ouvir seus destemperos. Depoimento encerrado. Basta assinar o termo que está sendo digitado e pode se retirar.

O desfecho brusco do depoimento não seria surpreendente para quem atentasse aos olhares trocados entre Ednéia e Alice. Rejeitaram-se à primeira vista, com o emaranhado de percepções que só as mulheres conseguem produzir em tão pouco tempo. Seus santos definitivamente não combinavam. Para Gunnar, prognóstico de muita turbulência pela frente. Para Caio, a certeza de que a promotora estava determinada a oferecer denúncia contra seu cliente, complicando-lhe a vida por um longo tempo.

Concluída a audiência, tendo Alice e as duas maquiadoras saído diretamente da sala da promotoria para cuidar de suas vidas, reuniram-se advogado, cliente e agente artístico num café próximo. Havia uma nuvem espessa sobre eles, por onde só passava um pequeno raio de sol a iluminar os pensamentos do agente. Enquanto todos mantinham semblantes preocupados, só este último vislumbrava a valorização que escândalo e polêmica trariam para a obra de seu agenciado. Enquanto todos buscavam meios de abafar o que aconteceria nos próximos dias, só ele conspirava intimamente a favor de tornar tudo público, estrepitoso e rentável.

REDEMOINHO

O Senhor disse-lhe: "Sai e conserva-te em cima do monte na presença do Senhor: ele vai passar". Nesse momento passou diante do Senhor um vento impetuoso e violento, que fendia as montanhas e quebrava os rochedos; mas o Senhor não estava naquele vento. Depois do vento, a terra tremeu; mas o Senhor não estava no tremor de terra.

Passado o tremor de terra, acendeu-se um fogo; mas o Senhor não estava no fogo.

Depois do fogo ouviu-se o murmúrio de uma brisa ligeira.

Tendo Elias ouvido isso, cobriu o rosto com o manto, saiu e pôs-se à entrada da caverna. Uma voz disse: "Que fazes aqui, Elias?".

(I Reis 19:11-13)

– Vai um tapinha aí? – ofereceu Jaqueline.
– Não, obrigado – recusou Hermano.
Estavam de volta a um motel depois de um longo hiato.

Para Hermano era como retornar a um vício, não havia espaço para acrescentar àquela cena a droga que Jackie lhe oferecia.

– Tem certeza de que não quer, gostosão? Isso pode animar você a voltar a endurecer o jogo. Tô doidinha pra recomeçar.

– Para com isso, Jackie! Com pó não se brinca, já te disse mil vezes. Que mania você tem de andar do lado errado!

– Uma incrementadinha no prazer, um pouquinho só, que é que tem?

– Essa porra é crime e nós somos policiais. Precisa de mais alguma justificativa?

– Estamos nus, tesudo. Sem distintivo, perdemos a autoridade. Lembra-se de quando você me chamou na chincha lá na delegacia? Pois é, aprendi. No papel de polícia, uma coisa. Pelados, outra coisa.

– Já sofri muito por causa de droga. Tira essa porra daí.

– Tô tirando, calma! Passando o aspirador direitinho. Agora vou lamber pra não deixar nenhum vestígio, tá bom? Hmmmm.

– Não me beija com pó na boca.

– Vai ficar doidão só com um beijo, é?

– Dá um tempo, Jackie. Isso pra mim é cumplicidade com o tráfico.

– Quando você usava, era cumplicidade?

– Era sim. Me arrependi, não quero mais saber disso.

– Pois eu não tive contato com nenhum traficante. Tomei esse pó de um viciado babaca numa *blitz*. Desestimulei o cara, tá sabendo? E dei um prejuízo geral na bandidagem, não é esse o papel da polícia?

– Muito engraçadinha.

– Eu sei. E fico mais ainda se enfiar minha língua em certas regiões. Abre mais as pernas só pra você ver.

– Ahhh!

– Gostou, né?

– Ahan.

– O pastor também gosta.

– Você sabe excitar tão bem quanto brochar.

– Bobinho. Sente só agora.

– Hmmm. Você não me contou ainda o que rolou no templo ontem.

– Vamos começar a trabalhar, é?

– Você que tocou no nome dele.

– Toquei em outras coisas também. E vou tocar mais, ó.

– Hmmm.

– Eba, as coisas voltam a crescer!

– Minha curiosidade também tá crescendo.

– Não quero desperdiçar esse brinquedão.

– Fala logo o que aconteceu no templo, que o brinquedão vai funcionar melhor.

– Teve um cara estranho visitando o pastor.

– Estranho como?

– Pinta de bandido brabo. Todo mundo com medo dele. Um metro e setenta mais ou menos, negro, ossudo tipo canela dura...

– Descrição coincidente com Tenório.

– Bingo! Agora para de revirar as ideias e começa a revirar tua lourinha. Vem buscar teu prêmio, vem!

Um homem rápido no cumprimento dos seus deveres – Tenório era definido assim por seus chefes e comparsas.

Tinham razões de sobra para isso. Com a frieza e eficácia habituais, duas frases apenas antecederam a execução encomendada por SMS: "Te falei que comigo não pode vacilar". "Pô, Tenório, alivia aí, pelo amor de..." *Pow, pow!*, um tiro para cada frase. Ponto-final para Marcelino Rubião da Silva, sangrando sobre a carcaça de um Chevette velho sem conseguir chegar ao "Deus" que encerraria seu pedido de clemência.

A notícia foi transmitida a Jaqueline quatro horas depois do crime. Acari às vezes parecia mais distante do que os quilômetros indicavam.

– Fecharam o cara do ferro-velho – anunciou ela com um ar sensacionalista e desrespeitoso.

– O dono? – indagou Tomás.

– O próprio, nosso informante Marcelino.

– Caralho! – Tomás soou entre queixoso e indignado.

– Esse pessoal joga pesado – registrou Hermano.

– E rápido – completou Tomás.

– Preciso de vocês dois conferindo esse crime. Tá morrendo gente demais pro meu gosto.

– *Xá* com a gente, chefia. Vamos nessa, Tomás?

– Só uma passadinha no banheiro e partimos.

Na volta de Acari, feitos os relatórios, deu-se a ida ao motel, onde o nome do assassino veio à tona como provável visitante da Chama Divina. Eram quatro da tarde quando o casal de amantes retornou à delegacia.

Na redação do jornal, Miriam Benevides termina a matéria exigida por seu chefe. "Tô atrasando pra ver se não dá tempo de sair amanhã, mas de depois de amanhã não passa", avisou ela por telefone, cumprindo o pacto com Hermano. Os efeitos de uma reportagem àquela altura eram imprevisíveis e incontroláveis. Hermano chega a se levantar para prevenir Belchior, mas senta-se de volta. Ridículo demais, pensa. Sabe que é exatamente seu chefe quem está forçando a publicação da matéria. Não vou bancar o palhaço, reprime-se dando um soco na mesa que chama a atenção de Aristarco e Fábio. Reprime-se de novo quando pensa em abrir o jogo, partir pro confronto. Reprime-se quando, olhando para o punho fechado, imagina-o atingindo o rosto de Belchior, quando, olhando para sua pistola, sente um desejo enorme de estreá-la. Observa Percival sendo chamado pelo chefe e atendendo prontamente, como quem tem certeza de que vai ouvir uma boa notícia. Sai para tomar um ar, vagueia um pouco. O celular toca.

"Oi, doutor Belchior!"

"Tá onde?"

"Investigação, não posso falar agora."

"De novo? Teu horário de almoço hoje durou um tempão."

"Tava trabalhando chefe, como estou agora."

"Preciso conversar com você urgente."

"Tá bom. Logo que me liberar."

"Se libera rápido, que não pode passar de hoje."

"Entendido. Abraço!"

A voz de Belchior estava soturna. Não era um assunto qualquer o que tinham a tratar. Hermano telefona para Jackie, faz três perguntas, passa cinco instruções, ouve uma metralhadora de contestações, ponderações e inquietações.

Insiste nas ordens, desliga o telefone e parte para a Igreja da Chama Divina.

– Delegado Hermano! – saudou Ismael. – A que devo a honra de sua visita?

– A uma série de fatos, pastor, dentre eles outras visitas que o senhor vem recebendo.

– Ah, sim? E posso saber quais são?

– Que tal começar por Tenório?

O acesso de tosse que se seguiu à sugestão de Hermano equivaleu à confissão de um crime ainda indefinido.

– Deixe-me explicar, delegado – tentou recompor-se o pastor.

– Melhor não.

– Como assim?

– Melhor explicar na delegacia.

– Mas podemos facilmente...

– Pastor Ismael, o senhor está preso como suspeito de envolvimento nos homicídios de Marcílio Tavares, Nicholas Felcman, Jurandir Fragoso, Luís Carlos Amaral, Casemiro Seabra e Marcelino Rubião da Silva.

Acionados os reforços providenciados por Jaqueline para transportar o pastor, Hermano ligou para Miriam: "Quer uma boa foto para a sua matéria? Manda um fotógrafo agora para a porta da delegacia, que ele vai ter o pastor Ismael Nepomuceno algemado pra se divertir. Isso mesmo, você entendeu bem. Estou acabando de prendê-lo."

Depois, ligou para Belchior: "Desculpe a demora, chefe, mas garanto que a espera foi por uma causa nobre. Tô indo praí agora com um presentinho. Partindo de Copacabana.".

"Sem mandado? Você ficou louco!", essa foi a primeira reação de Jaqueline logo que soube dos planos que estava sendo orientada a executar. Uma frase que, com pequenas variações, Hermano ouviu outras vezes ao longo do pouco que restava do dia, a mais enfática delas dita por Belchior.

– Não era o que o senhor vinha insistindo comigo há um tempão pra fazer? – retrucou-lhe Hermano.

– Você é jovem, mas não é menino. Sabe muito bem o que está fazendo, não me venha com gracinhas.

– Desculpe, doutor Belchior, agora o senhor está me confundindo.

– Por que você fez isso sem me avisar, porra? Eu te liguei pouco antes.

– Eu não podia falar naquela hora, tinha gente escutando e podia pôr tudo a perder.

– Mentira! Você conspirou contra mim, me deixou desinformado de um movimento importante e ainda deixou vazar pra imprensa. Tá pensando que eu sou idiota?

– Talvez o senhor tenha razão quando fala de conspiração. E só esteja se confundindo na hora de definir quem está conspirando contra quem por aqui.

– O que você está insinuando?

– Nada, doutor, nada. O senhor é o chefe, o senhor é quem sabe de todas as conexões internas e externas desta DP. Eu só me limito a cumprir meu dever da melhor maneira possível. Descobri fatos novos, percebi que nosso pastor corria risco de vida se continuasse em liberdade e me apressei em prendê-lo, como o senhor sempre quis, repito. Custei tanto a concordar com sua opinião e agora que concordo sou tratado como um moleque?

– Não se faça de sonso, Hermano.

– Seu problema é comigo, é isso? Qualquer coisa que eu fizer estará sempre errada? Talvez fosse este o assunto que queria conversar quando me ligou no celular. Afinal, qual era o papo?

– Fica pra outro dia. Agora não tem clima, nem sossego pra se conversar sobre qualquer coisa que não seja essa prisão.

– Quando quiser, doutor Belchior, tamos aí.

Providenciado o mandado no trajeto entre o templo da Chama Divina e a delegacia, foi preenchida a lacuna jurídica da ação. Os efeitos midiáticos aconteceram instantaneamente, colocando Belchior numa forçada posição de estrelato, pois Hermano, em nome da disciplina e do respeito hierárquico, desviava para seu chefe todas as perguntas que lhe eram dirigidas. Vencido o embaraço dos primeiros momentos, Belchior assumiu a atitude vitoriosa que lhe cabia. "Estamos progredindo", dizia ele em tom épico, "como sempre afirmei. Em pouco tempo teremos desvendado toda essa trama", concluía profeticamente.

O mesmo passou a ocorrer nos vários telefonemas que recebeu de autoridades. Aqueles que o acuavam, agora o felicitavam. Mas as cobranças pela elucidação total do caso já se delineavam com renovado rigor.

– Parabéns, meu caro Belchior!

– Obrigado, doutor. Vejo que já está a par das novidades.

– Explodiu na mídia. Como eu não saberia?

– Desculpe não ter avisado antes, é que...

– Não se desculpe, meu caro. Melhor receber atrasado as boas notícias do que ter em primeira mão as ruins.

– Agradeço a compreensão, mas ainda assim...

– Os acertos devem ser festejados, não justificados, meu caro.

– Sim, claro, estamos muito felizes com esse avanço.

– Confesso que sua habilidade em manipular esse seu menino, como é mesmo o nome dele?

– Hermano.

– Isso... Hermano, o mais rebelde de todos, creio eu. Você soube levá-lo a fazer o que precisávamos, e essa é uma habilidade que admiro muito. Como ia dizendo, ainda não havia observado esse talento em você, fato que me preocupava bastante. Mas agora, finalmente, sua equipe parece domada, e estamos voltando aos trilhos.

– Estamos sim, doutor. Pode ter certeza.

– Não deixe descarrilar, ouviu bem? Todo cuidado é pouco.

– Nunca. Agora é foco total para concluir, doutor.

– Assim espero. E concluir o plano A, que parecia fadado à derrota. Surpreendente. Felicitações, meu caro!

Hermano fervia de adrenalina e culpa. Se por um lado vibrava com a virada de jogo sobre Belchior, por outro, o olhar do cordeiro Ismael lançava-lhe acusações insistentes. "Era ele ou eu", dizia para si mesmo, "fiz o que devia ser feito." Mas "o senhor acaba de me destruir, delegado" era a frase que ressoava em sua cabeça, afrontando os pensamentos defensivos.

– Você deve saber o que está fazendo, né, mestre?

– Sei, sim, Tomás, era minha única chance.

– E agora, fazemos o quê?

– Trazemos a público a ficha do Tenório e expomos a ligação entre os dois. Os registros do presídio falam por si.

– Sei. Mas até agora estamos lidando com suposições, certo?

– Sim, suposições, só que muito quentes, e não esqueça que estamos chamando isso pelo nome certo: investigação.

– Claro, mas a gente não pode esquecer também que nesse tipo de investigação, com a cobertura da imprensa, os caras tão praticamente condenados.

– Não posso resolver tudo, meu amigo. Está sendo com eles, já foi com muitos outros, é assim que funciona.

Enquanto conversava com Tomás, Hermano via praticamente a reprise do diálogo que ocorrera com Jaqueline, por telefone, na hora que lhe passou as ordens, e pessoalmente, logo depois de tudo cumprido. E se lembrava dos olhares dos demais delegados ao longo da conversa: Fábio (admirado), Aristarco (invejoso), Percival (enigmático). Jackie, cúmplice e viabilizadora da mobilização em tempo recorde para o sucesso da operação, sabia mais que todos os outros, por isso sofria mais e enxergava melhor as perguntas que deviam ser feitas ou evitadas.

Na televisão e na internet, imagens de Ismael chegando algemado à delegacia eram intercaladas com repórteres falando diretamente do templo da Chama Divina, ouvindo a opinião dos frequentadores e apresentando fotos de Tenório. Uma recompensa de 5 mil reais passou a ser oferecida a quem fornecesse qualquer pista que levasse à sua captura. Nas rádios, flashes de reportagem, debates e enquetes de rua. Nos jornais, redações enlouquecidas, retendo as impressoras para que na manhã seguinte todos pudessem ler o mais detalhadamente possível sobre o primeiro suspeito de integrar o grupo dos Vingadores do Povo.

– Parabéns, querido! – celebrou Alice tão logo Hermano chegou em casa.

– Obrigado, mas não sei se mereço.

– Que cara é essa? Está exausto, né? Vem cá. Vou preparar a banheira e dar um banhinho no meu herói.

– Tem certeza? Posso ficar mal-acostumado.

– Não é todo dia que meu queridão aparece na televisão como salvador da pátria. Estou tão orgulhosa!

– Tá bom, tá bom, vou aceitar. Mas depois não diz que eu não avisei, hein! – brincou Hermano, lembrando-se logo em seguida que seu último banho havia acontecido no motel junto com Jaqueline.

A água morna, somada ao carinhoso ensaboamento que lhe ofereceu Alice, ressuscitou-lhe o ânimo. Depois de alguns minutos de narrativa sobre as façanhas do dia, chegaram àquele ponto em que tudo se torna redundante. Fez-se então um silêncio profundo, onde até os pensamentos se sentiram tentados a sossegar. Um beijo maternal na testa foi o suficiente para despertar instintos e desencadear carícias que, num passe de mágica, arrastaram Alice para dentro da banheira. Prender alguém e tornar-se célebre por isso era um afrodisíaco imbatível.

A prisão de um suspeito funcionou como senha para que todos os meios de comunicação abandonassem os pruridos e se referissem aos Vingadores do Povo. Nas manifestações populares havia quem celebrasse e quem lamentasse a prisão do pastor. Ele estava faxinando a política brasileira, diziam alguns. Ele fazia o que a justiça não consegue fazer, acrescentavam outros. É um religioso, logo se vê, que agiu por inspiração divina, pregavam os fanáticos. É um assassino, ninguém tem o direito de tirar a vida dos outros, nem de fazer justiça com as próprias mãos, afirmavam os mais ponderados.

As opiniões estavam divididas, mas as pessoas a favor da atuação policial pareciam em número inferior, talvez por sua atitude mais serena, menos ruidosa. Ancorando o destaque concedido ao prisioneiro, havia o destaque maior da indignação popular contra a corrupção política, e o pastor Ismael, da noite para o dia, tornou-se o vilão-herói mais discutido do país. Um jornal sensacionalista chegou a estampar na primeira página: "Mais uma vez, a polícia age contra o povo".

O alvoroço em torno da prisão do pastor fez com que passasse quase despercebido um importante depoimento publicado na imprensa sobre tema de repercussão histórica que Hermano acompanhava atentamente:

> Depois de cinco horas de conversa, o velho oficial estava livre de um dos mais bem-guardados

```
segredos do regime militar: o propósito e a ro-
tina do aparelho clandestino mantido nos anos
1970 pelo Centro de Informações do Exército
(CIE) em Petrópolis, conhecido na literatura
dos Anos de Chumbo como Casa da Morte, onde
podem ter sido executados pelo menos 22 presos
políticos. Passados quase quarenta anos, um
dos agentes que atuaram na casa, o tenente-
-coronel reformado Paulo Malhães, de 74 anos,
o doutor Pablo dos porões, quebrou o silêncio
sobre o assunto.
```

Assim começava a matéria do jornalista Custódio Coimbra no jornal *O Globo*, que se estendia em revelações sobre o aparato de tortura sustentado pela ditadura militar na região serrana do Rio.

Após a primeira leva de notícias, no segundo e terceiro dias, aprofundaram-se as reportagens sobre o passado criminal do pastor. Ao debate sobre ser ou não eticamente defensável tirar a vida de políticos corruptos que, com sua atuação, indiretamente geravam miséria e morte, acrescentou-se o duelo argumentativo sobre ser ou não recuperável um ex-presidiário com currículo tão extenso de atividades ilegais. O fato de Ismael ser um pastor adicionou mais paixão às discussões, que se expandiram para o campo da intolerância com as minorias religiosas e até ao cumprimento do destino de perseguição que estaria reservado aos verdadeiros seguidores de Cristo. Um pequeno tumulto ocorreu em frente à delegacia quando os que empunhavam a faixa "Ainda falta queimar muito político sem-vergonha" começaram a xingar os que sustentavam cartazes como "Todo apoio à polícia" e "Temos lei, não somos bárbaros".

No quinto dia começaram a surgir as primeiras camisetas com uma bem-desenhada logomarca dos Vingadores do Povo. No início, timidamente, usadas apenas pelos mais jovens e rebeldes. Depois se expandindo gradualmente a representantes de todas as faixas etárias e sociais.

A controvérsia parecia não afetar diretamente Hermano, até o dia em que ele foi vaiado por um grupo de estudantes que passava em um ônibus. Algo parecido ocorreu com Belchior, não uma vaia, mas uma conversa mais áspera com dois idosos que o abordaram enquanto aguardava mesa em um restaurante.

Não bastou estarem sofrendo o mesmo tipo de constrangimento para que, ao menos por solidariedade, ficassem mais próximos. Conversavam apenas o mínimo indispensável, evidenciando a desconfiança recíproca e a mágoa de Belchior pela forma como a prisão fora encaminhada.

– É a primeira vez que conversamos nessa situação de... desnivelamento.

Ismael estava tão abatido quanto nos tempos de presidiário, mas não perdia a oportunidade de provocar Hermano, mesclando ironia com vitimização.

– São raras as conversas realmente niveladas, pastor. Mas farei todo o possível para que não se sinta mais intimidado do que o necessário. Este gravador, por exemplo, ficará desligado até que o senhor me diga que podemos começar a utilizá-lo.

Hermano sentia-se bem quando podia contrabalançar a majestade do seu cargo com gestos generosos. Serviu café para ambos e cruzou as mãos sobre a mesa como se esperasse alguma reação do seu interlocutor.

– Muito gentil de sua parte, delegado. Não tenho nada a esconder, nem assunto a evitar, mas... de alguma forma... isso me deixa mais... à vontade.

A escolha das palavras era excessivamente cuidadosa, impregnando de formalidade cada movimento.

– Excelente, pastor. Então, o que pode me dizer em sua defesa?

Havia um excesso de simpatia e otimismo na voz de Hermano, soava mais como negociante do que como policial. Fazia-o com plena consciência, considerava vantajoso qualquer artifício que levasse os interrogados a se esquecerem de que estavam sob o jugo de quem poderia deliberar sobre sua liberdade. Ismael sorriu, percebendo a farsa que interpretavam.

– Em minha defesa, tudo. Não tenho nada a ver com os assassinatos de que me acusam. Sou um homem regenerado, que já pagou sua dívida com a sociedade, mas parece que estou sendo chamado a pagar novamente. Não fosse meu passado, doutor, tenho certeza de que esta conversa não estaria acontecendo.

Ismael recorreu a um gole de café para não revelar a emotividade oculta pela frieza que revestia seu discurso. Hermano fez o mesmo para pontuar a firmeza com que o rebatia.

– Preciso saber que "tudo" é esse que o senhor diz. O que temos até agora são evidências de sua íntima relação com a primeira vítima, uma garrafa térmica contendo sonífero misturado ao café, fornecida por sua igreja ao porteiro do prédio onde ocorreu o primeiro crime, e um relacionamento seu, de longa data, com o principal suspeito de ser o executor de vários assassinatos, inclusive os dos políticos e o de um dos seus seguranças.

Mantida a sobriedade, mas elevada a carga de solenidade, Hermano era especialista em administrar as nuances da fala.

– O senhor se esqueceu de citar o nome da minha igreja associado à forma de execução das vítimas, delegado. Creio que esse seja o principal fator de atração da polícia para a minha pessoa.

– Boa lembrança, pastor – interrompeu Hermano. – Aliás, a mistura de sua posição religiosa com a atividade política das vítimas e o fato de serem elas, com maior ou menor intensidade, ligadas a algum escândalo de corrupção, nos coloca numa posição interessantíssima.

– Que posição seria essa, delegado?

– A da inocência conspirando contra o heroísmo. Seus defensores não clamam por sua inocência, ao contrário, o aclamam porque o consideram culpado de crimes que eles consideram justos.

– Os Vingadores do Povo.

– Exato, pastor. O senhor liderando esse grupo de saneadores da classe política brasileira. O que acha disso?

– Como o senhor mesmo disse, acho... interessante.

– Já imaginou a decepção que causaria a esses manifestantes a informação de que o heroico pastor Ismael não tem nada a ver com os Vingadores do Povo?

– Prefiro não me preocupar com as reações de *a* ou *b*, delegado, e manter os olhos voltados apenas para a verdade.

– A verdade – Hermano fez uma pausa para valorizar o ponto a que haviam chegado. – Sinto que chegamos a um denominador comum, pastor. Mas de que verdade o senhor está falando? Existem tantas...

– Uma vez ouvi dizer que a verdade é aquilo em que a gente acredita. Gosto muito dessa frase, pela valorização da fé e pela engenhosidade do duplo sentido.

Hermano refletiu por alguns segundos, ruminando o que o pastor acabara de dizer e repassando o que já havia lido e refletido sobre o tema.

– Sou um admirador das teses de relativização da verdade, por isso fiz a pergunta. Mas digamos que nossa busca é pela realidade, a verdade real.

– Essa pertence a Deus, delegado. Só ele a conhece.

– Mais um conceito que pode ser relativizado ou, se preferir, flexibilizado – Ismael sorriu, saudando a argúcia do seu oponente. – Um personagem fictício de Haruki Murakami, um escritor japonês, já ouviu falar? – Ismael fez que não. – Pois é, esse personagem diz, com simplicidade contundente, que a realidade é sempre objetiva e indubitavelmente única. É dessa realidade, dessa verdade única e absoluta que estamos falando, certo?

– A realidade que lhe ensinou um personagem de ficção?

– Não diria que tenha me ensinado, apenas colocado em termos que considero satisfatórios. Mas posso lhe garantir que aprendo muito mais sobre a realidade lendo obras de ficção do que com qualquer outro tipo de leitura.

– Que profundo, delegado. Estou surpreso com sua sensibilidade!

– O senhor também me surpreendeu em nosso primeiro encontro, pastor. É recíproco.

Ismael saboreou o elogio, calculou os riscos e deixou-se invadir pela satisfação de ter evoluído da truculência dos tempos de traficante para os domínios do debate intelectual.

– Muito bem, delegado. Creio que o senhor já pode apertar o "rec" deste aparelho que temos sobre a mesa.

Hermano acionou o gravador lentamente, como quem enfia o dedo numa ferida. Ismael percebeu o peso daquele gesto. Estava cercado de preocupações, mas não as deixava transparecer, exceto pela rotação da cabeça executada instintivamente para estalar o pescoço empedernido. Sinal de tensão, refletiu Hermano. De repente, os olhos de Ismael ganharam o brilho crescente de quem enxerga um belo começo. Sorriu placidamente, tomou fôlego para soltar o que estava engasgado e iniciou a gravação num tom mais de sermão do que de depoimento.

– Sou um homem de Deus, delegado. A fé me salvou e vivo para retribuir a graça recebida fazendo o bem aos que me procuram. Creio firmemente na força do espírito, e é o espírito que me diz que fui preso assim, sem nada que realmente me incrimine, para resolver um problema pessoal seu, delegado, não para resolver um caso.

Hermano teve que se mexer na cadeira para disfarçar o desconforto causado pela afirmação de Ismael e continuar aparentando a calma inicial. Decidiu aprofundar a questão, para deixar claro que ela não o intimidava.

– Problema pessoal meu, ahan, e qual seria esse problema?

A naturalidade com que Hermano absorveu o golpe afetou a autoconfiança de Ismael, provocando-lhe um inflar de veias no pescoço que tanto podia ser de ênfase quanto de irritação.

– Ora, delegado, o de estar sendo pressionado a solucionar um caso que vem mexendo fortemente com a opinião pública, sem nenhum outro suspeito que não seja um pé-rapado como o Tenório.

– Pé-rapado. Vejo que o senhor o conhece bem.

– Isso já está mais do que provado, delegado. Cumprimos pena juntos, fomos companheiros de cela, não existe situação mais íntima do que essa.

– O senhor então se declara íntimo de Tenório?

Ismael percebeu que estava caminhando sobre areia movediça. Debater-se naquele ponto seria fatal.

– Declaro que o conheço muito bem, pelo fato de termos convivido por alguns anos na penitenciária. Mas, desde que saímos de lá, cada um seguiu seu rumo.

– A que se deve a recente visita de Tenório à sua igreja e a longa conversa que o senhor manteve com ele em sua sala reservada?

"Alcebíades", pensou Ismael. "Esteve aqui prestando depoimento, só pode ser. Quem mais saberia tantos detalhes? A lourinha. Será?" Ao mesmo tempo em que refletia sobre a fonte de Hermano, Ismael avaliava a melhor resposta dentre as muitas que havia considerado anteriormente. Tinha certeza de que a pergunta viria, mas agora que sua certeza se concretizava não queria dizer nada que o comprometesse além do inevitável.

– Conselhos – respondeu ele com ensaiada expressão facial.

– Faz sentido. Pedir conselhos a um pastor é algo que se espera de todo criminoso com algum vestígio de espiritualidade, não é mesmo? Mas por que agora? E que tipo de conselho ele buscava?

A conversa tomara o rumo que Ismael desejava. Se fizesse agora uma declaração bombástica, talvez funcionasse como bomba de gás lacrimogênio, dispersando as ideias que compunham a linha de raciocínio de Hermano. E soaria como atestado de boas intenções a seu favor.

– Ele estava na dúvida sobre se devia ou não se entregar.

– A Jesus?

– À polícia. Pela morte do Casemiro.

Ao mencionar o nome de Casemiro, Ismael teve um átimo de emoção verdadeira. O efeito de sua declaração no olhar de Hermano deu-lhe a sensação de ter encontrado nova utilidade para a morte do ex-segurança.

– Foi ele, então?

– Sim senhor.

– Ele mesmo lhe disse?

– Ele mesmo e... – Ismael pensou se valeria aproveitar o momento pra se livrar de outros problemas, mas preferiu não correr novos riscos.

– E o quê?

– Nada não, acho que divaguei por um instante.

– Quer dizer que ele foi ao seu encontro para perguntar se devia se entregar?

– Exatamente.

– Só isso? O encontro, pelo que eu soube, foi bastante demorado.

– Este é um assunto delicado, doutor, que tende a se alongar.

– Compreendo. E qual foi o seu conselho?

Ponto de bifurcação. A resposta poderia simplesmente seguir o rumo bom-mocista da obviedade, que era o esperado por Hermano, ou o caminho do impacto, que era o preferido de Ismael.

– Disse-lhe que devia fugir.

– O senhor está confessando um crime, percebe?

– Depende do ângulo, delegado. Meu conselho teve a intenção de preservar a vida do rapaz. Se ele se entregasse, acho que seria morto.

– Morto por quem?

Tudo transcorria segundo os planos. Hermano acabara de levantar a bola para que Ismael cortasse. Ele sorriu tristemente por fora, mas exultante por dentro, antecipando o efeito do que estava por dizer.

– Pelas mesmas pessoas que pressionaram o senhor a me prender, delegado.

Hermano ficou calado por dois segundos, impressionado com as manobras de Ismael e com a ousadia com que ele distribuía suas farpas. Teve o ímpeto de elevar a agressividade da conversa, mas decidiu controlar-se para não dar ao oponente a alegria de tê-lo chocado.

– Ora, ora, pastor Ismael, o senhor parece mais bem-informado do que eu.

– Talvez seja por isso que é o senhor quem pergunta o tempo todo – divertiu-se o pastor.

– Boa piada. Gosto de quem tem senso de humor. Muito engraçada sua tirada. Mas diga pra mim, porque estou curiosíssimo: quem são essas pessoas que me pressionam e que seriam capazes de matar Tenório caso ele fosse preso?

– Delegado Hermano, o senhor não vai querer que eu grave aqui uma denúncia que pode ser transformada em crime de calúnia imediatamente, não é? Sendo o senhor um investigador competente, imagino que tenha plena consciência de quem o pressiona.

– Claro, claro, faz todo o sentido. Exceto por um detalhe: quem disse que eu aceito sua tese de que estou sendo pressionado?

– Os fatos, doutor, são os fatos que dizem. Ou, se preferir, a ausência de fatos para justificar o meu aprisionamento.

– Será que estamos voltando a filosofar sobre verdade, realidade, fatos?

– Nada disso, delegado. Estamos falando da mais absoluta concretude.

– A concretude do fogo.

– Como disse?

– Apenas uma imagem poética. Pensei no fogo que dá nome à sua igreja, que foi usado para matar quatro políticos e que também se aplica ao impulso sexual.

– Não entendo o que o sexo tem a ver com a nossa conversa.

Hermano vislumbrou uma nesga de fragilidade em Ismael. Talvez a questão sexual fosse para ele mais incômoda do que aparentava inicialmente. Estava na hora de quebrar formalidades e baixar um pouco o nível da conversa.

– Conta pra mim, Ismael, quantas mulheres você já comeu a pretexto de dar conselhos espirituais?

Ismael ruborizou. Não esperava de modo algum aquela repentina troca de temática.

– Desculpe, delegado, mas do que o senhor está falando?

– Estou falando de amante, de motel, dessas coisas que pegam muito mal pra um homem de fé, casado e pai de três filhos, como você.

Passar a tratá-lo como você sinalizava a descrença no personagem límpido que Ismael encarnava.

– Bem, delegado, acredito que esteja havendo algum engano.

– Enganados aqui, só sua família e seus seguidores do templo, pastor. Eu tenho provas.

Impressionava o efeito avassalador de um assunto tão menos grave do que os homicídios. A isca lançada por Hermano fisgara a segurança do pastor. Seria ele tão vulnerável ou estaria fingindo? O abalo por algo que indubitavelmente fizera poderia sinalizar que ele era inocente das outras acusações? O celular vibrou. Mensagem de Jaqueline, perguntando se já havia revelado quem ela era. Hermano digitou: "Estamos neste momento falando disso, mas por enquanto vc continua intocável. Rssss". Depois, devolveu o celular ao bolso e ficou olhando desafiadoramente para Ismael.

– O senhor poderia desligar o gravador por um instante?

Atendida a solicitação de Ismael, seguiu-se uma longa exposição sobre a importância da imagem de um religioso, sobre a fragilidade da carne diante das tentações do mundo, sobre os problemas que isso traria a sua família e seus fiéis sem que nenhum proveito resultasse para a investigação em curso. Hermano acompanhava a argumentação com ar solidário e compreensivo, ressaltando não ter qualquer intenção de criar mais constrangimentos do que a prisão já criava. Num determinado momento chegou a dizer: "Também sou homem, pastor, sei como são essas coisas". Até que se encheu de sincera curiosidade.

– Pelo seu conhecimento das escrituras sagradas, qual é o pecado mais grave: matar ou fornicar? – perguntou.

Satisfeito pela conversa ter invadido seus domínios profissionais, o pastor foi categórico:

– Matar, sem dúvida, é o pior dos pecados aos olhos de Deus, porque só a Ele cabe extinguir a vida humana.

Hermano assentiu.

– Faz sentido a sua resposta – disse o delegado –, tanto que a legislação penal pune o homicídio com rigor absoluto e só se preocupa com a fornicação em situações específicas de abuso. Agora me diga: por que um deslize sexual o incomoda mais do que uma acusação de assassinato?

Ismael sorriu por mais uma vez ter a oportunidade de exibir sua sabedoria.

– Imagem, delegado, imagem – respondeu ele, esclarecendo em seguida: – No Antigo Testamento, Livro de Reis, Elias espera a passagem de Deus. Vem um vento forte, depois um terremoto, depois o fogo, e Deus não estava em nenhuma dessas manifestações. Contrariando todas as expectativas, foi no murmúrio de uma leve brisa que Elias reconheceu a presença do Senhor. Não podemos subestimar o poder da brisa, delegado. Nos grandes embates, são os pequenos deslizes que nos derrubam. Quando me acusam de ter matado corruptos, sou herói. Quando me acusam de trair minha família e minha fé, sou vilão. Imagem é tudo o que temos. Levei muito tempo reconstruindo a minha, não quero jogar tudo abaixo de uma hora pra outra.

VÓRTICE

A convocação de Belchior para uma reunião extraordinária de toda a equipe da Divisão de Homicídios revestia-se de formalidade e urgência inéditas. Um e-mail pela manhã, um horário marcado para pouco depois do almoço, um destaque para a obrigatoriedade da presença, tudo sinalizava que algo muito importante estava para acontecer, provocando uma onda de especulações a meia-voz e um desejo de antecipação do tema com o chefe, rechaçado por sua indisponibilidade para conversas. Daí a eletricidade dominante quando o delegado-chefe saiu de sua sala, pontualmente às 15 horas, para se dirigir ao grande grupo que se amontoava na sala de reuniões e transbordava pelos espaços adjacentes. Começou com elogios a Hermano e sua equipe, Jaqueline e Tomás devidamente citados, pelo recente avanço na investigação do caso mais importante do país. Frisou a adjetivação do caso, articulando-a sílaba por sílaba, de tal modo que um deficiente auditivo poderia facilmente compreendê-la. Leitura labial acessível até para quem nunca havia tentado esse tipo de comunicação. Um prêmio, foi o que passou pela cabeça da grande maioria: bônus, promoção, algo do gênero estaria à espera de Hermano e seus comandados. Jackie sorriu ruborizada, Tomás baixou a cabeça, Hermano manteve a impavidez, diante dos olhares congratulantes que cruzavam sobre eles como holofotes.

Feita a introdução, Belchior seguiu discorrendo sobre o aumento das expectativas governamentais e populares pela rápida resolução do caso, destacando a imensa responsabilidade que pairava sobre aquela DP. Passou, então, a defender a tese de que não era justo que uma única equipe de investigação continuasse carregando esse peso sozinha. Mencionou alguns casos históricos resolvidos por equipes aglutinadas e concluiu que o caso dos homicídios políticos tinha todos os elementos para ser tratado como excepcional. Os olhares questionadores de Jaqueline e Tomás não encontraram resposta no de Hermano, que permanecia fiel à máscara assumida desde o início da reunião, olhando apenas para a frente e para dentro de si mesmo. Um leve tremor involuntário de pálpebra foi o único sinal de desconforto em seu semblante, quando o nome de Percival Braga ecoou na sala como o escolhido para se juntar com sua equipe aos esforços de resolução do caso. A surpresa geral foi sublinhada por um silêncio espesso, quase sólido, de cerca de cinco segundos que pareceram horas. O sorriso de Percival só encontrou reciprocidade nos subordinados diretos e no delegado-chefe, pouco a pouco captando um ou outro tímido sintoma de apoio, sempre embaçado pelo torpor que as notícias inesperadas costumam provocar.

Enquanto Belchior encaminhava o desfecho de sua fala, reiterando a dura missão que aguardava o novo time encarregado da investigação, agora mais do que nunca sob o comando direto do próprio delegado-chefe, Hermano refletia sobre como seria difícil o convívio com a figura intragável cuja antipatia era uma espécie de marca registrada e sobre estar sendo finalmente implementado o plano que ele, com a prisão de Ismael, tentara evitar. O desfecho do pronunciamento oficial sublinhava que todas as contribuições, vindas de onde viessem, eram apreciadas e estimuladas, que nada era mais importante do que o cumprimento da missão maior da Divisão de Homicídios, que o chefe contava com esse comprometimento, assim como o Governo, a população etc. Após o "muito obrigado" que colocou o ponto-final no evento, com um gesto rápido, Belchior convocou Hermano e Percival ao seu gabinete.

– Esta conversa não devia ter acontecido antes da outra? – perguntou Hermano antes que Belchior articulasse qualquer palavra.

– Qual é o problema? – redarguiu Belchior.

– O problema é que não se faz uma alteração importante na distribuição do trabalho sem primeiro conversar com os diretamente envolvidos – protestou Hermano.

– Calma aí, Maninho, cabeça fria, rapaz – contemporizou um Percival inusitadamente zen.

– Deixa o Poeta falar, Percival. Não gostou da surpresa, é? Pois eu também não gostei nem um pouco da que você preparou pra mim – posicionou-se Belchior.

– Ok, vingança, tá entendido. Mas esse teatro tava armado pra acontecer anteontem e eu ganhei uma sobrevida porque prendi o cara que você me enchia o saco pra botar na cadeia. Fala a verdade, Belchior, aqui não tem criança!

Belchior olhou para Percival e procurou se controlar.

– Você está exaltado, Maninho.

– Exaltado não, eu tô é esfolado, sacaneado... Nada contra você não, viu Percival? O doutor Belchior tá nos colocando numa roubada e vai acabar criando um conflito entre nós.

– Tô aqui só pra ajudar, mais um no barco – insistiu Percival de um jeito pouco convincente.

– Não precisa se explicar, Percival, a decisão foi minha e se alguém não está satisfeito que reclame na Secretaria de Segurança, na Corregedoria, ou quem sabe na imprensa, como tem gente aqui que gosta. Ou se demita. Essa porra aqui tem chefe!

Hermano olhou fundo nos olhos de Belchior. Era a segunda vez que seus dedos coçavam para usar a pistola que trazia na cintura. Soltou um riso resfolegante, virou as costas e partiu sem vomitar as palavras que lhe vinham à garganta.

De volta à mesa de trabalho, ninguém se atreveu a tocar no assunto. Tomás colocou um copinho de café à sua frente e saiu de perto. Jaqueline apertou-lhe o ombro, recebendo dois tapinhas na mão como retribuição. Fábio deixou escapar um curto desabafo "Ô clima!", sendo imediatamente reprimido por um bombardeio de olhares. O mesmo Fábio inconveniente que, duas horas depois, quando todos se preparavam para o final do expediente, aproximou-se de Hermano dizendo que precisava falar com ele.

– Diz aí, Fábio! – Hermano o acolheu amigavelmente.

– É que... Sabe? Aquela fala do Belchior sobre todo mundo poder colaborar...

– Sei sim, companheiro, e você tem colaborado muito. A quantidade de informação que você tem na ponta da língua é uma mão na roda – reconheceu Hermano.

– Pois é – continuou Fábio –, eu tô contigo, não é de hoje, e... me bateu um palpite que, de repente, quem sabe?

– Solta, rapaz! – estimulou Hermano. – Qual é o palpite?

– Olha só: outro dia eu li um artigo sobre soluções criativas que dizia que quando a gente está empacado num caminho, a melhor saída é jogar a situação numa perspectiva totalmente nova e ver como a coisa se comporta.

– Sim, sim – incentivou Hermano, mais por pressa de se livrar da conversa do que por real interesse.

– É como fazem os jogadores de futebol quando invertem o jogo, entende? – complementou Fábio, recebendo um aceno positivo de cabeça como resposta.

– Daí que eu tô vendo vocês explorarem as possibilidades políticas e religiosas na motivação dos assassinatos, claro que por circunstâncias muito óbvias das vítimas e de uma igreja tematizada com fogo, liderada por um ex-presidiário, essa coisa toda. Mas o fato é que estamos em cima de dois temas tão subjetivos e controversos que as pessoas até dizem que não se deve discuti-los, certo?

– Certíssimo – respondeu Hermano, provocando-o em seguida: – Donde se conclui que?...

– Donde se conclui que talvez valha a pena buscar uma terceira via de investigação. Pode parecer babaquice, eu sei, mas acho que se considerarmos o ângulo da arte, podemos sair desse... beco em que a investigação tá metida e descobrir coisas novas.

Hermano parecia não acreditar no que estava ouvindo.

– Arte – limitou-se a dizer.

– Isso: arte – confirmou Fábio. – Esses crimes têm um lance estético muito perturbador e são cometidos por gente que não se descuida dos detalhes.

Ele embasava seu raciocínio com a inocência e a vibração naturais de sua juventude, quando Hermano voltou ao ponto central para interrompê-lo:

– Arte.

– Que é que foi, Hermano?

– Nada. Tô só tentando recuperar os pensamentos, a bola

foi cruzada pra tão longe que tá difícil enxergá-la.

Hermano pensava consigo que a diferença de maturidade entre eles era muito maior do que os anos de idade que os separavam.

– Essa é a ideia, recontextualizar tudo pra enxergar o que até agora não se revelou.

– Sei, sei – Hermano procurava reduzir a excitação de Fábio, enquanto buscava um jeito cordial de se livrar daquilo que já havia intimamente rotulado como delírio, baboseira, coisa de garoto quando vê a oportunidade de se projetar.

Tinha um carinho de irmão mais velho por Fábio e compreendia que sua intenção era achar um novo clique com potencial para lhe render alguns elogios, encontrar seu momento de protagonismo numa delegacia onde os mais experientes sempre comandavam o show.

– Olha – disse-lhe então –, você me pegou totalmente desprevenido, realmente não sei o que falar. Por que você não desenvolve um pouco mais essa linha de investigação? Mais adiante, se encontrar algo, conta pra mim, tá?

– Beleza! Na verdade, tô nessa linha há algum tempo, só achei que devia te falar hoje por causa do que aconteceu esta tarde, sacanagem, sinceramente – declarou Fábio sem esconder a emoção que lhe adornava a voz.

– Esquenta não, Fabinho, e obrigado pela força. A vida dá voltas, meu irmão... Agora, deixa eu ir que o dia de hoje foi pedreira. Valeu, hein!

Durante o jantar, o *panaché* girava desnecessariamente em sua boca, culpa da bertalha que insistia em espalhar a textura de folha empapada pelos demais companheiros leguminosos. Alice observava, identificando comportamento muito parecido com o da noite em que o deputado Marcílio fora encontrado.

– Algo indigesto está perturbando sua cabeça – disse ela meigamente, obtendo de Hermano um olhar de terna cumplicidade.

– Você lê minha alma, não é mesmo? – respondeu ele com uma gratidão que não manifestava havia muito tempo.

Ainda bem que a recíproca não é verdadeira, pensou Alice. Se Hermano pudesse ler sua alma, enxergaria em letras de neon a preocupação ali instalada com a intimação recebida durante o dia para a audiência que aconteceria dali a duas semanas, diante de um juiz, sobre a foto da *Vênus do espelho*. Pretendia contar tudo a ele, mas não encontrava oportunidade, nem conseguia imaginar de que jeito, com que palavras.

– Mais um pouco de suco? – perguntou ela.

Ele pensou um pouco e disse:

– Minha vontade hoje era encher a cara. Ainda temos aquele vinho argentino?

– Três garrafas – ela disse.

– Então pega lá pra gente.

Beberam durante mais de duas horas: ela, apenas um cálice; ele, todo o resto da garrafa e mais uma segunda, da qual só dois dedos foram compartilhados com ela. Entre os goles, raras garfadas de comida fria e um detalhamento incomum dos episódios vividos na delegacia. Falou de repulsa, mágoa, do quanto odiava seu chefe, lamentava por seus colegas e se envergonhava de algumas atitudes que se via forçado a tomar. Hermano experimentava um sofrimento novo pra se comportar daquele jeito, refletiu Alice com os olhos pesados de sono, vinho, pena e ansiedade.

Os dias que se seguiram foram puro esgrima. Acrescentaram-se ao ritmo das investigações as necessárias trocas de informação entre as duas equipes, além das reuniões frequentes de Hermano e Percival com Belchior. Eram momentos de cumplicidade fingida, em que todos traziam algo à mesa, mas sempre escondendo alguns trunfos. Diziam-se envolvidos no objetivo comum, mas cada um enxergava no outro o adversário que ameaçava a ambição pessoal de resolver o caso. E – o mais grave – o sentimento de desconfiança recíproca, por mais que as palavras o negassem, era gritante. Para Hermano, o ar tornara-se pastoso. Se antes era lacônico, agora raramente excedia o monossilábico. Percival enclausurou-se ainda mais em sua casca mal-humorada. Sempre que podiam, o que significa na grande maioria das vezes, as tarefas de atualização eram delegadas aos subordinados. Não sem antes recomendar-lhes que passassem ao outro grupo o mínimo necessário dos avanços obtidos. Jaqueline tornou-se campeã em omitir dados e transmitir raciocínios confusos que não levavam a lugar algum e celebrava com Hermano o fato de nenhuma contribuição significativa ter vindo da equipe de Percival após cinco dias de trabalho teoricamente conjunto. Algumas tímidas tentativas de Belchior no sentido de descontrair o relacionamento do grupo resultaram no mais absoluto fracasso. "O que está havendo?", perguntou certa vez a Hermano, como se não soubesse. Dele recebeu o tradicional "nada" como resposta. Aproveitando-se de estarem a sós naquele momento, insistiu um pouco mais: "Como nada? Você quase não se manifesta, entra e sai com a cara amarrada. Continua aborrecido com a nova distribuição de tarefas, é isso? Pode se abrir comigo". Hermano olhou no fundo de seus olhos, deixou que um meio sorriso se formasse mais no olhar do que na boca e voltou a responder: "Nada".

Foi num fim de tarde em que o tempo virava. Vento crescente prenunciando tempestade das grandes. Belchior desistiu de sua intenção adocicante e correu pra casa antes que o temporal tornasse a cidade intransitável. Outros fizeram o mesmo. Hermano, muito atarefado, ficou. Sobre sua mesa, estrategicamente posicionado sob o mouse, encontrou um envelope pardo, sem identificação. Dentro dele, sete fotos e um bilhete anônimo impresso em fonte American Typewriter que dizia: "Importante vc saber disso".

A primeira foto mostrava Gunnar e Alice quase em frente ao Cafofo do Catete, ele ao volante de um carro, ela entrando. A segunda, na mesma situação, eles trocando um beijo, aparentemente no rosto, talvez apenas um cumprimento. Na terceira, um outro homem, de terno e gravata, embarcando no carro com eles. O outro local é diferente daquele em que foram tiradas as duas primeiras fotos. Na quarta foto, Gunnar e Alice novamente sozinhos, conversam na mesa de um bar com decoração antiga. Na quinta, eles estão sentados no mesmo bar, plano mais próximo, Alice chorando. Na sexta, ela se despede, deixando Gunnar sozinho com os olhos tristes. Na sétima, plano aberto do bar, Alice na calçada indo embora, Gunnar quase imperceptível ainda lá dentro, sentado na mesa. Não teria maior significado esta última foto se não fosse a presença de um homem que se aproxima da entrada do bar enquanto Alice se afasta. Ele está de costas. É um tipo forte, veste paletó escuro, jeans e tênis. E tem o cabelo longo preso num rabo de cavalo.

Lá fora, o vento fazendo algazarra. Hermano olha em volta. Os integrantes de sua equipe já partiram. Dos colegas delegados, só Fábio continua no posto. Viu quem colocou este envelope na minha mesa?, ele perguntou. Não, respondeu Fábio, praticamente sem tirar os olhos da tela do computador.

TORNADO

Lá vem o anjinho!, riam-se os colegas de Rafael quando ele se aproximava. A hora do recreio era a que mais o incomodava. Cansado de tanto ser ridicularizado por sua participação na foto do pai, naquele dia decidiu debater o assunto. Anjo pode voar, é legal!, disse ele a André, o mais velho da turma. Você acha legal fazer foto pelado? Eu hein!, ironizou André olhando para os outros dois meninos que o acompanhavam. Pelado não! Eu tava de asa, roupa de anjo é a asa, rebateu Rafael sem muita convicção. Risadaria geral. Roupa de anjo é asa, roupa de anjo é asa, cantarolou Téo, o mais engraçado do grupo, arrematando: E cadê as asas daquela anja peladona que tava contigo? Três meninas que passavam por perto soltaram risadinhas nervosas. Rafael gaguejou antes de dizer que a moça não era anja, revirando os olhos em busca de argumentos e enrubescendo por não encontrá-los. Acabou dizendo, na plenitude de sua ingenuidade, que a moça tava pelada porque tinha um quadro assim, que eles fizeram a foto do quadro, e a bunda dela era bem bonita. Uma professora, observando o teor da conversa, convidou Rafael a ir à sala da diretora. Fingindo buscar informações sobre futuras matrículas, Hermano, com olhos e ouvidos aguçados, registrava cada momento. Gastou algum tempo na cantina até que o filho de Gunnar fosse liberado pela diretora. Muito agastado pela conversa que não devia ter sido das melhores, o menino não reconheceria Hermano se este não lhe acenasse e se identificasse como marido de Alice, a amiga e aluna de seu pai. A conversa que tiveram não foi testemunhada por ninguém e, apesar de muito rápida e desconfortável, foi mais que suficiente para cumprir sua finalidade.

– Preciso te contar uma coisa – disse Alice no fim do dia, evitando os olhos de Hermano. O telefonema de Gunnar naquela tarde tornava desnecessários todos os sinais que a intuição feminina lhe enviava há algum tempo.

(*silêncio*)

– Já era tempo – respondeu Hermano.

(*silêncio*)

– Você já sabe, né? Claro que sabe.

(*silêncio*)

– Sou um investigador, tá no meu DNA.

(*silêncio*)

– Mas por que então?...

– Porque queria saber até onde...

(*silêncio*)

– Tô me sentindo uma boba.

– Bem-vinda ao clube.

– Será que... me perdoa?

(*silêncio*)

– Se você me explicar... talvez...

(*silêncio*)

– É que eu prometi guardar segredo.

– A quem?

– Ao... Gunnar.

– Ah, que romântico!

– Não é nada disso que você tá pensando.

(*silêncio*)

– E como você sabe o que eu tô pensando?

– Homens.

– Homens?

– Sempre imaginam o pior cenário.

– Não diga. E qual seria o cenário?

(*silêncio*)

– Eu tendo, sei lá, algum caso...

– Realmente. Um absurdo achar que você posando nua para o ex-namorado e escondendo isso de mim pudesse estar fazendo algo errado.

– Não fala assim, Hermano.

(*silêncio*)

– Como você sugere que eu fale?

– É um assunto muito mais complexo do que isso.

– Mais complexo do que você ter um caso com outro homem... Muito bom!

– Por favor! Não posso quebrar a promessa.

(*silêncio*)

– Sabe o que eu invejo no Gunnar? – os olhares agora estavam totalmente conectados, aumentando a intensidade da mudez de Alice. – Sua lealdade a ele. Como eu gostaria de merecer a mesma lealdade!

(*silêncio ininterrupto*)

Hermano se levantou do sofá. Teve um flash de quando se conheceram, de como se influenciaram, de como apresentaram um ao outro seus antigos gostos musicais: ele trazendo Lou Reed; ela, The Cult. Um flash importante, lançado rapidamente na lixeira da memória. Foi para o quarto como se Alice não existisse.

Ele caiu na cama; ela, no choro.

Hermano pegou no sono com dificuldade. O refrão "We're burning out of control" martelava seus pensamentos. Teve sonhos inquietantes de Alice com Gunnar, ele com Jaqueline, Jaqueline com Alice. Tudo testemunhado por um anjo com a cara de Rafael.

Foi um dia de graves conversas. Enquanto Hermano investigava em causa própria na escola de Rafael, Percival interrogava Ismael na delegacia sem que ninguém, exceto o delegado Belchior, tivesse conhecimento disso. Confuso no início, o interrogatório foi ganhando objetividade à medida que o pastor dava sinais de que entendia o que lhe estava sendo proposto nas entrelinhas e aceitava. Tudo muito discreto e sutil, como só negociadores calejados conseguem fazer. O dinheiro arrecadado na igreja começaria na semana seguinte a irrigar os cofres da campanha de Péricles Pereira ao Senado, numa gentil doação do prisioneiro que, pelas mãos de Percival, percorreria os trâmites necessários até chegar ao seu destino sem deixar rastros. A contrapartida a esse gesto viria em forma de medidas facilitadoras para que a estada de Ismael atrás das grades fosse abreviada, reduzida ao estritamente indispensável e amenizada com alguns confortos raros nas circunstâncias em que ele se encontrava.

Alheio ao que acontecia por baixo da mesa, Fábio descobria que o quadro fotográfico da *Vênus do espelho* feito por

Gunnar fora vendido por 40 mil reais a um colecionador que tinha a fama de ser o Charles Saatchi brasileiro. A exemplo do britânico, que transfere o prestígio de *connaisseur* às obras que compõem seu acervo pessoal, o simples fato de ter seu trabalho adquirido por aquele personagem alçava Gunnar a um novo patamar. Independentemente do valor declarado da aquisição, que podia ou não ser verdadeiro, o quadro imediatamente passava a valer o dobro. Não era uma informação recente. A negociação ocorrera no dia seguinte ao *vernissage* e, não fosse o renovado interesse do jovem delegado pela tese da motivação artística dos crimes, jamais seria captado por seu radar, muito mais sensível aos milhões de dólares movimentados nos leilões de grandes obras mundiais. Interessadíssimo em como se formam e são utilizadas as grandes fortunas, sua pesquisa revelou o quanto novos compradores de países emergentes como China e Rússia, buscando equiparação com o *jet-set* global, inflacionavam o mercado, pagando o que fosse preciso para ostentarem artistas de grife em suas paredes. Surpreendeu-se ao ver que um quadro de Mark Rothko, vendido em 2007 por 144 milhões de reais, teria seu recorde quebrado por outro quadro do mesmo pintor, cinco anos depois, com o preço de 150 milhões. Dois quadros do mesmo pintor, exclamou Fábio mentalmente, enquanto constatava que, ignorando a crise financeira mundial, as cifras no campo das artes só faziam crescer. Um crescimento sem respaldo racional e totalmente a salvo de regulamentações que, graças a essa peculiaridade, estimulava que se aproximassem do domínio artístico os que praticavam lavagem de dinheiro e pagamento de propinas. Os 43,8 milhões de dólares pagos recentemente em leilão nova-iorquino por uma tela abstrata do pintor norte-americano Barnett Newman, nada mais que um fundo azul-escuro com uma faixa verde no meio, produziram mais fagulhas sobre possíveis flertes da arte com a ilicitude. O arremate fora feito por telefone e tudo o que se revelou do comprador é que ele falava italiano. Receber um quadro de presente soa menos comprometedor e mais charmoso do que uma mala de dinheiro ou transferência bancária, concluiu ele sorridente, sem fazer a menor ideia de que utilidade teria aquela conclusão. Seus pensamentos voaram tão alto que quase ia se esquecendo de anotar o nome do benfeitor que deu o providencial empurrãozinho no trabalho de Gunnar: Ewerton Rosenthal, médico com vários artigos publicados em conceituadas revistas científicas, riquíssimo, dono de uma famosa clínica, sócio de um laboratório de análises clínicas, colecionador diletante, investidor assíduo.

Havia bastante tempo que Tomás não se manifestava. Desde que surgira a conversa sobre o tungstênio, dedicara-se a se aprofundar no que intuía ser uma porta de acesso a amplos salões. O papel desempenhado pelo metal nas relações diplomáticas de Portugal, seu principal produtor europeu, com os dois lados da Segunda Guerra Mundial, não deixava dúvidas quanto ao enorme poder de fogo da mercadoria.

Descobrira, por exemplo, que era necessária a pureza absoluta do metal, sem o que ele se tornava frágil e difícil de ser trabalhado. Claro que o ponto de ebulição em 5.657 graus e a mais alta resistência a tensão, dentre todos os metais, em temperaturas superiores a 1.650 graus, continuavam a ser os dados mais significativos. Mas saber que sua adição ao aço em quantidades controladas aumenta a rigidez do mais durão dos metais estava longe de ser um conhecimento inútil. No mesmo grau de relevância, Tomás elencava o uso do tungstênio em válvulas de propulsores de mísseis e aeronaves, assim como nas indústrias de fundição e nucleares. Estar ao mesmo tempo em turbinas, usinas nucleares e projéteis balísticos era algo que não lhe saía da cabeça como indício de vocação maligna do metal, ideia oposta à que lhe despertava sua utilização em tubos de raios X. Com a mesma desenvoltura que matava, o tungstênio salvava, mas o certo é que tudo ligado a ele parecia ser sempre questão de vida ou morte.

Hermano chegou um pouco abatido no dia seguinte. Todos notaram, ninguém comentou. Jaqueline, mais atenta que os outros, convidou-o para almoçar com a antecedência de quem reserva ingressos raros. Nove e meia da manhã e o almoço para dali a três horas já estava marcado. "Tá mal o Maninho hoje", comentou Aristarco com Fábio alguns minutos depois. "Com a Jackie dando em cima, como é que pode tá mal? Mal tô eu, meu irmão", respondeu Fábio, observado por Percival que naquela manhã era só felicidade. O sucesso das negociações com o pastor Ismael aumentara seu prestígio com Belchior e passara despercebido por todos, exceto por Aristarco, cuja experiência, mesmo sem ouvir o teor das conversas, permitia adivinhar consideráveis fatias de diálogo. Jaqueline também desconfiava de algo. Tomando conhecimento do interrogatório extra promovido por Percival, fez de tudo para descobrir do que se tratava, no que foi, como era de esperar, barrada pelos subordinados do delegado concorrente. Inquieta, aproveitara-se do momento em que Percival relatava seus feitos a Belchior na noite anterior, enquanto sua equipe se isolava na sala de reuniões em mais uma manobra evasiva. Fingindo derrubar a bolsa acidentalmente quando se dirigia ao banheiro, bem ao lado da mesa de Percival, Jackie abriu suas gavetas e, no fundo de uma delas, encontrou uma interessante agenda. Teve que concluir sua operação às pressas quando percebeu que a assistente de Percival retornava ao seu posto.

– Você é louca, menina! – exclamou Hermano quando Jaqueline lhe relatou sua proeza durante o almoço.

Estavam num restaurante árabe, evitando os arredores da delegacia, onde era fácil esbarrar com indesejáveis colegas. Hermano pela primeira vez reagia a seu abatimento. Embora leve e motivada por uma crítica, a reação reverberou positivamente em Jaqueline.

– Tava lá malocado no fundão da última gaveta. Ou não vale nada ou é precioso – disse Jaqueline com um sorriso de menina arteira que, não obtendo retribuição, estimulou-a a seguir se justificando. – Os caras tão aprontando, Maninho. Ou você acha que o Percival ia conversar com o pastor só pra ouvir uns conselhos? E aquela carinha de vitória deles não dá pra aguentar.

– E se derem pela falta da agenda, como é que fica? – Hermano estava sinceramente preocupado, mas torcia por respostas tranquilizadoras que lhe permitissem celebrar a ousadia da assistente.

– Agora foda-se. Tentar devolver é arriscar de novo. Vou guardar lá em casa num buraco que nem eu consiga achar. Mas antes a gente tem que folhear essa merda. Ou será que o defensor da ética e dos bons costumes prefere não olhar?

Jaqueline sabia exatamente quando Hermano começava a ceder. Durante sua fala, percebeu um sutil relaxamento nos músculos de sua face, prenúncio de um possível sorriso que não veio. Maninho gostava quando ela o chamava por este apelido e se sentia lisonjeado quando ela debochava do seu caráter rigoroso. Espalhou coalhada seca em seu pão árabe, sentindo-se por um breve instante como o delegado dos livros de Luiz Alfredo Garcia-Roza, que adorava comida árabe. Lembrou que estava comendo algo compatível com a dieta vegetariana de Alice, algo que tendia a contrariar no momento de pedir o prato principal. Lembrou novamente da conversa tensa que tiveram na noite anterior, conversa que marretava sua cabeça, infiltrando-se em todos os assuntos com que tinha de lidar.

– Vou querer kafta com arroz de lentilhas, e você? – disse ele. (Alice nega, mas tem um caso com Gunnar, pensou logo em seguida.)

– Vou querer tua pica moída enrolada numa folha de repolho – respondeu ela, finalmente arrancando uma gargalhada. (Alice chupando o pau de Gunnar, imaginou Hermano com uma cara de nojo enquanto ria.)

– Ok. Não precisa cumprir a ameaça. Me passa logo essa agenda. Mas vamos pedindo a comida, se não a gente só volta pra delegacia no fim do expediente.

A agenda tinha anotações banais do tipo "levar presente mamãe", "torneio de judô do Jr." e "Maracanã no sábado", misturadas com outras tão cifradas que soavam suspeitas. Eram iniciais ou siglas, seguidas por datas e números que indicavam valores a receber ou a pagar. Algumas se repetiam em várias páginas, as mais antigas sendo ticadas, as mais recentes ainda não. Dentre as siglas mais repetidas se destacavam CP, SS e CH. Na última página escrita, surgia uma nova: PI, com o número 120 ao lado. Hermano mandou que Jaqueline xerocasse todas as páginas e desse um jeito de recolocar a agenda na gaveta de onde foi tirada o mais rápido possível. Ela insistiu que seria arriscado demais voltar a mexer na gaveta. Ele contra-argumentou com a inconveniência da polêmica que o desaparecimento da agenda iria provocar. Ela prometeu que tentaria, sentiria o clima pra ver se alguém já havia notado a falta da agenda, mas não podia garantir nada. Ele concordou, imaginando como seria bom entender-se com Alice do mesmo jeito que estava se entendendo com Jackie, descobrir que suas desconfianças não passavam de um grande mal-entendido. Jackie releu as siglas da agenda. Aposto que PI são as iniciais de Pastor Ismael, disse. Maninho aquiesceu. Bom começo, garota.

De volta à delegacia, Hermano pensava na infração que havia acabado de cometer com a invasão de privacidade do colega, debatendo-se intimamente entre a correção procedimental e o objetivo maior de desvendar ações criminosas. A questão que mais o incomodava era até quando suas ações investigativas seriam também criminosas. Oscilava entre não ser ingênuo e não ser derrotado. Aproveitava o episódio da agenda que acabara de ocorrer para avaliar eticamente uma nova e arriscada operação que planejava executar naquela mesma noite. Uma operação de natureza pessoal, que não podia ter falhas, com alta probabilidade de destruí-lo profissionalmente.

CICLONE

Escuro quase absoluto no estúdio de Gunnar. Hermano sabia que estava extrapolando, mas era empurrado pelas batidas do coração. Já havia investigado tantos crimes respeitando as regras, tinha o direito de chutar o balde uma vezinha, ao menos pra cuidar de algo que o afetava diretamente.

Três horas da madrugada. Viu as luzes se apagarem pouco depois da meia-noite. Do outro lado da rua era possível monitorar tudo. O quarto de Gunnar acendendo, depois o banheiro, depois só o quarto durante meia hora (devia estar lendo algum livro ou vendo televisão), depois breu total. Deu uma hora para o sono pegar forte e só então entrou em ação.

Arrombar a porta foi mais fácil do que parecia. Agora era deslocar-se em silêncio, encontrar as fotos de Alice, buscar anotações relativas ao trabalho e sair de fininho. Sentia-se como os criminosos que costumava investigar, usando luvas pra não deixar digitais e boné enterrado na cabeça de modo a sombrear-lhe o rosto. Movia-se felinamente entre os cavaletes e esculturas que davam um toque assombrado ao local. Luz do celular fazendo as vezes de lanterna, todos os sentidos à flor da pele pra não ser surpreendido. Ansiava por encontrar algo que inocentasse a namorada, embora a possibilidade de inocência fosse tão remota que se sentia ridículo por considerá-la. Mas o amor lhe concedia essa hipótese, era o suficiente. Lembrou-se de Fernando Pessoa com suas cartas de amor ridículas, sacudiu a cabeça pra retomar a concentração.

Nas paredes nada, o estúdio era um espaço amplo, com um aglomerado de cadeiras num canto onde provavelmente eram ministradas as aulas de arte. Em seguida às cadeiras havia a porta identificada como "depósito", local onde Hermano supôs serem guardadas as matérias-primas das esculturas, as tintas, os pincéis, toda a tralha usada no caótico exercício da criação artística. À esquerda das cadeiras, uma escada sinuosa conduzia primeiro aos banheiros, depois a uma porta que dava acesso ao que parecia ser o cômodo principal. Subiu dois longos lances de escada, imaginando-se numa construção medieval. A porta do cômodo superior cedeu ao golpe de ombro executado por Hermano sem maiores resistências. Dava acesso a um antigo laboratório de revelação facilmente identificável pela tradicional banheira que se exibia aos entrantes com bastante eloquência. Fora esse detalhe decorativo, destacavam-se uma grande impressora, uma imponente armação metálica coberta por tecido branco e uma confortável estação de trabalho, onde Gunnar provavelmente passava a maior parte do seu tempo. A estação ficava no canto próximo ao janelão que dava pra rua, ostentando o maior monitor de computador que Hermano já havia visto. Acender a luz vermelha remanescente dos tempos de revelação pré-digital, com a porta fechada, não lhe pareceu arriscado e ajudava bastante a acelerar a busca. Hermano ligou o que sua mente irônica logo batizou de Big Mac, sendo recepcionado por um desagradável pedido de senha. Curiosidade adiada, não havia como tentar adivinhar a combinação de letras e/ou números que lhe abriria os segredos do fotógrafo naquela corrida contra o tempo.

Mudou de alvo. Jogou a frágil luz do celular sobre a armação metálica enquanto forçava o tecido que a cobria. A lona revelou-se mais resistente do que aparentava. Um sistema com seis trancas metálicas que se assemelhavam a clipes gigantes chaveados impossibilitava o acesso. Hermano pegou o canivete suíço que minutos antes o ajudara a arrombar a porta principal. Hesitou pensando no vestígio irreversível que deixaria, mas suas mãos estavam protegidas por luvas. A existência de um invasor seria óbvia, e daí? Desde que ninguém o identificasse... Cravou a lâmina na lona, rasgando-a num movimento cirúrgico que produziu o incômodo ruído semelhante ao de uma dobradiça enferrujada. Quando o corte tomou a forma de um L invertido, Hermano ergueu a ponta solta do tecido. Lá estava ela: a foto de Alice lindamente despida em sua versão de pintura clássica. Deteve-se por alguns segundos a analisar os contornos do corpo que conhecia tão bem e alternou sentimentos de ciúme, desejo e apreciação artística. Puxou cuidadosamente a ponta inferior direita da gigantografia para descobrir logo atrás dela a reprodução do quadro original de Velázquez, mas resistiu à tentação de compará-la à foto produzida por Gunnar no que poderia se tornar um interminável jogo dos sete erros. Havia mais material pendurado naquela moldura de segurança máxima. A terceira folha era outra reprodução ampliada de uma pintura famosa. Mesmo não sendo entendido em arte, Hermano não teve dificuldade para reconhecer que estava diante de *O grito*, de Munch. Lembrou-se da conversa ocorrida alguns dias antes na DP sobre o valor exorbitante do quadro. "Mundo pequeno", pensou, rendendo-se ao clichê. Ao chegar à quarta folha, deparou-se com a reprodução fotográfica da pintura que acabara de ver. Tinha diante de seus olhos a figura criada pelo pintor norueguês: um homem cujas feições transmitem dor, medo e desespero indescritíveis. Só que na foto essas feições eram familiares. Hermano aproximou o celular-lanterna do papel fotográfico, observou a imagem com atenção redobrada e teve uma sensação de vertigem ao perceber que o rosto estampado ali era o do deputado Marcílio Tavares.

Embriagado pela descoberta, Hermano não escutou os passos que se aproximavam pela retaguarda, nem o clique do revólver sendo engatilhado. Precisou que o cano encostasse em sua nuca para se dar conta de que havia sido descoberto. O frio metálico desceu do pescoço pelas vértebras, espalhando-se por todo o corpo. Teve uma sensação de nudez ao sentir a arma que trazia na cintura sendo retirada. Ouviu a voz arenosa do recém-acordado Gunnar que pressionava o calibre 38 contra seu pescoço. Ordenava que se virasse lentamente.

Hora de praticar a primeira aula do seu curso de defesa pessoal, pensou. Toda arma encostada ao corpo está vulnerável a um giro rápido que, enquanto a desvia do alvo, deixa a guarda do oponente aberta a um golpe desorientador. Decidiu que giraria de forma a afastar o revólver com o antebraço esquerdo e, ato contínuo, atingiria Gunnar com um direto de mão espalmada na base do nariz, o suficiente pra nocauteá-lo.

Fez-se de submisso. Cerrou os punhos e reabriu os dedos, num ritual instintivo de preparação, semiflexionou as pernas e iniciou seu giro.

Captando a mensagem corporal de sua presa, Gunnar teve o reflexo de erguer a mão que segurava o revólver, deixando o antebraço de Hermano passar em branco sem encontrar obstáculo. A mão armada, que acabara de subir, baixou violentamente sobre a testa do delegado antes que sua manobra completasse os 180 graus, cancelando o golpe de direita que seria desferido por ele no próximo milésimo de segundo. Tudo rodou mais rápido e de forma bem diferente do que Hermano havia planejado.

Caindo de joelhos, o delegado sentiu-se à mercê de um gigante. Lá estava o alto, magro e incrédulo ex-namorado de sua mulher, todo embaçado, apontando-lhe um dedo indicador acusatório em forma de revólver. Sentiu-se ridículo, humilhado. O filete de sangue inaugurado pela coronhada tornava-se mais espesso, acumulava-se nos cílios do policial de onde gotejava em ritmo crescente, acrescentando ao seu ponto de vista uma vermelhidão turva que naquele instante parecia ter algum significado.

Levantou-se cambaleante como que ignorando a autoridade da arma que lhe ordenava imobilidade. A mão de Gunnar voltou a se erguer para desferir nova coronhada. Não contava com a agilidade do delegado que a interceptou com o braço esquerdo. O soco de direita desta vez saiu exatamente como deveria ter saído na tentativa anterior. Gunnar tombou de costas. Uma das armas escapou do seu controle deslizando para o lado. Um rápido rolamento de Hermano e estavam ambos no chão, com sangue escorrendo nos rostos e revólveres engatilhados nas mãos trêmulas.

TUFÃO

O som das sirenes alvoroçou ainda mais o grupo de populares que crescia rápido como o sol nascente ao redor do cadáver estatelado na calçada. Mais branco do que nunca, aparentando ser menos alto graças à posição amontoada do corpo, Gunnar jazia com uma pequena perfuração na têmpora direita e um rombo considerável no lado oposto do crânio. Estava de pijama, roupa com que jamais imaginara aparecer em público. O rosto escondido na poça de sangue sugeria um certo embaraço *post mortem* por estar protagonizando cena de tamanho mau gosto.

"É por meu filho, só por meu filho", Gunnar soava convincente antes de voar para a morte. Na cabeça de Hermano, as últimas palavras do artista encobriam as perguntas e observações de Belchior.

– Tô falando com você, porra! – irritou-se Belchior. – Como foi que matou o cara?

– Já falei que não matei ninguém. Quantas vezes quer que eu repita? – Hermano estava zonzo, a ardência pelos pontos que recebera no corte da testa metaforizava o quanto queimavam seus pensamentos.

– Quero que você repita até se convencer de que não vai conseguir me enganar, seu babaca! Invadiu a casa de um homem sem mandado, foi surpreendido por ele, vocês lutaram e, sem mais nem menos, o cara toma um tiro na cabeça, dado com a sua arma, e despenca pela janela. Tá me achando com cara de otário, só pode ser, nem parece que me conhece há tanto tempo.

– A cabeça é tua, chefe, você acredita no que quiser. De mim não vai ouvir nada diferente. Gunnar me ameaçou com um revólver e tomou minha arma, tentei desarmá-lo, ele me acertou uma coronhada na testa, tivemos uma conversa tensa, ele se desesperou por eu ter descoberto seu crime e resolveu acabar com a própria vida. Peguei um dos assassinos do maçarico, caralho! Tão lá todas as versões de *O grito* com as caras dos políticos mortos, tava lá o maçarico usado pra fazer esculturas e pra torturar as vítimas, não tava? Abri a porta pra desvendar o caso mais complicado de nossas vidas, e tudo o que você tem pra mim é uma acusação de homicídio?

– Que decepção, Hermano! Pensava que você era mais inteligente. Quero te fazer sair dessa como herói, mas pra isso precisamos de uma história que convença. E não repita mais essa merda de abrir a porta pra desvendar porra nenhuma. Você resolveu o caso hoje, usando meios ilegais, mas resolveu, seja mais afirmativo. Vamos tirar esse peso das costas de uma vez por todas. Admita que você suspeitava do Gunnar há muito tempo, que você usou sua namorada como isca, invadiu a casa dele por medo de perder a oportunidade de flagrá-lo, encontrou as provas que buscava, foi surpreendido por ele, vocês lutaram, sua arma disparou acidentalmente e o criminoso caiu pela janela. Isso lhe rende um processo rápido, com pena pequena, que será relevada pelo valioso serviço prestado à segurança pública, e nunca mais pensamos nesse caso. Tenho como te arranjar uma licença remunerada, se te interessar, grana boa, vida tranquila...

– Usei minha namorada como isca?

– Melhor do que dizer que agiu por ciúme.

– Lutei com o cara e atirei nele à queima-roupa? Acidentalmente? Encerrar o caso? Você tá louco, Belchior. Essa história não tem nada de verdadeira.

– Poeta, Poeta, verdade é só aquilo em que as pessoas são capazes de acreditar. Cai na real. Você não está entendendo no que se meteu, rapaz.

– Esse caso ainda tem muito pra se descobrir, doutor Belchior.

– O caso está encerrado, não insista.

– Tem mais gente por trás disso, gente graúda com certeza.

– Certeza de quê, Hermano? De onde você tira essa convicção toda? A única certeza que se tem quando gente graúda está envolvida é a de que nada será provado.

Eram 16:30 horas quando Hermano chegou em casa, abatido, passos lentos. Alice no quarto, deitada, olhos inchados fixos no teto. O tímido "oi" balbuciado por ele não teve resposta. Passaram-se quase dois minutos até que dos lábios dela saísse a primeira palavra, dita com nojo, quase cuspida.

– Covarde!

Hermano engoliu em seco, respirou fundo. Jurou não ter matado Gunnar. A testa suada começava a empapar seu curativo.

– Foi ele que se matou, Alice.

– Covarde, covarde!

– Você pode tentar me ouvir, por favor? Eu não matei o Gunnar!

– Ahan! Você invadiu a casa dele de madrugada e ele decidiu fazer um espetáculo *privé*: uma porrada na sua testa como aperitivo e um tiro na própria cabeça com a arma do visitante. Assuma o que fez, Hermano, seja homem!

– Eu nunca usei minha arma. Quantas vezes já conversamos sobre isso?

– Sempre há uma primeira vez. Como foi a sensação?

Hermano queria sumir dali, não suportava a ideia que Alice fazia dele. Reuniu forças pra sussurrar uma afirmação que soasse definitiva.

– Ele era um criminoso, Alice.

– Era apenas um pai desesperado, seu bruto!

– As provas dos crimes estavam todas lá.

– Obras de arte feitas por um condenado à morte que só pensava em proteger o futuro do seu filho.

– Não entendo o que você tá dizendo.

– Gunnar tinha leucemia. Só mais três meses de vida, que você ajudou a encurtar. Começou a fazer as reproduções fotográficas dos quadros famosos pra deixar algum patrimônio pro Rafael.

Os lábios de Alice começaram a tremer, contendo um dique de lágrimas à beira do rompimento. Hermano suspirou, colocando a voz num diapasão mais grave.

– Desde quando você sabia disso?

– Desde o dia em que concordei em posar para o quadro do Velázquez. O pouco tempo que lhe restava foi o argumento que me fez aceitar. Entendeu agora, machão?

– Mas...

– Antes que você se atreva a bancar o policial pra cima de mim, a resposta é não! Eu não sabia que ele estava produzindo outros quadros, muito menos com gente morta. Agora, sai daqui Hermano! Desaparece!

Hermano tentou se aproximar. Alice virou o rosto, se encolheu e mergulhou num choro sacudido.

Pela primeira vez nos últimos anos, Hermano sentiu saudades do ácido que o transportava pra longe da realidade. Precisava fazer alguma coisa, correr ou escrever, transformar sua angústia em suor, desabafo, qualquer coisa que pudesse ser jogada fora.

Saiu correndo desde a portaria do prédio, como um fugitivo. Do outro lado da rua, um celular o fotografou.

Durante a corrida, pensamentos confusos chacoalhavam no cérebro. A aceleração dos batimentos cardíacos, associada à respiração ofegante, produziam nele um bem-vindo efeito alucinógeno. Ácido lático, pensava, ácido lático substitui qualquer outro. Flutuava sobre os fatos deixando frases e palavras desagradáveis pelo caminho: é por meu filho, covarde, só mais três meses de vida, cai na real, Gunnar tinha leucemia, usar sua namorada como isca, melhor do que dizer que agiu por ciúme, covarde, covarde... A transpiração ajudava a expulsar tudo o que intoxicava sua alma, bem mais ferida do que a testa. O local da coronhada latejava, como um letreiro luminoso que insistia em lembrar que a arma de Gunnar estava descarregada. Tudo parecia conspirar para a vitória das piores versões. A frase fruto de suas reflexões antigas voltou-lhe à mente: "Verdade é a versão que prevalece". *O grito*, porra! "Desvendei o segredo de *O grito*", começou a falar sozinho e se conteve. Eles cortavam as cordas vocais das vítimas pra não estragar as fotos. Gritos mudos, internalizados, voltou ao silêncio dos pensamentos. Como pode existir gente capaz de cometer uma barbaridade dessas? Meu Deus! Meu Deus! Lembrou-se do pastor Ismael, livre como um pássaro pra explorar seus fiéis à vontade. E aquelas caras desfiguradas pela dor, corruptos que morreram pela arte, padecendo no fogo do inferno. E o olhar angelical de Rafael diante de Alice nua. A bunda de Alice, linda, pura. O olhar flamejante de Gunnar. O maçarico enterrado na olhota dos políticos. Olhos fechados, caso encerrado. O curativo da testa descolou, ficou pendurado por uma pontinha de esparadrapo. Hermano o arrancou, jogou longe. Foda-se o Belchior. Não devia estar correndo com aquele ferimento tão recente. Foda-se o ferimento. Impossível poetizar numa situação dessas. Correr, suar, sangrar. Foda-se o bom senso, a serenidade, a paz de espírito. Gunnar ia morrer de qualquer jeito, defunto antecipado. As ideias se embolavam, a cabeça doía. Hermano já não tinha certeza de nada, talvez tivesse mesmo matado o branquelo.

TORMENTA

"Senhor Hermano de quê?", perguntou a recepcionista. "Hermano Soares Neto." "Primeira vez?" "Sim." "Vou lhe pedir pra preencher essa fichinha, por favor. Ele vai atendê-lo num minuto."

As paredes da recepção eram revestidas de diplomas de reconhecimento por contribuição científica, certificados de participação em seminários, honras ao mérito de vários tipos. O tempo em que foi deixado sozinho para preencher a ficha foi suficiente para, além do preenchimento, fotografar tudo aquilo com o celular, caprichando mais em dois diplomas que lhe chamaram a atenção: especialidade em oncologia, mestrado em hematologia.

Hermano achou mais civilizado e mais prático marcar consulta. A agenda do doutor Ewerton Rosenthal era concorrida, mas certamente menos acessível se ele revelasse suas verdadeiras intenções. A desistência providencial de um paciente colocou-o frente a frente com o médico de Gunnar em tempo recorde: cinco dias depois do sepultamento.

– Boa tarde, senhor Hermano. Tenho a impressão de conhecê-lo. Já nos vimos antes? Ewerton tinha o ar superior dos grandes professores. Usava gravata de seda azul com discretas linhas diagonais em cinza, jaleco que parecia saído da lavanderia naquele momento e um gel que organizava sua cabeleira grisalha de forma impecável. Uma figura ao mesmo tempo paternalista, imponente e acolhedora.

– É possível – respondeu Hermano, passando os olhos pelos livros de hematologia, oncologia, quimioterapia, artes e filosofia que dominavam a estante atrás da escrivaninha, e os muitos diplomas que, seguindo a linha decorativa da recepção, ornavam a parede à sua direita.

– Vejo que gosta de livros – observou o médico.

– Gosto sim. O senhor tem muitos e variados – confirmou Hermano, enquanto conferia as fotos do médico cercado por familiares: a mulher, linda e cerca de dez anos mais jovem, numa cadeira de rodas recebendo um abraço carinhoso do marido no principal porta-retratos sobre a mesa; duas moças e um rapaz, que deviam ser seus filhos, montados em cavalos; quatro crianças em trajes de banho, com boias coloridas nos braços, à beira de uma piscina com montanhas ao fundo, deviam ser os netos.

– Uma necessidade, especialmente pra quem lida com vidas e precisa se manter atualizado. Mas não posso negar que é prazeroso.

– Os diplomas também impressionam.

– Essa é a razão de estarem expostos: impressionar – brincou Ewerton, rindo do que acabara de dizer.

– E a família, belas fotos.

– Meu maior tesouro, minha razão de viver.

– Sua impressão de já nos conhecermos talvez se deva a um amigo que temos em comum.

– E quem seria esse amigo?

– Gunnar Svensson.

A menção ao paciente falecido lançou uma sombra sobre o rosto até então iluminado do médico.

– Pobre rapaz. Boa pessoa o Gunnar, talentoso. Fiquei chocado com o que lhe aconteceu – Ewerton franziu o cenho, transmitindo um pesar convincente.

– Eu também – Hermano soou sinistro sem querer. Lamentou ter colocado tanta gravidade na voz.

– Acho que começo a entender de onde o conheço. O enterro, os jornais... Claro, Hermano...

– O delegado que alguns acreditam ter matado seu paciente – atalhou Hermano, com serenidade irônica.

Ewerton abriu a boca, mas pareceu arrepender-se do que ia dizer. Ficou pensando por uns instantes, até que engoliu a saliva que se acumulava, retomou o olhar profissional e perguntou:

– O senhor não parece estar aqui para resolver problemas de saúde.

– Sim e não, considerando que a morte de Gunnar me afeta como doença.

– Lamento, delegado. Imagino a delicadeza de sua posição. No que eu puder ser útil...

– A saúde de Gunnar, como estava?

– Crítica, sem esperança – o balançar negativo da cabeça de Ewerton provocou um breve suspiro de alívio em Hermano. Não conseguiu disfarçar a gratidão que sentia.

– Foi o que ouvi.

– Ouviu de quem?

– Minha mulher, minha ex. Não sei ao certo como classificar nossa relação atualmente.

– Era uma das alunas de Gunnar, se não me engano.

– O senhor está bem-informado.

– Está tudo nos jornais, aliás, a imprensa tem dado bastante destaque. Creio que fui apresentado a sua mulher no lançamento do quadro fotográfico da *Vênus do espelho* – Ewerton mastigou as últimas sílabas ao perceber que o assunto incomodava Hermano. – Belíssimo trabalho – ele encerrou sem muita ênfase.

– Foi o primeiro da série que se tornaria... – vendo que Ewerton cruzara os braços e se recostara na poltrona, Hermano sentiu que era o momento de esclarecer o rumo que planejava para a conversa. – Olha, doutor, sei que o senhor é um homem extremamente ocupado e não quero abusar do seu tempo. Só lhe peço que...

– Não se preocupe. Para todos os efeitos, estamos numa consulta e, apesar de só nos conhecermos agora, devo essa consideração ao meu querido ex-paciente.

– Admiro quem chama de "querido" alguém que acaba de ser descoberto como torturador e assassino.

– Não vejo mérito nisso.

– Demonstra... lealdade.

– Ninguém cabe num único rótulo, delegado. Prefiro me lembrar de Gunnar como artista.

– Arte de queimar as pessoas por dentro – a frase soou desagradável. Ewerton acusou o golpe. Fez uma pequena pausa, suficiente para Hermano reparar um peso de papel esculpido em madeira em que se lia "I love Cuiabá", com um coraçãozinho representando o "love" da frase, objeto artesanal e de gosto duvidoso que em nada combinava com o estilo do consultório.

– Tudo na vida é arte, delegado. Sem arte, desaparece

a elegância, e sem elegância, desintegra-se a civilização, não é mesmo?

– Esse "tudo na vida" inclui estupros com maçaricos? – a segunda estocada não deixou dúvidas quanto à intenção de desequilibrar o médico, mas ele se manteve impávido.

– A *Guernica*, de Picasso, é um de seus mais belos quadros e trata de um massacre – Ewerton pegou o peso de papel colocando-o em um ponto mais afastado da mesa, num esforço para arranjar o que fazer com as mãos ou num momento de lucidez estética. Mesmo distante, o "I love Cuiabá" continuava a se exibir como um passista na avenida.

– Se bem me lembro, a *Guernica* é uma denúncia contra a selvageria da guerra e sua produção não machucou ninguém.

– Sim, claro. Assim como a obra recente de Gunnar pode ser considerada um grito, perdoe-me o trocadilho involuntário, contra a corrupção na política. E só foram "machucadas" pessoas que, convenhamos, não mereciam assim tanta estima.

– Essa é uma interpretação que tenho ouvido muito ultimamente. Fui vaiado outro dia num restaurante, e um idoso cuspiu em meu rosto anteontem enquanto eu me preparava pra embarcar num táxi. Parece que a opinião pública gosta mais do assassino do que do policial. O senhor é da mesma opinião?

– Não, delegado. E não creio que seja uma questão de gostar mais ou menos de um ou de outro. Tive a oportunidade de conviver com Gunnar por algum tempo e pude enxergar nele uma pessoa de bem, coisa que infelizmente não se aplica aos políticos que participaram das versões fotográficas do quadro de Munch. Quanto ao senhor, estava cumprindo seu dever, ninguém pode criticá-lo por isso.

– Então acha que o crime de Gunnar se justifica?

– Motivação, delegado. Não existe motivação mais forte que a pessoal. Um homem com pouco tempo de vida, preocupado em deixar algo valioso para seu filho e ao mesmo tempo enojado com o comportamento de políticos sem caráter. Pense bem. Dependendo da motivação, qualquer um pode se transformar num monstro.

– Ouvi dizer que é um grande colecionador de arte, doutor Ewerton.

– Não sei se grande, mas coleciono sim, e aprecio muito.

– Sua estante confirma essa apreciação – Hermano desviou o olhar para os livros de arte por uma fração ínfima de tempo, voltando a encarar seu interlocutor. – O senhor acredita mesmo que essas fotos produzidas por Gunnar com gente desfigurada pela dor podem ser consideradas arte?

– Uma cirurgia benfeita é um trabalho artístico. Até um esquartejamento pode ser belo, se descrito poeticamente, de preferência com uma sinfonia tocando ao fundo.

– É um ponto de vista.

– Sim, sem dúvida – doutor Ewerton pousou os cotovelos sobre a mesa, apoiou o queixo sobre as mãos e ficou encarando Hermano como quem o desafiasse a quebrar o silêncio.

– Posso ver os exames que determinaram o diagnóstico de Gunnar?

– O senhor tem algum mandado judicial?

– Não. Apenas gostaria de...

– A ética médica não me permite fornecer documentos sobre a situação de pacientes, a não ser que seja forçado por lei.

– Mas permite que o senhor seja sócio do laboratório que fez os exames.

– Sim, delegado. Assim como permite que um médico seja sócio de supermercados, restaurantes, qualquer tipo de negócio. Só os laboratórios farmacêuticos, aqueles que fabricam medicamentos, e as farmácias são vetados por nosso código de ética – Ewerton manteve a fleuma, como se nenhuma provocação existisse na menção de Hermano ao fato.

– Entendo – Hermano ficou pensativo.

– Algo mais?

– Conhecendo bem Gunnar, como o senhor diz conhecer, acredita que ele seria capaz de matar alguém?

– Todos somos capazes de matar alguém, não é mesmo? Mas se quer saber se eu acho que o falecido era um assassino, a resposta é não.

– E um suicida? A certeza da morte próxima poderia estimulá-lo, quem sabe?

– Em nossos últimos contatos, ele não me parecia desesperado, nem desequilibrado emocionalmente, mas não tenho como adivinhar seus tormentos mais íntimos.

– E quando foi que se viram pela última vez?

– Três dias antes de sua morte, quando esteve aqui para exames de rotina.

– E com base nesses exames, o senhor lhe daria quantos dias de sobrevida?

– Setenta, noventa, não mais que cem. Se lhe serve de consolo, o incidente que resultou na morte de Gunnar roubou-lhe uma fatia de vida bem pequena.

– Durante a qual ele poderia cometer mais algum crime.

– Quem sabe?

– Ele tinha inimigos?

– Além da leucemia?

Hermano respondeu afirmativamente com um sorriso amarelo.

– Uma escritora, se não me engano chamada Care Santos, conhece?

– Não.

– Pois bem. Essa escritora disse que alguém que chegue aos trinta anos sem alguns bons inimigos é uma pessoa digna de piedade.

– Quer dizer que Gunnar?...

– Não o considero digno de piedade. Foi um bravo. Mais do que isso não posso afirmar.

– Muito bem, doutor Ewerton, agradeço pela conversa. E espero poder contar com sua ajuda caso tenha mais perguntas no futuro. Quanto lhe devo pela consulta?

– Não me ofenda com uma pergunta dessas, delegado. Não houve consulta, não há honorários.

– Marquei e preenchi ficha como se fosse seu paciente.

– Esqueça, digamos que essa conversa vai pra conta do finado Gunnar. E, claro, estou à sua disposição para esclarecimentos futuros.

– Se lembrar de algo que possa nos levar à verdade, por favor – Hermano deu-lhe um cartão.

– A verdade raramente é pura e jamais é simples, dizia Oscar Wilde. E eu costumo dizer que só os muito vaidosos se atrevem a ambicionar conhecê-la.

– Sou bastante vaidoso, doutor.

– Eu também, delegado. Felizes os que têm muitas vaidades. A maior riqueza é ter do que se envaidecer.

Hermano deixou o prédio de linhas arrojadas onde ficava o consultório do doutor Ewerton com muitas questões sem respostas. Tantas que nem notou a câmera que o fotografava.

A caminho do apart-hotel, onde passou a morar desde que Alice declarou que não suportava sua presença, Hermano imaginou o que faria se tivesse uma doença como a de Gunnar. Tentou visualizar o estilo de vida do doutor Ewerton com todos os sinais de riqueza e erudição que se empenhava em emitir e lembrou que não conseguiria enrolar Belchior por muito mais tempo. Sua única certeza era de que a versão redigida pelo delegado titular para o encerramento da investigação que resultou na morte de Gunnar jamais receberia sua assinatura.

A rua mal-iluminada e suas ruminações interiores não lhe permitiram ler a pixação no muro, que dizia "Fogo nessa cambada!", parecida com outras que surgiam em diversos pontos da cidade. Enquanto isso, no campo de batalha das redes sociais bombardeios de *posts* contra e a favor da polícia mobilizavam opiniões e corroíam amizades.

Dez minutos depois de passar pela pixação, Hermano cruzou com um grupo de rapazes que pareceu reconhecê-lo. Quando havia se distanciado alguns metros, sentiu algo voar rente à sua orelha esquerda. Agachou-se instintivamente. Ouviu um grito de "meganha escroto", seguido de risos nervosos. Virou-se a tempo de ver os rapazes fugindo em desabalada carreira. Uma senhora, que observava a cena de sua janela, despareceu na penumbra do quarto.

O celular tocou. Era Jaqueline. Estranhou a voz tensa ao atender. Solidarizou-se quando soube da pedra que quase o atingiu. Tentou amenizar a importância da reação popular. Ele agradeceu. Ela lhe ofereceu apoio moral, e sexual.

FURACÃO

Alice sentia-se triste e cansada quando chegou a seu prédio com duas sacolas de compras. Precisou colocá-las no chão para procurar a chave em sua bolsa. Encontrou-a após revirar impacientemente o pequeno universo pessoal que costumava levar a tiracolo. Mal teve tempo de constatar que a portaria estava deserta quando alguém se ofereceu para ajudá-la. Estremeceu ao verificar que se tratava de um homem forte, com barba que ela não notou ser postiça, e óculos enormes, um homem cuja mão direita segurava a porta, enquanto outros dois se acercavam: um encostando algo pontiagudo em suas costas e outro carregando uma sacola de couro aparentemente pesada. Era impossível saber de qual deles partiam as ordens: "Não grite, não olhe para nós, não faça nenhuma bobagem, apenas entre e siga para seu apartamento". Alice estava convencida de que só lhe restava obedecer.

O primeiro passo de Alice dentro de seu apartamento foi acompanhado por uma fita adesiva habilmente colada em sua boca e pelo clique de algemas que lhe prenderam as mãos para trás. Os três homens apressaram a entrada, empurrando-a sobre o sofá. Alice caiu com o rosto sobre uma das almofadas e se virou o mais rápido que pôde. Apavorou-se ao ver que os invasores já tinham as cabeças cobertas por capuzes que lembravam os usados por membros da Ku Klux Klan. Suas compras estavam sobre a mesa. Tentou não se descontrolar, respirou fundo. Mas começou a ficar ofegante quando um dos mascarados começou a despi-la bem lentamente, dando aos outros dois tempo suficiente para esvaziar a sacola de couro. Deixou de se preocupar com a nudez iminente ao constatar que, depois de seringas, ampolas e sacos plásticos contendo comprimidos e pó branco, um grande objeto saía da sacola. Era um maçarico.

A televisão foi ligada e o controle remoto acionado repetidas vezes para aumentar o volume e buscar o programa ideal. Parou num debate entre um psicólogo que analisava a simpatia do público pelos assassinos de políticos, um advogado que defendia o estado de direito e um sociólogo que criticava os métodos violentos usados pela polícia.

Antes que lhe fosse retirada a calcinha, Alice esperneou, gemeu, chorou. Sabia que nada daquilo a livraria da tragédia, mas resignar-se não era uma alternativa. O maçarico foi aceso e trazido para perto de suas pernas. Em pânico, Alice tentou chutar o homem que estava ao alcance de seus pés. Os três algozes riram. E um deles, após sentar-se ao seu lado, inclinou-se sobre ela e emitiu um *shhhhh*, exigindo que se aquietasse.

– Já ouviu falar dos crimes do maçarico? – perguntou o homem.

Com os olhos esbugalhados e inundados, ela fez que sim.

– Sabe que seu namorado estragou a faxina que estava sendo feita na política?

Alice repetiu o movimento de cabeça como que implorando piedade.

– Você por acaso concorda com ele?

Neste momento o fogo foi trazido para perto de seu rosto. Alice agitou a cabeça negativamente com veemência.

– Bom, talvez a gente possa negociar – disse o homem levantando-se do sofá e chamando seus companheiros para um canto.

Nua, amordaçada, algemada e apavorada, Alice tentava imaginar que tipo de negociação seria possível naquelas circunstâncias e buscava na memória as orações que lhe foram ensinadas na infância.

Hermano entrou no apartamento 15 minutos depois dos peritos. Alice ainda estava lá, sem roupas, mas coberta por duas camadas de lençóis. A marca roxa no braço esquerdo e os restos de pó branco sobre a mesa não deixavam dúvidas quanto ao intenso consumo de drogas ocorrido naquele início de tarde. Vários copos usados e garrafas de bebidas abertas sinalizavam a explosiva mistura que naquele momento percorria sua corrente sanguínea. "Uma orgia", comentou baixinho o perito Antunes, como que dando os pêsames ao delegado ainda incrédulo com o que via. "Tanto tempo em clínicas de recuperação, pra isso", murmurou Hermano, emocionado. O soro gotejando no braço direito irrigava o corpo que, não fossem os movimentos respiratórios e golfadas esporádicas de uma baba viscosa e fedorenta, poderia ser rotulado como cadáver.

Dentro da ambulância, que serpenteava em velocidade incompatível com o trânsito congestionado, Hermano relembrava a saída da maca diante de um punhado de repórteres e se preparava para enfrentar um número bem maior de jornalistas, àquela altura com suas câmeras já engatilhadas, na porta do hospital. O som da sirene soava-lhe mais como exibicionismo do que trilha sonora de urgência. "Escândalo" era a palavra que pisca-piscava em sua cabeça ao ritmo do *inhóim-inhóim* irritante. Alice, com a máscara de oxigênio sobre o rosto, parecia prevenir-se contra os cliques que não tardariam a chover sobre os detalhes de sua vida: a modelo nua do quadro do pintor assassino/assassinado, ex-viciada de volta às origens, namorada (ou ex) do delegado (ou ex), corno ciumento talvez, que matou o ex-pintor, ex-amante, ex-assassino... "Cada um protege sua imagem como pode. Uma máscara de oxigênio não resolve, mas dá um certo gás", pensou Hermano.

Respiração mais ritmada, pulso mais estável, Alice sobreviveria à overdose do momento. A questão principal era: por quanto tempo? Quantas doses e overdoses ainda teria que enfrentar? Conseguiria escapar de todas? Pobre Alice. Ontem discreta e saudável, hoje exposta e de volta às drogas. "Por minha culpa, minha máxima culpa", Hermano repetiu baixinho a frase que o incomodava nas missas de seu passado distante. Alice abriu os olhos. Piscou bastante até ajustar o foco. Encarou o enfermeiro que a acompanhava, depois fixou o olhar em Hermano, fria, sem o menor sinal de ternura. E chorou.

A chegada ao hospital correspondeu às piores previsões. Flashes espocando, microfones estreitando a passagem, olhos assustados de Alice, olhos revoltados de Hermano. Aceleração da maca, desaceleração do delegado que precisava dizer alguma coisa que poupasse a paciente daquele insuportável assédio. "Vão se foder", foi a única frase que lhe ocorreu, gravada e reverberada em todas as mídias.

Alice amanheceu mais lúcida. Cercada por familiares, ainda muito abatida, conseguiu fazer confidências à mãe e prestar depoimentos à polícia. Hermano chegou com flores. Foi barrado pelo sogro. "A pedido dela", declarou o homem. Após muita insistência, conseguiu chegar até a porta do quarto. Duas frases – "Sai daqui!" e "Tira esse homem daqui!" – o convenceram de que devia voltar pra casa. Havia desprezo no olhar das enfermeiras que o viram no corredor, o mesmo desprezo percebido no rosto de alguns pacientes que aguardavam na recepção. Um rapaz cutucou a mãe com o braço na tipoia: – "Não é aquele delegado que matou o cara do maçarico?". Ela – "Acho que sim. Filho da puta".

Na tarde do dia seguinte, Hermano chegou à DP do mesmo jeito que todos estavam acostumados a vê-lo chegar. Só Jackie percebeu que havia algo estranho em sua atitude. Na sequência de um "boa tarde" genérico, entrou na sala de Belchior, cumprimentou o chefe com serena formalidade e foi direto ao assunto:

– Onde é que eu assino?

SOTERRAMENTO III

... tinha que ser mistério
esse meu modo de desaparecer...

-- Paulo Leminski --

SEM VESTÍGIOS

O que faz um policial com excelente currículo desaparecer?

Miriam Benevides

Num mundo em que todos parecem buscar aplausos, o delegado Hermano Soares Neto, após elucidar o rumoroso caso dos assassinatos políticos ocorridos no Rio de Janeiro, hoje conhecido como *O grito*, transforma-se ele mesmo em mistério. Na delegacia em que trabalhava, um pacto de silêncio impede a obtenção de qualquer pista a seu respeito. Sabe-se apenas que está de licença por prazo indefinido, segundo a versão oficial, ou desligou-se definitivamente da polícia, usando a suposta licença como disfarce pactuado com seus superiores, segundo fontes a que tivemos acesso. É como se buscássemos por alguém aos cuidados do Serviço de Proteção à Testemunha. Hermano simplesmente saiu de cena sem deixar pistas.

Estará ele com a mesma aparência? Terá mudado seu nome? Onde se esconde? No Brasil? No exterior? Há muitas questões em aberto, mas a principal delas é: qual a razão do sumiço?

Podemos estar falando de punição por uso excessivo da força ou por misturar motivações pessoais com o dever profissional. Recaída no vício das drogas, problema enfrentado pelo policial numa fase obscura de sua vida, é outra hipótese que precisa ser levada em consideração. Cuidado para não reacender a fúria popular contra a polícia, por interromper a ação dos Vingadores do Povo, é a possibilidade mais evidente. O que não descarta especulações sobre depressão, incapacidade física ou mental, ou quaisquer outros danos que agregariam justificativas para uma licença privilegiada após a solução de um caso tão complexo.

Morto ele não está, garante seu superior imediato, delegado-chefe da Divisão de Homicídios, Belchior Dias Ferreira, que não cansa de enaltecer as virtudes do ex-comandado, nem de sublinhar a excelência da equipe que lidera. A recém-promovida delegada Jaqueline Camargo, por exemplo, é o alvo preferido de seus elogios. Ex-integrante da equipe de Hermano, ela agora ocupa seu lugar, reforçando a tese do afastamento definitivo do homem que matou o famoso assassino do maçarico, Gunnar Svensson.

Somadas todas as questões em aberto, só uma coisa é evidente: passados dois anos do encerramento do caso, ninguém mais quer falar do assunto.

Silêncio absoluto sobre razões e paixões

O possível relacionamento amoroso da mulher do delegado Hermano, Alice Miranda, com Svensson, de quem já fora namorada e era aluna de artes plásticas, passou do primeiro plano ocupado no início das investigações para o silêncio total em poucos meses. Ter posado nua junto com o filho do professor, menino de apenas cinco anos à época, para um de seus quadros fotográficos – reprodução de *A Vênus do espelho*, do pintor espanhol Diego Velázquez – seria a gota d'água para a separação do casal e um considerável motivo para que o delegado passasse a investigar o rival, a incriminá-lo e a tirar-lhe a vida, numa operação em que agiu sozinho, sem nenhum registro, invadindo a residência do suspeito sem o indispensável mandado judicial.

Há quem duvide da culpa de Gunnar, atribuindo as provas encontradas contra ele a uma grande farsa montada pelo marido ciumento. Assim como também há quem duvide da confissão assinada por Hermano, assumindo toda a responsabilidade pela investigação feita às escuras, pela diligência realizada sem as devidas precauções legais e pelo lamentável desfecho com a morte do acusado que não teve a oportunidade de ser ouvido ou constituir advogado para defendê-lo em juízo. Tudo bem mais sombrio que as pinceladas clássicas de Velázquez.

O quadro original do mestre espanhol, pintado em meados do século XVII, parece carregar uma maldição que resiste ao tempo. Gerou sucessivos escândalos desde sua primeira exibição ao público (suspeita-se que a modelo era amante do pintor) e chegou a sofrer um atentado quando passou pela Inglaterra. Na versão fotográfica de Gunnar Svensson, além dos rumores sobre sua influência decisiva na morte do artista, o quadro ensejou ação na justiça pela exposição da nudez de seu filho ao lado de Alice, também despida em situação potencialmente erotizante.

O herói e a heroína

Como se não bastassem os sucessivos traumas, pouco depois da morte de Gunnar e da destruição de seu casamento, Alice foi encontrada agonizante em sua residência, vítima de uma overdose de heroína após ter participado de orgia sexual. Esse incidente levou-a de volta ao centro de recuperação onde no passado conheceu o delegado Hermano, na época também em tratamento para se livrar das drogas (atendendo aos dirigentes do centro de recuperação e às autoridades policiais, por razões de segurança, a identificação do centro e seu endereço não serão divulgados). Os laços que unem o casal Alice-Hermano, como se vê, há muito transitam entre a paixão viciosa e os limites do crime.

Muito abatida, com olheiras que não deixam dúvidas quanto à precariedade de seu estado e recusando-se a qualquer depoimento, Alice continua em tratamento intensivo, acompanhada de perto por seus pais que garantem não ter contato com o genro e que afirmam categoricamente: "Nós o odiamos. Temos horror àquele homem".

Explosão de ódio

Apesar dos interesses filosóficos e do talento para os versos que o levaram à alcunha de Poeta entre os colegas, Hermano Soares, com seu jeito discreto e gentil, surpreendeu todos, e provavelmente surpreendeu-se, pela capacidade de despertar reações furiosas. Não foi por falta de aviso.

Desde a prisão do pastor Ismael Nepomuceno, da Igreja da Chama Divina, como suspeito pelos crimes do maçarico, o delegado vinha experimentando o gosto amargo das manifestações populares que, por pouco, não culminaram com a destruição de sua delegacia.

À primeira vista, tudo poderia se restringir ao perfil religioso do suspeito nesses tempos em que a fé tem servido como pretexto para guerras de todos os tamanhos. Mas o que ficou nítido após a libertação do pastor e a revelação de que o criminoso seria Gunnar foi o apoio de grande parte da população aos assassinatos, independentemente de quem os tivesse cometido e da crueldade com que foram executados. Cansado de sofrer nas mãos dos políticos, o povo brasileiro (não apenas os cariocas) considerou o assassino como herói, e o policial que o eliminou como vilão. Sinal de alerta para nossos homens públicos, cuja má fama atinge níveis insuportáveis.

Tudo indica ser esse repúdio explícito o principal motivo da súbita desaparição do delegado Hermano. Talvez ele esteja apenas zelando por sua integridade física, ou a polícia tenha decidido tirá-lo de circuito para esfriar os ânimos. Quanto mais o tempo passa, mais se multiplicam as possibilidades, e mais se ganha um distanciamento que permite maior visão crítica dos fatos. Como as autoridades não se pronunciam, todas as conclusões são válidas.

Pego o telefone, começo a discar, desisto. Pra que cobrar explicações à jornalista que me causou tão boa impressão e se mostrou com recursos tão mais elevados do que a matéria rasteira que agora publica? De que lhe serve, dois anos depois, reacender os pontos de intriga que me perturbam? Miriam é um caso perdido, apenas mais uma jornalistazinha em busca de preencher espaços com o máximo de sensacionalismo possível. Ou teria sido forçada a se comportar desse jeito? Ligar pra ela seria entrar no seu jogo e engatilhar a próxima matéria na qual se vangloriaria de ter contatado o policial foragido, ou morder a isca dos que a estão manipulando. Deixo o telefone de lado, estico-me com as mãos apoiadas no solo, cinquenta flexões de braço, jogando fora pesados blocos de ansiedade junto com o gás carbônico expirado a cada movimento. Com o coração acelerado, volto os olhos pro celular pré-pago sobre a mesa. Antes de pegá-lo, cumpro minha série de alongamentos. Dedos prontos. Três tecladas, espaço, quatro tecladas, *send*.

Imagino Miriam lendo e relendo seu texto, tremendo tanto quanto o celular em sua bolsa. Um sentimento de culpa rondando sua alma. Seria correto curvar-se às exigências do sistema em nome de uma carreira cada vez menos estimulante? Valeria se submeter a tanto pela simples preservação de um salário abaixo das expectativas? Claro, precisa pagar suas contas, sustentar-se com um mínimo de dignidade. E é exatamente essa palavra, dignidade, a que mais deve atormentá-la no momento. Ou não. Pode estar cagando pra tudo isso.

Imagino-a conferindo no celular a mensagem que acabou de chegar. Número desconhecido. Diz somente: por quê?

Bem-vindo a bordo.

Há dois anos viajo em busca de algum rumo. Náufrago, sem ex-navio, sem mar, ilhado no alto da serra petropolitana onde tento me encontrar. Meio eremita, meio exilado, meio isso ou aquilo. Fujo do nó que atou meu passado, travando presente e futuro, preciso desfazê-lo. Apenas eu e minha história, que pode ser contada a partir da matéria de Miriam Benevides, a jornalista em quem eu quase confiei.

Se alguém tiver a paciência de ler este relato e sentir que vale a pena publicá-lo, fique à vontade. Se perceber que falta algo, pode acrescentar o que pesquisas ou imaginação sugerirem, alguma coisa que o preceda ou suceda, tanto faz. Editar, descartar, ressignificar, tudo liberado. Na hipótese de se tornar um livro – olha que pretensão a minha –, ficaria grato e lisonjeado se começasse com algum de meus poemas. Acho que não é pedir demais. São poucos momentos de inspiração produzindo versos de valor artístico duvidoso, compreendo. Mas considerando que o autor é um ex-policial, ex-junkie e forte candidato a ex-vivo, não custa nada ter um pouco de boa vontade.

INSPIRAR / EXPIRAR

Paul Auster também é poeta. Lançou um livro de poesia depois de tantos romances que eu gosto, especialmente os que falam de personagens misteriosamente desaparecidos, quase todos. Um de seus poemas, chamado "Braile", faz menção a uma estrada que desaparecerá.

Gente sumida tem sua mágica, estrada sumida mais ainda... uma coisa ligada à outra: gente, estrada, o que aparece e desaparece a cada passo. Mas contado é melhor que vivido. Desde que me enfurnei na serra, imagino que o que dizem de mim é bem mais interessante do que realmente sou. Acho que esse descompasso entre o vivido e o contado acontece com todo mundo, mas não é todo mundo que se mete numa investigação criminal que é discutida na TV, nos jornais, na rua, e acaba responsabilizado pela morte de um cara, pela ruína da namorada, pela impunidade dos corruptos, pelo que fez e o que não fez, talvez até pelo apocalipse que ainda não aconteceu, mas dizem que não tarda. Eu e meus fantasmas, monologando numa assembleia de loucos, nesse fim de mundo no topo da serra. Não fossem os livros que trouxe, talvez enlouquecesse de vez. Eu e minhas verdades, como se elas estivessem ao alcance da mão, e não fugissem ao pressentir que me aproximo. Mergulho na leitura, essa é a melhor parte. Leio sobre o fogo, elemento de Áries, Leão e Sagitário, e eu que, mau sagitariano, nem desconfiava disso, assim como não fazia ideia de que, na filosofia chinesa, o fogo rege os signos da Serpente, do Cavalo e da Cabra e é representado pelo pássaro que se chama Fênix. Nada acalma e incendeia mais o espírito do que a leitura, especialmente quando não nos resta muito mais coisas pra fazer. O símbolo sagrado que une cristianismo, judaísmo, islamismo, hinduísmo e xintoísmo? Não deu outro. Haja vela! Na mitologia grega, Prometeu roubou o fogo de Zeus para dá-lo aos homens, e por causa desse crime foi amarrado a uma rocha por toda a eternidade, o que é tempo pra cacete, sendo visitado por uma águia gulosa que lhe comia o fígado, a maior glândula disponível no cardápio daquele corpo, e voltava no dia seguinte pra comê-lo outra vez, porque o teimoso do fígado se desenvolvia novamente. Tortura, fogo, mitos, estão aí os elementos da investigação que mudou a minha vida. Passo muitas horas lendo sobre eles, mas não só. Horas, dias, semanas, meses, anos, lendo de tudo, pensando, planejando, e escrevendo de vez em quando, que ninguém é de ferro, tentando encontrar a peça que falta nos crimes do maçarico, como quem busca a palavra exata pra um poema que travou.

Leminski escreveu que *ser tigre dura a vida inteira*. Algo desse tigre combina comigo. Intrigado com o que deixei para trás e "entigrado" com o que tenho pela frente.

Miriam me deixou puto. Com que direito ela escreve uma matéria daquelas, que me expõe quando estou empenhado em desaparecer? Vontade de procurá-la, esculhambá-la, tentar compreender. Qual é a tua? Quem sabe mais tarde? Com a cabeça mais tranquila, sem dúvida. Agora estragaria tudo. E não posso esquecer que foi ela quem me alertou pro movimento digital serrano, insistiu na bancada das armas, nas pressões políticas, parecia sincera, parceira. Como pôde? Melhor imaginar seu texto como poético, ruim mas poético, tipo haicai dos robôs do *New York Times*, li isso não sei onde. Transformar fatos políticos em haicais: três versos, 17 sílabas, grande merda. Quem se interessa por notícia com haicai robotizado? Alguém no Japão, só lá.

Japonês é fissurado em tecnologia e em lutas marciais, meio parecido com a galera serrana à minha volta. As coisas começaram a se conectar desde que descobri em Petrópolis a Tecnópolis e a academia OSS em Itaipava. Luta on-line e luta física, lado a lado, contra o mesmo adversário. Viver é lutar, não é o que dizem? Vida nova, nome novo. Emanuel soa bem. Um pouco de referência a Kant, um pouco de alusão a Jesus, filosofia e religião me protegendo, com a vantagem de ter Maninho valendo entre o nome verdadeiro e o falso. Para os mais próximos, basta Maninho, nenhuma chance de confusão. Novo sobrenome, novo CPF, novo RG, tudo inventado para situações como a do dentista, por exemplo. Há lugares em que nos exigem esses dados só pra constar, ninguém dá a mínima, ninguém confere. No meu caso, quando a falsidade vier à tona, se é que virá, já não vai fazer diferença.

Tudo é exercício e reflexão. Minha cabeça tá a mil, mas a visão vai ficando mais clara, respiração controlada, batimentos cardíacos no ritmo. Assim fala o *sensei* da academia. Muito técnico, habilidoso, alto, forte, cabeça raspada, parece um monge atlético. "A força do adversário é sua aliada", repete sem parar. Cheguei a ele meio que por acaso. Procurava um local pra me exercitar, ouvi comentários de que o *sensei* e o doutor haviam sido muito próximos, e pronto: uma coisa potencializou a outra. Já estou lá há mais de um ano. Perdi peso, ganhei agilidade, musculatura um pouco mais firme e uma perturbação grave. Começou quando perguntei, sem nenhum motivo que não fosse a mera curiosidade, o porquê do nome OSS. Disseram-me que eram as iniciais combinadas do primeiro nome do proprietário, o *sensei* Otto, com seu apelido, Steven Seagal. Não entendi a razão da alcunha por não ver semelhanças entre Otto e o ator norte-americano de filmes de ação, mas considerei que tudo se devia a seu porte atlético e o gosto pelas artes marciais. Devo ter ficado com cara de bobo enquanto olhava para a foto do professor careca pendurada na parede. A recepcionista, que acabara de me desvendar o significado das três letras identificadoras do estabelecimento, sorriu como que adivinhando a pergunta que eu ruminava em silêncio e esclareceu: "Ele usava rabo de cavalo igual àquele ator de cinema que luta muito, sabe qual é? Então, faz uns dois anos que raspou a cabeça, e aí só quem conhece ele há mais tempo entende a razão da OSS". Da academia pra lista das abreviaturas encontradas na agenda de Percival. Se PI era mesmo o Pastor Ismael, SS devia ser Steven Seagal. Os sinais positivos ao lado dessas duas siglas indicariam que eram provedores de dinheiro. Faltava decifrar quem eram CP e CH, os dois com sinais negativos, a quem seria destinada boa parte do dinheiro arrecadado com PI e SS.

Faz uns 15 dias, quando treinávamos luta no solo, Otto me pegou num estrangulamento. Tentei escapar, mas estava imobilizado. O professor, com o dobro do meu tamanho, montado em meu peito e o sangue rareando no cérebro. Dei dois tapinhas em seu braço, desistindo do combate. Ele sorriu e disse "você vai morrer". Nos poucos segundos de foco que me restavam, enxerguei que estava perto demais do que buscava, tão perto que talvez não sobrevivesse. Bastaria que ele recordasse uma de minhas fotos saídas nos jornais há dois anos, que me imaginasse com os cabelos da época e sem a barba atual, pra que minha vida se encerrasse a qualquer momento. Mas a proximidade distorce, provoca uma estranha cegueira. Como ele imaginaria que o delegado que tanto o procurou no Rio se colocaria à sua mercê naquele canto escondido nas montanhas? A cabeça formigou, a visão começou a turvar, deixei cair os braços e o *sensei* me soltou. Poderoso e brincalhão, ria de minha cara pálida enquanto estendia a mão pra me ajudar a levantar. Quando me recuperei, perguntei se já havia matado alguém daquele jeito. Desconversou.

O homem do rabo de cavalo, descrito por algumas testemunhas como o personagem mais marcante em torno dos crimes do maçarico, era ele, só podia ser ele, me ensinando técnicas de luta e construindo cada vez mais laços comigo. Eu agora cabeludo e barbudo, ele careca, como se tivéssemos trocado nossas identidades capilares. Eu com outro nome, ele ainda amparado no apelido que o nivelava aos astros do cinema.

Muito cautelosamente, chequei o período em que viveu no Rio, descobri que ele atuava como chefe da segurança do proprietário de uma das casas mais bonitas da região: Ewerton Rosenthal. Tá lá o médico do Gunnar amarrando as pontas, talvez na torre de comando, talvez apenas escalando as vítimas, buscando gente com histórico que justifique narrativas sobre assassinos e assassinados, culpados úteis, quem sabe inocentes fragilizados como o branquelo, a serviço de uma causa ainda nebulosa. Quem fez o que e por quê? Gunnar poderia ser apenas o fotógrafo da turma. O maçarico encontrado em sua casa não significa necessariamente nada além do instrumento usado por alguém que faz esculturas de metal.

Há um ano venho trabalhando às escondidas nesse caso, sem parceiros, cobertura, ninguém que saiba de coisa nenhuma. Mas vai chegar a hora em que vou precisar de reforços, e terão de ser reforços tão marginais quanto eu tenho sido nos últimos tempos. A palavra "oficial" já não me diz respeito, apenas inspira desconfiança.

Ewerton tem um casarão em Itaipava, seu refúgio, como soube que ele o define. Com o nascimento dos netos e o crescimento da tensão urbana, passou a usar sua casa com frequência cada vez maior. Emenda todos os feriados possíveis e sobe a serra todas as sextas-feiras pela manhã, ampliando os fins de semana. O responsável por todos os assuntos referentes à casa, o que obviamente inclui a segurança, é ninguém menos que Otto Steven Seagal.

Soube que o pai do doutor Ewerton, Murilo Rosenthal, era oficial da Aeronáutica na época do regime militar. Brigadeiro muito bem-relacionado com o generalato que comandava o país, tinha fama de bom trânsito com os altos escalões do DOI-Codi e, graças a isso, teria salvo muita gente dos porões onde a tortura corria solta. Chegou a ser considerado por algumas pessoas como uma espécie de Schindler brasuca. Seu bom relacionamento não se limitava aos militares. O brigadeiro Murilo mantinha contato próximo com empresários e endinheirados em geral, dentre eles o alemão, proprietário do imóvel da rua Arthur Barbosa, 668, no bairro Caxambu, em Petrópolis, cedido ao Centro de Informações do Exército, que mais tarde se notabilizou como a Casa da Morte.

Durval falava dessas e outras conexões com o olhar enviesado de quem não tem dúvidas quanto à imundície que as envolve. Difícil dar crédito a um bêbado que só começa a abrir o verbo depois da quarta dose de cachaça, mas é o que temos de mais incisivo por enquanto. Bravo Durvalão, o único a mencionar os ossos descobertos no Vale do Cuiabá, próximo à mansão do brigadeiro, pelas equipes de resgate após a grande tromba d'água. "Era uma bela casa", ele recordava com admiração. "Triste ver aquelas paredes caídas, os móveis, tapetes e quadros espalhados na lama e, entre uma prataria e outra, alguns ossos sem dono", ele repetia sempre do mesmo jeito, com o mesmo sorrisinho sacana finalizando a frase com seu bordão: "Da família não eram, dos empregados não eram, mas eram ossos de gente, irmão, eram de bicho, não". Ossos, não corpos recém-abatidos pelas enchentes. Ossos de cadáveres mais antigos, sabe-se lá de quantos corpos, colocados no mesmo pacote da tragédia serrana, onde os múltiplos deslizamentos de terra e o acúmulo de emergências favoreciam o sepultamento precoce de perguntas inconvenientes. Sem esquecer os sepultamentos convenientes de respostas como as que poderia ter o deputado Marcílio Tavares, primeiro morto pelos Vingadores do Povo, acusado de desviar recursos destinados às vítimas da mesma tragédia. Marcílio nasceu, viveu e começou sua carreira política em Petrópolis, conhecia bem os problemas da região. Contemporâneo do doutor Ewerton, era um dos mais aguerridos adversários da bancada das armas, jurava inocência e não se cansava de falar de um complô de poderosos dedicados a desmoralizá-lo. Claro que o argumento do deputado é um clichê usado pela maioria dos corruptos, mas sempre existe a possibilidade de algum resquício de verdade. E se Marcílio fosse inocente das acusações que caíram sobre sua cabeça como a lama e as pedras que caíram sobre os moradores do Vale do Cuiabá? E se ele fosse o único alvo que realmente interessava ao grupo? Os outros mortos pela turma do maçarico poderiam ser apenas coadjuvantes usados para despistar, criar uma aura de positividade sobre os assassinatos, numa estratégia que se mostrou diabolicamente vitoriosa.

Houve um tempo em que o filho médico do brigadeiro vivia enfurnado naquela casa. Dedicado a pesquisas científicas e estudos das artes, parecia não ter tempo pra mais nada. A vizinhança comentava a estranheza do rapaz, referia-se a ele com uma admiração pontilhada de mistério, os mesmos sentimentos inspirados pela casa. Uma cabeça privilegiada, dizem até hoje. Homem que enxerga longe, reconhecido internacionalmente, riquíssimo – orgulham-se os habitantes da região. Parece que teve ou ainda tem uma casa na Europa, fica na França ou na Espanha, há divergências. Se a tal casa realmente existe, o dono se desinteressou, passou a preferir o refúgio de Itaipava, onde longos voos e complicações aeroportuárias não o aborrecem.

Logo na primeira conversa que tive com Durvalão, um *insight* precioso. Quando se referiu à casa localizada no Vale do Cuiabá, lembrei imediatamente do artesanato de madeira que me chamou a atenção no consultório do doutor Ewerton. "I love Cuiabá" não tinha nada a ver com a capital do estado de Mato Grosso como eu imaginava, era uma alusão à casa paterna. Cuiabá, claro, o rio que nomeia o vale devastado pelas chuvas em 2011.

Durvalão era o mais retumbante dos meus interlocutores, tanto nos elogios quanto nas maledicências, homem de extremos. Foi dele que ouvi pela primeira vez o nome de Will, foi por ele que soube do sócio que quase ninguém via e com quem confirmei a fama do Oriente Expresso. Calou-se de repente, cara enfiada num córrego, afogado no raso, bêbado como uma porca. Não me espantaria se o tivessem assassinado, embora fosse bastante plausível a hipótese do acidente. Se dependesse dele, claro, a versão do assassinato ganharia de goleada. Falava demais o defunto.

ESPREITAR

A menina do cabelo azul interagia com seu MacBook como se o mundo estivesse todo lá dentro. Outras duas mesas eram ornadas por laptops, mas seus usuários lidavam serenamente com o que tinham pela frente. Só a menina do cabelo azul batia nas teclas com raiva, via na tela coisas que certamente a revoltavam, chorava um choro miúdo, triturado. Usava uma bata branca que lhe dava um ar especialmente frágil, seus braços finos e a pele muito clara me fizeram lembrar Alice. De vez em quando, levava o café à boca num movimento mecânico, já devia estar frio, mas o sabor parecia não importar.

O café do Oriente Expresso era quase tão bem-falado quanto a qualidade do wi-fi. Passei a frequentá-lo mais por essa qualidade tecnológica do que pelo interesse na cafeína que me proporcionava. Não havia ambiente mais favorável para a abordagem de nerds e similares do que aquele cantinho descolado.

Escondido atrás do meu segundo cappuccino, eu a observava enquanto lia notícias no celular esperando que se repetisse a cena da semana anterior. Um casal na mesa ao lado também interagia com seus celulares, um ignorando a presença do outro, como se nada houvesse entre eles a não ser a porção de pão de queijo atacada muito mais pela menina do que pelo rapaz.

Quinze minutos se passaram até que meu alvo chegou, gordo, desengonçado, com jeito de quem há muito tempo não se encontrava com o chuveiro. Não teve dificuldade em localizar a cabeleira azul, cumprimentaram-se discretamente, ele puxou a cadeira, acomodou-se e acenou pra garçonete. Tudo exatamente como da outra vez com a outra cliente. Ela emocional, ele frio. Pediu um frapê transbordante com chantili. Conversaram por não mais de meia hora. Ela preencheu um cheque e lhe entregou junto com um pen drive. O cheque era novidade, não havia sido usado no encontro anterior, e naquele contexto parecia uma aberração ter qualquer coisa de papel na mesa além dos guardanapos. Os olhos marejados da menina, que não devia ter mais do que vinte anos, agora comunicavam uma pontinha de otimismo. Trocaram um sorriso tímido e dois beijinhos de despedida. Paguei minha conta e aguardei um pouco. Ele se foi, ela ficou. Disfarcei, levantei e saí logo atrás da figura gelatinosa.

Atravessou a rua, dobrou na primeira à esquerda. Foi fácil acompanhá-lo, ele se movia com a lentidão imposta pela gordura. Cerca de duzentos metros adiante, a rua ficou menos movimentada. Apertei um pouco mais o passo, chegando bem perto. "Will?", chamei. Ele se assustou, virando-se com a urgência cautelosa dos assaltados. "Tenho um trabalho que pode te interessar", afirmei. Will não pareceu me levar a sério. Recompondo-se do susto, perguntou de onde eu o conhecia. Respondi simplesmente "fama". Ele sorriu desconfiado. Disse estar muito ocupado.

Retruquei que podia pagar bem. "A consulta é quinhentos reais", ele disparou com um sorriso inflacionado. Anuí. Combinamos de nos encontrar dois dias depois no Oriente Expresso.

Tinha que chegar de leve, sondar o ambiente me fazendo de ingênuo, inofensivo. Will Smurf e seu parceiro poderiam ser o terceiro ponto de um tripé onde Ewerton Rosenthal e Steven Seagal despontavam como estrelas, talvez um elemento de apoio oficialmente integrado, talvez inocentes úteis, talvez nada disso. A verdade estava flutuando por ali, ainda muito difusa, confusa. Nem mesmo o atual nível de relacionamento entre Ewerton e Seagal estava claro.

O enredo começava a tomar forma, mas faltava estabelecer a hierarquia exata dos personagens e ainda ver onde se encaixavam o matador Tenório, o pastor Ismael e o delegado Belchior. Não havia como saber quem eram os inimigos, os indiferentes e os aliados, só sabia que todos tinham alguma culpa não necessariamente compartilhada.

Voltei ao café no dia seguinte. Fiquei tempo suficiente para me aproximar de Luma, a garçonete simpática com quem consegui trocar ideias sobre a clientela, costurando o papo até incluir o Will. Nada muito relevante foi dito, apenas o fato de ele sempre chegar sozinho, às vezes só para saborear as ofertas mais calóricas do cardápio, às vezes para tratar de negócios com pessoas que parecem pré-agendadas. O Oriente Expresso era seu posto avançado, seu escritório alternativo.

Luma é uma mulher bem jeitosa no auge de seus vinte e poucos anos, interpretou minha aproximação como sondagem sexual, coisa que realmente me passou pela cabeça, mas foi só quando a vi mais de perto, os lábios carnudos vermelhões de batom, a *T-shirt* apertada num estilo bem Jaqueline. Não segui adiante, mas deixei a possibilidade em aberto, nunca se sabe.

No caminho de volta pra casa, calculei quanto poderia custar a contratação dos Smurfs. O dinheiro da licença oferecida por Belchior, somado à poupança de longa data, mais a metade do valor do apartamento e do carro vendidos, rende o suficiente pro aluguel do chalé e minhas despesas pessoais. Nada de extravagâncias, mas tenho fôlego para impressionar os rapazes que, pela pedida inicial de quinhentos reais, não devem estar habituados a grandes somas.

Passei o restante do dia medindo os riscos de estar chegando perto de outro possível cúmplice do *big boss*, ensaiei frases que testariam meu interlocutor sem que ele notasse que estava sendo testado, passos preliminares até que eu me sentisse confortável pra lhe fazer a proposta. Ouvi um pouco de Eddie Vedder, o cantor que sempre me chamou a atenção pela concentração de quatro letras "d" em seu nome, fato que associei à aproximação do meu Dia "D". Depois saí pra correr por cerca de uma hora, despejando minhas ansiedades em fartos jorros de suor. Anoiteceu bonito. Comi um sanduíche de presunto no pão integral acompanhado de suco de laranja em caixinha e mergulhei num sono bem melhor do que parecia possível.

Quinta-feira. Cheguei 15 minutos antes, 16:45 horas. Às 17:30 horas, nenhum sinal de Will. Gastei o tempo flertando com Luma e relendo pela enésima vez o passo a passo do acendimento dos maçaricos de oxiacetileno: soltar os parafusos do regulador de acetileno para permitir o fluxo do gás e ajustar a pressão; abrir o cilindro bem devagar no máximo até a metade; abrir a válvula agulha do acetileno que fica no punho e ajustar o regulador na pressão correta; fechar a válvula agulha, interrompendo o fluxo do gás para iniciar o mesmo procedimento, agora com o oxigênio; soltar os parafusos do regulador de oxigênio para permitir o fluxo do gás e ajustar a pressão; abrir a válvula do cilindro de oxigênio lentamente até o final; abrir a válvula agulha do oxigênio localizada no punho; fechar a válvula agulha, interrompendo o fluxo, para que o gás possa ser ligado depois com segurança; fazer uma pausa para verificar se não há nenhum vazamento nas válvulas e mangueiras; abrir novamente a válvula agulha do acetileno para que o gás possa fluir. Desde os primeiros momentos da investigação sobre os crimes do maçarico, carrego comigo essas instruções. Desperdício de informação a essa altura dos acontecimentos, mas funciona como amuleto. Não sei por que, mas acho que esse papel me dá sorte.

Assim torrei o tempo, bebendo mais água do que café, enquanto me preparava psicologicamente para o fracasso. Era cada vez mais evidente que eu levaria um bolo daquele nerd de merda.

Quando já estava certo de que o encontro não aconteceria, uma sombra bojuda se projetou no assoalho do Oriente Expresso. Will se aproximou de minha mesa com a cara mais lavada, como se estivesse perfeitamente dentro do horário. Rememorei bem rápido algumas das frases preconcebidas praquele momento. Ele acenou pra Luma, me saudou com um "oi" tímido e puxou a cadeira indo direto ao assunto: "E aí, do que se trata?". "Basicamente de 5 mil reais que eu tô pensando em investir num cara que entenda muito de tecnologia", respondi de pronto. Ele se ajeitou na cadeira e sorriu. "Começamos bem." Concordei com olhos promissores. "E vamos terminar melhor ainda."

SUFOCAR

O tempo é a substância de que sou feito.
O tempo é um rio que me arrebata, mas eu sou o rio;
é um tigre que me destroça, mas eu sou o tigre;
é um fogo que me consome, mas eu sou o fogo.

-- Jorge Luis Borges --

Este quadro me rouba o oxigênio, provoca taquicardia, eleva a pressão sanguínea, mas faço questão de mantê-lo pendurado bem ali, destaque absoluto. Quando consegui o chalé, foi minha primeira providência: comprar uma réplica de *O grito* e colocá-la diante de mim.

Preciso vê-lo diariamente pra não esquecer por que estou neste lugar. Às vezes passo horas olhando pra ele, esquadrinhando suas linhas distorcidas, analisando a expressão de horror do personagem pintado por Munch e comparando-a com as fotos tiradas por Gunnar, imaginando as sessões de tortura a que eram submetidas as vítimas dos crimes do maçarico. O tempo é a matéria-prima da tortura. Quanto isso ainda vai durar?, os torturados se perguntam na angústia por abreviar o sofrimento. Tortura tem tudo a ver com este quadro, o desespero de não vislumbrar onde se agarrar, porque todos à sua volta estão empenhados em te fazer sofrer, a sensação de estar derretendo, de ver o mundo se deformando, de ser um crucificado a dizer "Meu Deus, por que me abandonaste?".

O tempo tem efeito cicatrizador, mas também fermenta. É o fermento que busco ao aprisionar este quadro na parede do quarto, sem deixá-lo fugir de minha vista. Primeira visão ao acordar, última antes de dormir. O grito dos soterrados pelas barreiras que desabaram sobre o Vale do Cuiabá, grito abafado dentro de mim, o grito de Alice.

Ai, Alice! Como fui estúpido. Idiota por não perceber que o inimigo não pensaria duas vezes antes de fazer o que fez. De volta ao *brown sugar*, tão diferente do mascavo saudável que se tornou constante em sua naturebice. *Brown sugar* injetável, que faz delirar, come a resistência da gente e leva tempo pra largar, tempo e dor, crises de abstinência, e metadona, muita metadona. Pobre Alice, detonada de novo. Bomba de Hiroshima, ponto de rendição. Olho pro quadro de Munch e vejo Alice apavorada entre os torturadores que invadiram nosso apartamento, ponderando entre o que seria menos danoso: estupro doloroso ou retorno às drogas, morrer ali ou ter que viver com lembranças insuportáveis, morrer queimada, estrangulada, esfaqueada ou de overdose?

Alice indefesa, tentando raciocinar sob pressão, como se estivesse em suas mãos qualquer decisão sobre o que haviam planejado fazer contra ela. Pior – contra mim, através dela.

Humilhar, desmoralizar, estratégia de escrotos, canalhas, filhos da puta. Primeiro com os políticos, depois com quem se atreveu a atrapalhar seus planos. Alice e eu jogados no mesmo esgoto onde foram parar os defuntos corruptos. Eles, sujos desde o início; nós, cagados por tabela, não se pode confiar em viciados de merda como esse delegado metido a poeta e essa nutricionista metida a pintora, modelo, o escambau.

Opinião pública manipulada, a porra da internet metralhando. Os nerds e hackers da Tecnópolis se divertindo à vontade sem medir as consequências e faturando sua graninha numa boa. "Nós somos o cidadão Kane do século XXI", disse aquele babaca de cabeça raspada e couro cabeludo tatuado enquanto teclava como um epilético. "Somos os Hearsts, os Murdochs, os Marinhos e Civitas, agora anônimos, fragmentados em muitos, influentes no mundo inteiro", complementou seu parceiro gordo, ensebado, com a boca suja de ketchup, num discurso robótico. Robôs mesmo. Colocaram um exército de internautas, alguns de verdade, outros de mentirinha, à minha disposição pra alavancar o xampu escurecedor de cabelos grisalhos que inventei como pretexto. Nem se preocuparam em saber se o produto funcionava ou se ao menos existia. O poder de se infiltrarem nas redes sociais e fazerem a balança pender pra um lado ou pro outro é a única coisa que lhes interessa, além de algum dinheiro, claro. Mencionaram orgulhosos os serviços prestados a políticos, artistas e empresários, sem citar nomes, como prova de seu profissionalismo. Sigilo absoluto, garantiram. Não contiveram o sorriso quando lhes perguntei se já haviam sido contratados pra queimar o filme de alguém, promover vinganças contra namorados e namoradas que partiram pra outra, fazer culpados parecerem inocentes ou vice-versa. Tentaram disfarçar, mas a vaidade transbordou. Formaram uma dupla inseparável, batizada como Smurfs por terem sido fãs dos famosos personagens na infância. Foi uma apresentação de pseudônimos: eu, Emanuel; eles, Will Smurf (meu contato inicial) e Joe Smurf (que acabava de conhecer). Muito prazer!

A quantidade de equipamentos interligados e de pequenas baterias, chips e cabos espalhados em suas caóticas mesas de trabalho me fez imaginar um laboratório de cientista louco misturado com oficina mecânica de subúrbio, cenário que poderia aparecer nesses filmes B de ficção científica em que um destrambelhado constrói sua máquina do tempo.

Desnecessário provar se estava falando com os caras que jogaram contra mim, ou contra as vítimas do maçarico, ou a favor de seus algozes, ou nenhuma dessas opções. Tanto faz que tenham sido eles ou não. Um grupo de caras desse tipo foi usado no meu processo de fritura, mas provavelmente não tá nem aí pra quem pagou ou quem dançou. Muito fácil um personagem poderoso como Rosenthal ter influenciado ou comprado as postagens que nos bombardearam, diretamente ou através de terceiros. A questão é: por quê? E a resposta passa pelos ossos que a chuva trouxe à tona no Vale do Cuiabá.

A não muitos quilômetros dali existiu a Casa da Morte, famoso centro de torturas do regime militar. Desse local, devassado pela Comissão da Verdade, quase tudo se sabe.

Mas e de outros? Havia transferências entre os hóspedes dos porões da ditadura, muita gente desaparecida na época continua sem vestígios, muitos segredos permanecem guardados a sete chaves. Se os nazistas faziam experiências macabras com cobaias humanas nos campos de concentração, por que não aconteceria o mesmo nos vinte anos em que o Brasil foi dominado pela força bruta?

O entra e sai silencioso relatado pelos mais velhos, o tratamento de local misterioso, quase assombrado, que alguns dispensam à mansão agora em ruínas, combinam muito bem com os ossos que, tão depressa quanto surgiram, desapareceram. Ninguém os reclamou, ninguém os periciou, ninguém oficialmente perguntou por que cadáveres antigos estavam disputando espaço com mortos recentes no lamaçal posterior à tormenta. Quanto mais tento conversar sobre isso, mais as pessoas desconversam, e ser insistente, enxerido, inconveniente, ou algo que o valha, não é uma boa estratégia pra quem pretende chegar ao final de uma investigação sem se transformar em mais um esqueleto inexplicado.

Espaçar as perguntas é fundamental. Um papo hoje sobre Steven Seagal, amanhã sobre futebol, depois sobre a enchente, depois sobre os políticos, a melhor pizza da região, a previsão do tempo, o escândalo político da vez, sobre a casa bacana que foi derrubada, sobre o frio que fez à noite, sobre a dor que senti nos ossos, e por falar nisso, por aí vai, fragmentos de conversa espalhados em longos meses, misturando banalidades e comentários divertidos com o que realmente interessa, fingindo que tudo é aleatório, desconectado, despretensioso, dirigido a interlocutores tomados ao acaso. Haja paciência. Tempo de semear, tempo de colher. Apressar é colocar tudo em risco. Segura a onda, Hermano. Lembre-se de que é por Alice, tudo por Alice.

Aperto o play, ouço *Welcome to the jungle*, primeira faixa do CD do Guns N' Roses que ela me deu de presente. Aumento o volume, pego a capa, visual ruim compensado pela força do som. Dualidades, contradições, *guns versus roses*, eu *versus* Alice, eu *versus* uma porrada de coisas.

Jackie está meia hora atrasada. Conseguiu me rastrear, a bandida. Nunca tive certeza de poder confiar cem por cento nela. Tesão embaça, droga, cega. Melhor viciar em sexo do que em ácido. Agora que foi promovida e que nossa relação caiu da cama, será que Jackie ganhou consistência? Brilhante continua não sendo. Safa, sem dúvida. E, mesmo sem ter nenhuma vantagem em vista, parece querer me ajudar, ou me foder de vez. Acho que compartilha pelo menos um pedacinho da minha culpa em relação à Alice. Sinal de caráter, tomara.

FRESTA

O silêncio
entre assobios de pássaros
é um dos nossos profetas...

-- Júlia de Carvalho Hansen --

Só preciso de uma fatiazinha de contato visual, ela disse. Na hora não dei muita importância, estava tenso com a exposição escancarada do meu esconderijo, meu disfarce, minha intenção de não deixar barato. Estava tenso com as fotos que ela me mostrou logo ao chegar, Alice e eu em diferentes lugares, momentos e situações. Tá tudo nesse pen drive, faz o que quiser com essa merda, ela disse e mais se recusou a dizer. Estava tenso com aquele perfume que, sem a menor cerimônia, transitava entre os remorsos da alma e o enrijecimento involuntário do pau. Jackie continuava gostosa. Não tentava me provocar, a não ser talvez pela blusa de seda com um botão inconvenientemente aberto, que revelava deliciosas porções de peito. Mas era sua isenção profissional vulgar banhada a sincera amizade que a tornava tão atraente. Respirei fundo toda vez que o instinto me impelia a abraçá-la, beijá-la, despi-la. Respirei fundo várias vezes durante nossa conversa. Ela percebeu, claro. Intimamente feliz. Sem perder a pose. Na TV, ligada por força do hábito, o noticiário trazia mais informações sobre a morte de David Bowie divulgada naquela segunda-feira em Nova York.

– Você não devia estar aqui – eu disse.

Ela sorriu.

– Agora já estou, e posso ser útil. Posso não, quero ser útil – reafirmou. – Posso descolar informações, acionar pessoas ou gatilhos, não se esqueça de que atiro muito bem – complementou levando a xícara de café aos lábios.

– Tem praticado? – perguntei fingindo displicência.

– Muito mais do que antes. A coisa mais importante que o novo cargo me deu foi tempo, e pontaria é qualidade essencial pra uma delegada, sacou?

Concordei com o olhar, complementando:

– Pontaria de raciocínio, principalmente.

– Tá me chamando de burra? – ela disparou ironicamente, fazendo com indicador e polegar a imitação de um revólver apontado contra mim.

– Só se eu fosse muito estúpido – devolvi. – Imagina provocar uma delegada que, entre outros atributos, é boa de tiro.

Rimos juntos o melhor riso que se poderia obter àquela altura dos acontecimentos, o menos contaminado pelo nervosismo e o embaraço até então dominantes.

– Como me encontrou? – indaguei com uma urgência que não sei explicar.

– Não vem ao caso – Jackie cortou sem a menor consideração.

– Claro que vem ao caso – protestei. – Você ter chegado até mim é sinal de que outros podem trilhar o mesmo caminho, estou exposto.

– Se eu disser, você não vai acreditar – ela afirmou.

– Tente – desafiei.

– Coincidência – disse ela secamente.

Fizemos uma longa pausa enquanto perscrutávamos nossos olhos.

– Tá de sacanagem – quebrei o silêncio.

– Não falei? Você não acredita em coincidências, sabia que sua reação seria essa.

Minha cota de coincidências havia se esgotado com a academia em que o homem do ex-rabo de cavalo era o mestre. Mesmo assim, nada me tirava da cabeça a ideia de que alguém havia me conduzido até lá, alguém físico ou espiritual, Deus talvez.

– Tente me convencer dessa coincidência – desafiei.

Jackie tomou fôlego e virou os olhos, como quem procura um enredo. Estava mentindo, ou no mínimo enfeitando a narrativa pra me impressionar:

– Vim atrás de Tenório. Rocha de Freitas é o sobrenome do sacana. Eles o chamam de Capa Preta, sabia? Homenagem a Tenório Cavalcanti, um antigo deputado da Baixada Fluminense. Não sei se já ouviu falar – Jaqueline iniciou sua exposição orgulhosa do conhecimento que exibia.

– Tenório e sua inseparável Lurdinha – completei.

– Quem? – ela não entendeu.

– Deixa pra lá, é apenas o nome de uma metralhadora. Quer dizer que Tenório veio até aqui? – acelerei.

Um pouco aturdida com o detalhe da metralhadora que desnudou sua cultura rasa, Jaqueline limitou-se a dizer "sim". Ficou um tempinho em silêncio, resistindo a meu olhar interrogativo. Depois desandou a falar, como se temesse conceder espaço pra novas intervenções.

– Estava sumido há algum tempo. Belchior parecia possesso querendo saber dele. Alguma coisa se rompeu, Tenório era parte da quadrilha do maçarico. Foi ele quem apagou o Casemiro, o carinha do ferro-velho e sabe-se lá quem mais. Talvez tenha participado de todos os assassinatos. O bicho é ruim que só o capeta. Comecei a investigar sem dar o serviço completo ao Belchior, que eu não tô aqui pra ajudar gente escrota. Soube que Tenório tinha procurado o pastor Ismael mais de uma vez, cê lembra que eles foram companheiros de cadeia, né? Fiquei ligada. Um X9 me contou que ele tava fora de controle, puto com o chefão, que tinham tentado apagar ele e o cacete. Falei com o Alcebíades, aquele parrudo que te deu a dica de que o comando tava na serra. Se o negócio do cara era acerto de contas, o local devia ser por aqui. Vim na moita uns cinco dias alternados, sondei a região, me fazendo de piranha. Tive que permitir alguns amassos, cheguei bem perto de pagar um boquete pra arrancar informação, e numa dessas soube da academia OSS, que o Tenório havia procurado há mais de um ano, do tal de Otto e da conexão dele com um médico fodão. A primeira vez que te vi chegando pra treinar levei um tempo pra ter certeza de que era você, diferente pra caralho, e fiquei na minha até confirmar que tu não tinha se bandeado pro lado de lá. Um belo dia me aparece o Tenório e entra na academia todo decidido, passa uns 15 minutos lá dentro e sai com cara de poucos amigos. Fiquei na cola dele. Se enfurnou num boteco bem chinfrim, um que fica logo na entrada de Itaipava, esqueci o nome, e encheu os cornos. À noite voltou pra academia, tinha um volume na calça com a maior pinta de ser uma arma, impossível ver direito daquela distância e com pouca luz. Se eu não estivesse tão clandestina, dava-lhe um flagra, revistava, mas tô no desvio, não posso piar. A academia tava fechada, ele bateu, a porta abriu. Visita esperada. Não deu pra ver quem o recebeu nem o que rolou lá dentro, só sei que lá pelas duas da madruga um Corolla que tava estacionado nos fundos da academia ligou o motor e saiu com a careca do Otto brilhando ao volante. Fiquei mais um pouco pra ver se o Tenório aparecia, nada. Bisbilhotei pela janela, mas não havia sinal de viva alma lá dentro. No dia seguinte, a academia abriu normalmente, Otto deu suas aulas como sempre, e nenhum vestígio do visitante noturno. Claro que ele tava no carro do Otto naquela saída de madrugada. Só não sei se vivo ou morto. Isso tem uns três meses. Quinze dias depois, encontraram o corpo do Tenório num matagal perto de Caxias, pescoço quebrado, sem pistas de quem fez o serviço. Tenório virando presunto em Caxias, parece até piada de quem conhece a história do deputado da capa preta.

Fiquei olhando pra Jackie, sem dizer nada, esperando que alguma contração facial revelasse algo mais do que estava contando. Ela percebeu minha incredulidade e continuou.

– Pensei muito antes de vir te perturbar. E tinha quase certeza de que tu ia ficar com essa cara de samambaia desconfiada.

Mantive o olhar congelado, liberando um microssorriso que tanto podia ser amistoso quanto irônico. Ela se agitou.

– Cara, o Belchior não tem a menor noção dessa porra toda. Inventei diligência, treinamento no estande de tiro, gripe, dengue, menti pra caralho pra conseguir chegar nesse ponto, e agora tô aqui pra ver se a gente reedita a velha parceria. Sabe qual é minha vantagem nisso tudo? Zero.

Me despenquei do Rio pra cá em homenagem aos bons tempos e porque fiquei puta com o que fizeram contigo. Consideração, sentimento, sacou? Se você quer que eu ajude, beleza. Se não quer, caguei. Volto pra casa agorinha mesmo, vou jantar, ver um filme ou arrumar um bofe, e não se fala mais nisso.

Jaqueline estava com o rosto vermelho ao final do desabafo, como se acabasse uma sessão de ginástica, mais Jackie do que nunca. Ouvi *Under pressure* tocando na TV e achei que fazia sentido. Contei-lhe o que havia descoberto sobre Otto e o doutor Ewerton, sobre a casa desabada com os ossos encontrados na lama, sobre a longa trilha desde a ditadura militar, passando pela grande enchente, até o tungstênio, a arte torturante e a dinheirama que circulava entre os que compravam e vendiam quadros, além do excelente negócio que era fornecer matéria-prima para a indústria bélica. Falei dos nerds que me equiparam de informação e dos artefatos tecnológicos que eles eram capazes de montar. Falei que tinha um plano, mas que só lhe mostraria se ela jurasse que não ia atrapalhar. Podia rejeitar, pular fora à vontade, mas precisava garantir previamente que não revelaria nada a ninguém, nem tentaria de forma alguma se opor ao que eu estava determinado a fazer. Sem um juramento solene, a conversa terminava ali.

Jackie jurou, sem perder a oportunidade de enfileirar alguns palavrões e me rotular de babaca. O álbum "Blackstar" do David Bowie era mostrado pelo comentarista da TV como o canto do cisne, a última manifestação do artista que se despediria do mundo pouco depois do lançamento. *Lazarus* era a faixa em destaque.

– Uma última coisinha – eu disse mostrando o pen drive com as fotos que havia acabado de receber. – Não quero maiores detalhes, respeito seu silêncio sobre assuntos que te incomodam. Mas a gente se conhece o suficiente pra eu saber que você tem alguma culpa nessa cobertura fotográfica sobre minha vida e a de Alice. Você admite isso?

Jaqueline me olhou firmemente, num pedido silencioso de perdão, depois baixou os olhos, murmurando:

– Outros tempos, Belchior forçou a barra pra te manter sob vigilância, dizia que era pra te proteger, muita gente colaborou, quando saquei que era tudo pra te manter sob controle já era tarde, na época não tive coragem de te contar, você interpreta aí como quiser.

Depois de longos segundos de silêncio, beijei sua testa, agradeci pela honestidade e dei o assunto por encerrado. Hora de buscar novas encrencas. Peguei dois pratinhos, dois copos plásticos e uma faca. Catei pão de forma, queijo prato e uma Coca na geladeira. Servimo-nos famintos. Sentamos frente a frente na mesa e, enquanto devorávamos aquele sanduíche sem graça e o empurrávamos garganta abaixo a goles de refrigerante, comecei a anotar num caderno todos os detalhes do plano que fermentava em minha cabeça há vários meses. Jackie acompanhou minha explanação com um olhar incrivelmente atento e incomodamente cético. Quando ouviu meu "é isso", finalizando o relato, ela encheu a boca com um pedaço de pão e ficou mastigando enquanto pensava no que dizer. Perguntei se havia alguma dúvida. Ela engoliu o pão com esforço, tomou um golinho de Coca e disse: "Você está louco, os caras vão te flagrar e te esfolar". Eu disse "foda-se" e cobrei o juramento que ela havia acabado de fazer. Falei da festa que estava pra acontecer na casa do doutor Ewerton, a brecha ideal pra uma abordagem desconcertante. Fiz um trocadilho bobo chamando a festa de fresta, Jackie nem tentou sorrir. Argumentei que num evento cheio de crianças era menos provável que a coisa descambasse pra violência.

Ela torceu a cara, topou ajudar, mas continuou insistindo que eu estava louco e que, na hipótese otimista, tínhamos todas as chances de pagar um mico gigantesco, com desdobramentos imprevisíveis.

Ignorei suas advertências, mesmo sabendo que Jackie tinha toda a razão.

O bom de trabalhar com a loura desbocada é que, apesar da resistência racional, ela adora ultrapassar os limites. Sabíamos que só andando torto tínhamos alguma chance de alcançar o objetivo certo. Não podíamos confiar em quem já não estivesse comprometido com a causa desde o início, muito menos nas autoridades locais, provavelmente contaminadas pelas influências do ambiente. Pedir apoio às delegacias de Itaipava ou Petrópolis, por exemplo, estava fora de cogitação, até porque agíamos tão extraoficialmente que entrávamos no terreno da ilegalidade. Aquela região, até prova em contrário, era território inimigo. Tirando os Smurfs, que nem sequer se interessaram em saber quem era o alvo dos equipamentos solicitados e do esquema que estávamos montando, ninguém mais era aceitável na operação.

Precisávamos fazer algo surpreendente, contundente, irreversível. Jaqueline compreendia isso e, mesmo acreditando que fracassaríamos, absorvia todas as etapas do plano como se ainda fosse a subordinada de dois anos antes.

Envolvidos na preparação, nem vimos a noite cair. Sugeri que ela ficasse até o dia seguinte, arrependendo-me logo após ter feito a sugestão. Claro que eu não ia resistir, claro que acabaríamos varando a noite numa longa trepada e que eu gozaria pensando em Alice, me sentindo um canalha e tudo o mais. Para minha surpresa, a resposta foi "não". Jackie estava mais dona de si do que jamais estivera. Tornar-se delegada, ser detentora de algum poder institucional, fez muito bem a ela. O pior é que a danada ficou ainda mais gostosa desse jeito.

Partiu do chalé à uma hora da manhã, cheia de anotações embaixo do braço. Acenou com um sorriso maroto e preocupado quando entrava no carro.

Fiquei na porta aguardando que a última luzinha do automóvel desaparecesse na escuridão. Dois pensamentos se revezavam em minha mente: a exuberância da bunda de Jackie e a possibilidade de haver algum outro país em que um deputado federal pudesse fazer carreira usando capa preta e chapéu de gângster ao lado de uma metralhadora chamada Lurdinha. Em que lugar do mundo um sujeito com esse perfil se tornaria um campeão de votos, espécie de protetor dos fracos contra a bandidagem? Só mesmo num país onde eliminar políticos corruptos com um maçarico pode ser considerado um ato de heroísmo.

Onde domina a insanidade, nenhuma reação é tão louca que não possa fazer sentido. O especial sobre David Bowie agora tocava *This is not America*.

Foi-se a última luz do automóvel de Jackie, acendeu-se outra em minha cabeça. Claro, o CP da agenda de Percival era o Capa Preta. Só faltava descobrir quem se escondia sob a sigla CH.

ENXURRADA IV

O caráter destrutivo não vive do sentimento
de que a vida vale a pena ser vivida,
e sim de que o suicídio não compensa.

-- Walter Benjamin --

NUVENS CARREGADAS

A madrugada escura encobria as nuvens que se enchiam de munição para o grande ataque. Enquanto a maioria das pessoas dormia em Petrópolis, Teresópolis e Nova Friburgo, o céu ultimava os retoques do que viria a ser o maior desastre natural da história do Brasil. Dia 12 de janeiro de 2011. Oficialmente 918 mortos, 215 desaparecidos, extraoficialmente perde-se a conta. Cinco anos depois, várias feridas continuam abertas, várias perguntas permanecem no ar. Mais de 90 mil pessoas ainda vivendo em áreas de risco, menos da metade das 4.573 residências devidas pelo governo foram entregues. E as perguntas que não calam: Como essa gente consegue conviver com tanto descaso? Como punir quem se omite ou procura tirar vantagem de uma situação tão dramática?

Pra não fugir à regra, a grande maioria das vítimas está entre os pobres. Mas quando o teto do mundo desaba, desaparecem as classes sociais. Regiões nobres como Itaipava sofreram tanto quanto vilarejos e favelas. O trio de grandes cidades serranas que domina as alturas fluminenses, com sua fartura de encostas e entrecortado pelos rios Santo Antonio, Paquequer e Bengala, transbordou de motivos para deslizamentos e alagamentos, sem se importar com a conta bancária dos atingidos. "É de lá que vem o perigo", aponta o Dedo de Deus para o céu, impressionando todos os que sobem a serra de Teresópolis. "Fiquem atentos para o que vem do alto", avisa o pico mais fotografado da Serra dos Órgãos com a autoridade dos seus 1.692 metros. Enquanto nossos olhos se arregalam com a majestade da rocha, nuvens alimentam o delírio de grandeza dos rios, os grandes querendo crescer ainda mais, os pequenos querendo colocar seu nome na história, dentre estes o coadjuvante que se chama Cuiabá.

Daqui onde estou, aprende-se a conviver com as nuvens e a respeitar a natureza com toda a sua beleza e força. Daqui de cima, a visão é mais panorâmica, o peso do ar sobre nossas cabeças é mais leve, o pensamento voa sem limites.

Cinco anos se passaram desde a grande tragédia. De lá pra cá, uma sequência estrondosa de escândalos políticos, um festival de desonestidade apresentado em detalhes sórdidos e cores vivas, convivendo com outras enchentes, barragens rompidas, detritos que se acumulam, problemas que nunca se resolvem, como se fossem parte da nossa natureza. Essa é a maldição brasileira: viver no paraíso com as dores do inferno.

Neste momento estou de mãos dadas com a contradição. Indo a uma festa onde não sou bem-vindo, na casa do homem que desandou minha vida e pode acabar com ela de uma vez. Comemoram lá o aniversário de uma criança, Gustavo, caçulinha do vovô Ewerton Rosenthal. O menino está fazendo cinco anos, foram contratados palhaços, mágicos, malabaristas, animadores, barracas de comidas diversas e um parquinho de diversões com duas camas elásticas, escorregador cheio de curvas e até um carrossel. A noite está propícia para festas ao ar livre, fresquinha, estrelada, o garoto tem sorte. A segurança foi reforçada, mas não chega a assustar. Estará funcionando em ritmo de portaria VIP, mais delicada e prestativa do que nunca para não incomodar os convidados.

Muitos carros estacionados, dois acabando de manobrar. Há uma pequena aglomeração na porta da casa, gente simpática, bem-vestida, rica. Convites estão sendo checados com rapidez. Carrego o meu com a ansiedade do adolescente que tenta entrar no filme proibido usando carteira de estudante falsificada. O convite que levo é autêntico, seu único problema foi ter sido roubado. Uma semana atrás, havia quatro envelopes na parte interna do balcão da academia, endereçados a Otto, Suzana, Mônica e Lourenço. Tudo o que preciso agora é me fazer passar por Lourenço Moreira Félix, ao menos pelo tempo necessário pra fazer o que tenho que fazer. Meia hora deve ser suficiente. Tomara que Lourenço seja um adulto que odeia festas infantis e nem tenha feito questão de outro convite porque não viria mesmo. Tomara que os seguranças da portaria mantenham bom humor e embarquem no sorriso amistoso que ensaiei. Se Lourenço for um velho conhecido da turma, digo que encontrei o convite na rua e que gostaria de entregá-lo pessoalmente, aproveitando a passada para dar um abraço rápido no dono da casa que cuidou da saúde de minha mãe por muitos anos. Se Lourenço já tiver entrado, mostro perplexidade, peço pra chamar o doutor Ewerton, dizendo-me ofendido com a suposição dos porteiros de que eu, logo eu, estaria tentando entrar indevidamente na celebração do Gustavinho.

Caprichei na roupa, no perfume, em todos os detalhes. Não funcionando o plano "a", vamos pro "b". A casa é linda e espaçosa, estilo europeu, colunas de pedra entremeadas com vigas de madeira pintadas de um marrom bem escuro, uma chaminé que pressupõe a existência de lareira, isso é o que dá pra ver pelas grades do portão. Conheço bem esses detalhes, anotados mentalmente nas passagens anteriores por aqui, quase sempre pedalando minha *bike* como quem passeia à toa. O gramado ao redor é grande o bastante pra fazer um festão sem que ninguém pise na varanda. Tudo protegido por um muro com não mais de dois metros de altura, revestido de hera, uma beleza. Fora do alcance dos olhos sei que existe uma piscina enorme, uma quadra de tênis e outra polivalente. Pra saber mais, só entrando. A família à minha frente não trouxe os convites, obrigando o segurança a ticar nome por nome em sua prancheta. Um casal e três filhos, passaram rápido. Logo atrás de mim, um casal idoso, e mais atrás uma mulher de *jogging* com duas crianças bem-arrumadas, provavelmente vai deixá-las na festa e buscar mais tarde. "Boa noite!", cumprimento o rapaz, entregando-lhe o convite junto com o envelope endereçado ao tal Lourenço e seguindo em frente com a autoconfiança dos que nunca são barrados, somada ao ar gentil de quem busca acelerar a entrada dos convidados que estão na fila. O segurança retribui meu cumprimento, colocando o convite sobre uma mesinha como quem vai deixar pra ticar o nome mais tarde. Estou dentro do quartel-general inimigo.

O movimento da festa se concentra no lado direito da casa, longe dos olhares de quem passa na rua. No caminho até a recepcionista que recolhe os presentes em grandes caixas de papelão coloridas, vejo cinco câmeras estratégica e discretamente colocadas. A moça pede pra anotar meu nome no pacote de presente, tem uma caneta à mão para essa finalidade. Escrevo Lourenço Félix, entrego a caixa que contém um caminhãozinho de bombeiros bem barato comprado há dez dias e continuo escaneando o ambiente à procura do dono da casa. Lá está ele, no extremo oposto de onde estou, a bela mulher na cadeira de rodas a seu lado, conversam sorridentes com um casal de convidados, a mulher embala o bebê que se agita em seu colo, o homem diz algo engraçado, todos felizes, amáveis, aparentemente inofensivos. Há crianças correndo em várias direções. O casal a quem todos cumprimentam exala simpatia, obviamente são os pais do aniversariante. Um grupo se diverte com a dança das cadeiras organizada pela equipe de animação, com trilha sonora de Michel Teló, um tanto fora do tom naquele ambiente. Caminho devagar em direção ao anfitrião, um vovô bonachão, com seu copo displicente na mão, irradiando serenidade. Tenho a impressão de que me viu, disfarço. Ou será que não? Cochicha algo no ouvido da mulher que reage positivamente, meiga como até então só minha mãe conseguia ser. Ele se retira, sai do meu campo de visão. Um menino atropela a menininha que derrama o guaraná e chora, o pai vem acudir, pega a filhinha no colo, o belo vestido agora encharcado. Ouço meu nome em voz alta, soa estranho, descontextualizado. Não Lourenço, nem Hermano, chama por Emanuel. É Otto que vem todo animado ao meu encontro. "Que surpresa te ver por aqui!", ele diz com uma alegria canastrona. Respondo com um sorriso forçado, dizendo já ter sido cliente do doutor Ewerton, como se precisasse justificar minha presença, arrependendo-me do que falei. Otto aproveita para elogiar as qualidades do médico, perguntando se já o encontrei. Digo que não, apenas o vi de longe, depois... aponto pra direção que ele tomou. Otto coloca a mão esquerda sobre meu ombro, conduzindo-me em direção à casa. "Vem comigo! Doutor Ewerton não gosta muito de festas, toda hora escapa, prefere ficar no seu canto. Vou te levar até ele." Alguma coisa está errada. Não há razão pra ele ser tão amistoso nem tão efusivo assim.

Subimos pela varanda, ele se adianta para abrir a porta da sala, um ambiente enorme com decoração que me lembrou filmes ingleses antigos. Não há ninguém ali. Otto me coloca de novo à sua frente, com a mão no ombro me impulsionando. Parece gentil, mas alguma hostilidade vaza de seus atos. Entramos num longo corredor, não gosto de ser empurrado, nem que seja de leve. Reduzo a velocidade pensando em fazer qualquer pergunta boba que me dê tempo pra avaliar a situação. O cano da pistola de Otto forçado contra meus rins esclarece tudo.

TEMPORAL

A injustiça avança hoje a passo firme.
Os tiranos fazem planos para 10 mil anos.

-- Bertolt Brecht --

– Bem-vindo, delegado Hermano. Não sei se o título de delegado ainda se aplica a alguém na sua situação atual, mas... Na última vez que nos vimos seus cabelos eram bem mais curtos e não havia essa barba que... Impossível não associar sua imagem a Jesus Cristo ou Tiradentes, se me permite a comparação.

Doutor Ewerton, empunhando um copo de uísque e um livro que se preparava pra encaixar de volta na estante, não parecia surpreso ou sequer incomodado com a minha chegada ao grande escritório, mistura de biblioteca, galeria de arte e sala de estar, cuja austeridade clássica se opunha diametralmente ao estilo contemporâneo do consultório no Rio. Fingia com bastante competência não registrar a presença intimidadora de Otto Steven Seagal com sua pistola apontada pra mim. Agia com a naturalidade teatral de quem sabe ser dono da situação e tem especial apreço pela elegância. Era evidente que pretendia conduzir a reunião improvisada em que estávamos envolvidos como um quase monólogo de desfecho consagrador, deixara o personagem vovozão do lado de fora. Havia um verniz de civilização em sua atitude geral, algo que tentei manter respondendo que preferia ter minha aparência associada a Robinson Crusoé, porque esse personagem não morria no final da história, e confirmei que, até prova em contrário, o título de delegado ainda se aplicava a mim por estar num período de licença especial. Achei que falar logo na hipótese do meu assassinato teria o efeito libertador do desmascaramento do vilão pelo destemido visitante, algo que funcionava bem na literatura e nos filmes. Se esse tema não era tabu, nenhum outro deveria ser, e, já que a eternidade era o meu provável destino, tínhamos todo o tempo do mundo para discutir o que quiséssemos. O relógio de madeira escura pendurado na parede marcava 20:05 horas, dois minutos adiantado em relação ao que eu trazia no pulso. Imaginei um tique-taque surdo que às vezes se desalinha de outros batimentos, a importância da precisão, embora inexata, e do ritmo, embora inconstante, que dão a quase tudo um jeito de poesia. O Michel Teló que tocava lá fora desapareceu por completo. Era como se só houvesse nós na casa e nenhuma celebração estivesse acontecendo nas redondezas. Dei os parabéns pelo aniversário do neto e pela organização da festa: um evento primoroso para uma bela família, frisei.

O médico sorriu, erguendo o copo num brinde à minha espirituosa cordialidade. Um gesto rotativo de mão foi a senha para que o *sensei* me revistasse. A pistola que eu trazia enfiada na parte de trás da calça foi a primeira descoberta, imediatamente retirada com um olhar irônico do revistador. Fui invadido por uma sensação de *déjà vu*, recordando a situação vivida no apartamento de Gunnar. Uma fisgadinha safada se manifestou no exato local da coronhada que me atingiu naquela ocasião, lembrando-me da estupidez de andar armado quando se tem o firme propósito de nunca apertar o gatilho.

Logo em seguida o celular, aberto e despojado de bateria e chip, rapidamente enfiados num dos bolsos do Seagal. Depois de breve apalpação torácica e abdominal, revelou-se o pequeno volume que eu trazia próximo ao diafragma. Merda. Momento especialmente desconfortável. Pensei em lhe aplicar um telefone bem forte, aproveitando o fato de suas mãos estarem ocupadas em me revistar, enquanto as minhas mãos estavam erguidas, bem próximas de suas orelhas (a arma antes empunhada por Otto havia se acomodado num coldre instalado na parte de trás de suas calças). Ele me encarou no exato instante em que o pensamento transitava pelo meu cérebro, como se pudesse lê-lo num letreiro piscando em minha testa. Lembrei-me de nossas aulas, de sua destreza e vigor físico, do seu tamanho muito superior ao meu e concluí que o que estava em jogo era valioso demais para ser colocado em risco por reações precipitadas. Otto abriu minha camisa, olhou vitorioso para o patrão e cuidadosamente retirou de meu corpo o equipamento de gravação novinho que eu estreava naquele momento. Jogou tudo no chão, pisando prazerosamente com sua bota no gravador e no microfone, até que tudo se transformasse em quase pó.

– Ora, ora, delegado Hermano – Ewerton mantinha o tom afável, apesar da acidez do texto. – Que coisa mais primária essa tentativa de gravar nossa conversa. Esperava bem mais de um homem com seu currículo. Uma descortesia imperdoável.

Tentei fazer uma expressão significando que aqueles apetrechos eram um hábito do ofício, mas fui incompreendido, ou solenemente ignorado. Com a mesma postura de *sensei* que mantinha na academia, Otto sinalizou para que eu me apoiasse com as mãos na parede, deu um toque com os pés para que abrisse as pernas, retirou meu relógio do pulso, pisoteando-o com o mesmo prazer que teve ao destruir o gravador, enquanto me dizia baixinho:

– Lamento, mas com os equipamentos ficando cada vez menores, qualquer relógio é suspeito.

Apalpou minhas axilas, bunda, virilha, pau e colhões sem a menor cerimônia. Não havia curva em meu corpo onde uma tirinha de esparadrapo pudesse estar escondida. Seagal apertou meu saco. Contraí o rosto, mas não lhe concedi o gemido que esperava.

– Pra que essa força toda? – perguntei a Otto, enquanto me virava para o médico.

– Há forças que estão muito acima das nossas, meu caro – Ewerton respondeu, aproveitando a dica para começar seu show. – A corrupção no Brasil, por exemplo, é uma força da natureza. Simples, absoluta, indomável, como um aguaceiro que arrasta tudo pelo caminho. Ela está no DNA brasileiro, não é opcional. Reclamar da corrupção é o mesmo que reclamar do calor no verão. De que adianta lutar contra o sol? Melhor aliar-se a ele e usufruir o máximo de vantagens possível.

Eu o encarava sem mover um único músculo da face.

– Sua expressão me comove, rapaz. Seu olhar de desprezo e espanto diz mais do que as palavras que devem estar amontoadas em sua cabeça. Poupe-se, não precisa tentar ordená-las. Compreendo-o perfeitamente e o admiro por isso.

– Concordamos em muitos pontos, doutor. A corrupção também me enoja, como imagino enojar todos os brasileiros, basta ver que se tornou tema quase obrigatório até nas rodas de bar. A questão é como combatê-la sem atentar contra alguns direitos básicos, como o direito à vida. A questão é não permitirmos a volta à barbárie com iniciativas como a dos Vingadores do Povo, por exemplo – as palavras fluíram da minha boca como se eu participasse de um patético debate em alguma faculdade de direito.

– Bem-lembrado, rapaz, Vingadores do Povo. Vejamos a situação por um novo ângulo. Vidas foram sacrificadas? Sim. Mas de que vidas estamos falando? Da escória da sociedade, de homens que se prevalecem do poder para pilhar o bem comum. Varrer essa podridão para fora do planeta já seria um grande benefício. Mas os "Vingadores" foram além. Deram aos abutres a chance de redenção, a corja foi agraciada com uma razão de existir, através do sacrifício pessoal em nome da arte e da ciência. Transformaram vilões em mártires, lixo em riqueza. Reciclagem, meu caro. Graças a isso, nosso querido Gunnar conseguiu deixar uma herança fundamental para seu filho, Rafael. Você não faz ideia do quanto o pobre rapaz sofreu com a hipótese do menino órfão e desamparado. Graças a isso também, a ciência avançou e o Brasil pode se tornar mais competitivo no mercado internacional. Evoluir tem um preço. O progresso faz vítimas. Caem florestas para a passagem de estradas, desapropriações são feitas por toda parte. Às vezes, desapropriam-se vidas. Ninguém pode se opor ao avanço da ciência, da economia ou da arte, sob pena de ser esmagado.

A menção a Gunnar fez minha cabeça formigar, e a conclusão evolutivo-mercadológica do médico arrancou-me da frieza que até então conseguira manter. Ewerton percebeu o efeito do que acabara de dizer, fazendo uma pequena pausa estratégica que me estimulou a rebater.

– Tungstênio, indústria bélica. Graças a isso, que o senhor chama de avanço da ciência, suas economias pessoais foram alavancadas como nunca, não é, doutor? – emendei, caprichando no tom baixo de voz para acentuar o cinismo.

– Bem-observado, meu caro. Acredito que seu bom senso seja suficientemente evoluído para concordar com a justiça dessa remuneração para alguém que engendrou um plano tão abundante em repercussões positivas. Seria desumano não recompensar quem se atreve a tamanho empreendimento, não acha? Estamos falando do segmento número 1 da economia planetária. O Brasil não pode ficar fora desse jogo, especialmente tendo domínio tecnológico e farto acesso ao metal mais desejado pelo universo das armas.

Sorri pela confissão que o médico começara a formular, enquanto dizia baixinho: "O Brasil, o Brasil". Ewerton olhou-me no fundo dos olhos, anunciando que ali começava o segundo ato de sua performance.

– Sejamos práticos, delegado. Imagino que sua intenção inicial fosse a de me prender. Mas de que essa prisão lhe serviria? Garanto que lhe renderia inimigos mais poderosos do que esteja disposto a enfrentar e reacenderia a rejeição popular já experimentada por estar punindo um benfeitor da população. Por outro lado, se nossa história terminasse com a sensatez que se espera de pessoas inteligentes como nós, o senhor sairia daqui com as obras de Gunnar que escaparam à apreensão feita em seu ateliê, assegurando a seu filho uma vida digna, com educação e saúde do mais alto nível. E ainda levaria outras, de outros artistas de minha coleção particular, que eu faria questão de lhe doar para serem vendidas e custearem atividades de benemerência à sua escolha. Estou falando de algo em torno de 10 milhões de dólares. Mais do que suficiente para erguer, digamos, uma fundação para recuperar viciados em drogas – você e sua ex-namorada conhecem bem a precariedade dessa área em nosso país –, um abrigo para moradores de rua, um asilo para idosos, um orfanato, creches comunitárias, o que quer que seu coração o esteja impulsionando a realizar. Olhe quanto bem pode ser gerado se a razão for serenamente contraposta à emoção que o trouxe até aqui.

Pela primeira vez, senti realmente o golpe.

– Dashiell Hammett – sussurrei depois de alguns segundos de quietude, mais pensando alto do que falando.

– Como? – estranhou Ewerton.

– Dashiell Hammett, autor de romances policiais – diante do olhar interrogativo do médico, expliquei: – Um ex-detetive que se tornou escritor e tinha como tema recorrente a corruptibilidade humana.

– Compreendo seu ponto. Pensei que se dedicasse exclusivamente à poesia, mas vejo que à literatura como um todo...

– Me interesso pelo que há de poesia em tudo, isso inclui literatura, pintura, vida. Corrupção existe no mundo inteiro, mas no Brasil ela é congênita. Nascemos com esse lado torto. A coisa acontece porque tem que acontecer e, se existe um culpado, é Deus. Ele nos fez assim do mesmo jeito que nos envia o sol e a chuva quando bem entende. Resta-nos buscar uma marquise, improvisar algum leque e, sempre que possível, sapatear na poça de lama, não é isso?

– Vejo que nossos raciocínios começam a convergir – a frase escorregou dos lábios de Ewerton pela fresta de um sorriso.

– No Brasil, as pessoas de bem não precisam necessariamente andar direito, basta que manquem sem perder a elegância.

Suspirei profundamente antes de responder.

– Queimar pessoas por dentro com um maçarico até a morte não é o que se possa chamar de uma atitude elegante.

– Arte, meu caro. Matar é tão divino quanto gerar a vida, tão sublime que Deus reservou só para si. No momento em que se tira uma vida, experimenta-se o suprassumo do poder. Há um gene assassino em todos nós. E, ao mesmo tempo em que lutamos para controlar essa característica genética, vamos aperfeiçoando os instrumentos de morte. Já percebeu a generosidade que existe numa guilhotina? Tudo acontecendo depressa, sem submeter a vítima a sofrimento desnecessário. Sem essa invenção, a Revolução Francesa não teria o mesmo significado. Contra o primitivismo dos enforcamentos, quanta tecnologia veio em nosso auxílio. E as armas de fogo? Com que precisão nos permitem cumprir nossa sina matadora. À medida que se desenvolvem, tornam-se cada vez mais cirúrgicas. Ser contra armas de fogo é ser favorável ao tacape. Só os ignorantes e retrógrados podem cometer o absurdo de rejeitar o traçado asséptico de um tiro. O método do maçarico, além da exemplar punição aos corruptos, é um convite à reflexão sobre os benefícios da morte rápida, ao interesse existencial que todos devemos ter na evolução das armas e dos meios mais eficazes de encerramento da existência. Imagino que você, por exemplo, esteja, neste exato momento, com um enorme desejo de me tirar a vida, não é mesmo? Razões para isso não lhe faltam. Mas falta-lhe arte, instrumento, ou talvez coragem, para executar o que seus instintos recomendam.

Aplaudi o discurso. Otto se agitou num espasmo, julgando que meu movimento de braços tivesse intenções agressivas.

– Brilhante, doutor.

– Pense bem, delegado. Políticos. São como traficantes, arraia-miúda. O verdadeiro poder está com quem manda nos políticos. As mãos que eles beijam são as que determinam para onde vai o mundo. Vale a pena sacrificar-se por essa sub-raça que, na verdade, não manda nada?

Movi minha cabeça negativamente, o que naquele contexto podia tanto ser interpretado como discordância ou concordância.

– Não lhe agrada a arte? – Ewerton questionou, como se mudasse de assunto.

– Muito. Todos os tipos de arte.

– Claro. Que bom! Nosso companheiro, Otto, é um especialista em artes marciais, um segmento muito particular da arte.

– Meu mestre na academia. Já nos conhecemos bem – olhei para o relógio da parede, 20:23 horas, troquei um sorriso reverencial com Otto e voltei a olhar para o médico. – Mudando um pouco de assunto, permita-me uma pergunta, doutor: O quanto de conhecimento sobre o tungstênio foi acumulado nas sessões de tortura que aconteciam na casa de seu pai aqui no Vale do Cuiabá?

Ewerton empalideceu.

– Não sei do que você está falando – ele empostou a voz, dando à frase um estranho toque de solenidade.

– Vou tentar ajudá-lo. A segunda Casa da Morte, uma réplica, filial, ou seria uma instância superior?, do famoso centro de tortura de Petrópolis, um abatedouro humano comandado por seu pai.

– Não se atreva a falar de meu pai. Você está delirando.

– As ossadas encontradas depois das enchentes na casa de sua família não são delírio.

– Ridículo, delegado. Quem está tentando impressionar?

– Ninguém. Só tenho vocês dois como plateia e sei que não vou sair daqui vivo. Pode abrir o jogo, doutor. Os mortos não falam.

– Você é jovem, rapaz. Não tem noção dos perigos que rondavam o país na época da revolução militar. Quem foi encaminhado àquela casa estava tentando destruir o Brasil. Eram subversivos de merda, já condenados pelo regime, ou seja, virtualmente mortos, e graças às nossas pesquisas tiveram a oportunidade de prestar um grande serviço à ciência.

– Novamente, as causas nobres.

– O que seria do mundo sem essas causas, delegado? De que vale viver e morrer senão por uma boa causa?

– Seus argumentos são como cebolas, doutor: uma coisa esconde a outra, que cobre mais outra e outra. Ciência, arte, benemerência, patriotismo, política, dinheiro, tudo sobreposto num jogo de camuflagens. E na camada mais profunda de todas o que vale mesmo de verdade? Reputação? Só isso?

– Bravo, delegado. Sua capacidade de análise é realmente admirável. Confesso que por um momento cheguei a pensar em tê-lo como parceiro, mas ao se referir a reputação como "só isso", o senhor me causou uma grande decepção.

– Também me decepcionei ao perceber a falta de sofisticação do seu plano. Queimar a reputação de políticos chamuscados de suspeitas pra fazer uma cortina de fumaça que desviasse a atenção dos ossos do Vale do Cuiabá e dos seus interesses bilhardários no crescimento da indústria de armas, e ainda tentar revestir tudo isso de nobreza, é confiar demais na cegueira alheia.

– Não é isso que fazem os grandes ilusionistas? Conduzir o olhar do público para que enxergue o que querem? O óbvio é o maior prazer do mágico. Mostrar ostensivamente algumas coisas para saciar a fome de descoberta do auditório, enquanto o que realmente interessa está ali debochando dele o tempo todo. Há muita sofisticação, fineza e arte nisso, delegado. É o sentimento de derrota que está prejudicando seu julgamento.

– Que reputação o senhor preza mais, doutor Ewerton? A sua ou a de seu pai?

Ewerton não respondeu. Parecia buscar uma resposta sagaz, sem encontrar algo que o satisfizesse. Senti que havia tocado em seu ponto fraco e disparei outra pergunta.

– Por que escolheu um método tão cruel e difícil de executar para tirar seus desafetos do caminho?

Desta vez ele tinha a resposta na ponta da língua.

– Primeiro, crueldade é estratégia clássica de intimidação, você deve saber disso, rapaz. Empalar os inimigos, espalhar cabeças pela estrada, tudo o que revira estômagos e causa pesadelos, desde a Antiguidade, é bom para dissuadir novos opositores, consequentemente encurtando batalhas e evitando uma sequência interminável de mortes. A crueldade também pode ter fins altamente humanitários. Segundo, o rito. Os sacrifícios religiosos nunca foram interpretados como assassinatos. Ritualizar dignifica, dá valor transcendental a qualquer gesto. As togas dos juízes, os paramentos sacerdotais, as túnicas e máscaras da Ku Klux Klan, são vestes mistificadoras que colocam as fases do rito num plano superior à realidade cotidiana. A música é outro elemento fortíssimo. Uma sessão de tortura, uma batalha sangrenta, um infiel sendo degolado por fanáticos religiosos, tudo assume ares nobres e coreográficos quando embalado pela música certa.

A resposta bem-alicerçada pareceu devolver-lhe a confiança. Hora de refustigar o ponto fraco, perguntar se o pai dele também acreditava nesses princípios, se suas formulações eram originais ou apenas reproduziam ensinamentos paternos. Minha provocação foi abortada pela música que desabou sobre o ambiente. Bastou o acionamento de um botão para que os acordes de *Carmina Burana* ocupassem todos os espaços e um pressentimento ruim bailasse em minha cabeça.

Os olhos contrariados do médico se desviaram sutilmente na direção de Otto. Uma piscadela foi a senha. Senti os braços do *sensei* envolvendo meu pescoço como uma anaconda em bote rápido. Eu estava recebendo um *hadaka-jime*, estrangulamento clássico do judô. O relógio marcava 20:38 horas. Pensei no plano que elaborei com tanto cuidado. Pensei no tempo que tinha pra escapar antes que o oxigênio se esgotasse no cérebro e me perguntei por que Otto não teria usado sua pistola, concluindo no mesmo instante que era pra não fazer barulho e não ensanguentar a casa, o que macularia o santuário do chefe e bagunçaria o que eu havia planejado. Meu primeiro reflexo foi o de afrouxar a pressão colocando a mão esquerda entre o braço de Otto e meu pescoço que parecia prestes a se quebrar, depois enfiar o maior pedaço possível de queixo nas imediações da glote.

Com o cotovelo direito golpeei as costelas do adversário sem grande efeito e, alternando as mãos pelos dois lados de sua cintura, busquei alcançar a pistola que deveria estar enfiada atrás das calças com o cano roçando em sua bunda. Otto se esquivava magistralmente. Tentei repetidas vezes aplicar um *seoi-nage*, golpe com que costumava obter bons resultados nos treinos, mas o *sensei* se defendia muito bem e sabia melhor do que eu todas as alternativas que me restavam. Cada iniciativa minha, se não servia pra me libertar do agressor, deveria servir pra retardar meu sufocamento. Se ganhar a luta era um ideal quase utópico, ganhar tempo era um excelente negócio. A merda é que tudo exigia muito esforço e o esforço consumia o precioso oxigênio que precisava continuar chegando ao meu cérebro.

Os braços de Otto não davam sinais de esgotamento, pelo contrário, a pressão parecia aumentar. Ewerton apreciava a cena tomando seu uísque, como se assistisse a um espetáculo de balé clássico, a música ajudava seu enlevo. Já havíamos rodopiado por todo o salão. O relógio marcava 20:40 horas e estávamos no segundo giro. De costas para o médico e sendo empurrado na direção da estante lateral, ergui os pés, apoiando-os na base da estante e empurrando com toda a força, na intenção de forçar Otto a um recuo brusco que o fizesse bater as costas contra a quina da mesa do médico. Com um pouco de sorte, poderia provocar alguma lesão em sua coluna, levando-o a se desconcentrar por uma fração de segundo da missão de amassar meu pescoço. Ele recuou três passos, esbarrando tão de leve na mesa que provavelmente nem percebeu. Era um lutador preparado, tinha boa base, não cairia à toa, nem se afobaria com minhas tentativas.

Queria me matar aos poucos e sem deixar marcas que denunciassem o assassinato, exatamente como aconteceu com Tenório na noite em que foi visitá-lo na academia. Abri a boca na busca aflita pelo ar que me faltava. Doutor Ewerton ergueu seu copo num brinde e disse algo como "nem precisei lhe cortar as cordas vocais para impedi-lo de gritar". Eu rosnava, ensaiava resfolegadas, mas em nenhum momento me ocorreu a possibilidade de gritar, talvez fosse impossível com o estreitamento da garganta, mas acima de tudo era humilhante demais. Olhei em volta na esperança de encontrar algum objeto pontiagudo que pudesse cravar no corpo do adversário, minha visão se turvou, era o sinal de alerta. Cotovelei novamente, tentei o *ippon* salvador dos últimos segundos de luta, e nada. Com um golpe entrepernas que me desequilibrou, Otto conseguiu me colocar de joelhos. Jogou seu peso sobre mim forçando-me a dobrar a coluna, o que diminuiu ainda mais a pequena capacidade pulmonar que me restava. Comecei a suar abundantemente e a agitar o corpo em pequenos solavancos, estertores. Senti meu segredo se soltando na cabeça, ameaçando escorrer por entre os cabelos. Comecei a ficar dormente como naquele dia em que o *sensei* me fez apagar na academia, o filho da puta ia conseguir de novo. Arrisquei uma última olhadinha pro relógio: 20:47 horas. Foi minha visão derradeira antes que tudo ficasse escuro. Aí surgiu o estalo, parecendo vir de muito longe e cheio de eco. Logo em seguida, o grito e o estampido. Otto pesou mais sobre minha coluna e imediatamente seus braços desistiram de me estrangular. Puxei todo o ar possível com o desespero de um afogado, enquanto um líquido quente e viscoso se espalhava por meu ombro esquerdo e alguns miolos rolavam sobre o meu colo. Ouvi o baque do grande corpo caindo ao meu lado. Tive um convulsivo acesso de tosse que me arrancou muitas lágrimas. Vi de relance que Ewerton estava lívido como um boneco de cera. Fechei os olhos reorganizando os pensamentos que haviam batido em retirada e sussurrei com um prazer indescritível: "*Timing* é tudo". O plano havia funcionado como um relógio.

LAMA

Um bom poema é feito tiro de misericórdia.

-- Marcelo Sandmann --

– Tomar no cu, Hermano! – Jackie reagiu com a *finesse* habitual quando lhe disse que não havia necessidade de atirar em Otto. – Eu salvo tua vida e é assim que tu me agradece?

Ela estava zangada de verdade, e ficava especialmente sexy naquele estado de irritação. Aticei mais um pouco sua fúria quando disse que a situação estava sob controle e que eu sabia como me livrar do estrangulamento do *sensei*. Ela bufou procurando o xingamento mais contundente para aquela infâmia, algo que deveria ser muito ofensivo, mas que ficou entalado pelo beijo que meus instintos me obrigaram a cometer naquele momento. Um beijo arfante, de tesão misturado com gratidão. Ela curtiu por não mais que três segundos, depois me empurrou, agitando o dedo médio diante do meu rosto e virando de costas pra pegar a bolsa que estava no sofá. Agarrei-a por trás, beijando-lhe a nuca, parte mais sensível do seu corpo. Senti que provocava um arrepio de consequências imprevisíveis. Jackie se voltou pra mim com agilidade de faixa preta. A mão direita em meu pau pegou tão forte que me lembrou da revista feita por Otto. Os olhos firmes oscilavam entre a iminência de uma agressão e a possibilidade de carícia. Ficamos ali parados, um lendo o olhar do outro, por um tempo que pareceu longo demais. De repente, num sincronismo que parecia ensaiado, nossas bocas voltaram a se tocar, agora assumidamente selvagens. Beijávamos como se estivéssemos nos mordendo.

Começamos no sofá, seguimos até a cama, roupas misturadas e espalhadas pelo chalé. Acalmados pelo gozo, recuperamos a capacidade de relembrar sem distorcer e ironizar sem magoar.

– Fizemos o impossível, sabia? – comentei.

– O quê? Trepar neste chalé? – Jaqueline estava com o humor afiado.

– Isso também, mas me referia a manipular um mestre da manipulação, encurralar um sujeito intocável em sua própria fortaleza. Ewerton escolheu a dedo seus personagens, estudou seus pontos fracos e fortes para saber como levá-los a agir em benefício do seu projeto. Gunnar, motivado pela urgência de deixar algo para seu filho antes de morrer, fragilizado pela angústia da extinção iminente. Belchior, motivado pelas ambições profissionais, pela grana, pela subserviência ao doutor PP e pela esperança de vê-lo no Senado Federal, e, por outro lado, fragilizado por sua mediocridade e vaidade. Eu, delegado com zero experiência em grandes investigações, carregando o peso de uma recente dependência de drogas, e tendo esse peso acrescido da namorada vítima da mesma espécie de vício, uma namorada que tinha ligações com Gunnar.

– Não traz a Alice pra cama junto com a gente – Jackie protestou.

Concordei, pegando um atalho pra fechar meu raciocínio:

– Será que Ewerton levou Belchior a me escalar por causa de minhas vulnerabilidades?

Jackie montou em meu peito, subiu pelo rosto, esfregando a vagina em minha boca. Comecei a chupá-la. Ela observou:

– Esse é o único jeito de calar tua boca. Eu aqui nuinha contigo e você falando de gente que não tá nem aí? Quer falar de trabalho, fala da parte que me cabe, porra.

Interrompi a chupada, empurrando-a para baixo em direção ao meu pau que já vibrava pedindo *bis*.

– Você continua atirando superbem – eu disse.

Ela sorriu, retribuindo o elogio:

– E você, planejando como nunca.

O plano a que Jaqueline se referia tinha mais riscos do que engenho. Minhas chances de ser capturado pelo dono da casa eram de 99%, surpresa seria se não tivesse acontecido. Por isso, a captura fazia parte do plano, era necessária pra que tudo funcionasse a contento. Havia 80% de chances de tomarem minha arma e 70% de desativarem meu celular, que estava com o gravador ligado desde o início e com o sinal sendo acompanhado por Jackie numa van estacionada a cinquenta metros da casa. Jackie soube da desativação do aparelho no exato momento em que Otto o destruiu. A possibilidade de me revistarem e encontrarem o sistema de gravação que eu trazia grudado nas costelas era de 50%, e nesse ponto se encontrava meu trunfo. Uma vez localizado o sistema, meu captor relaxaria, julgando ter desmontado toda a engrenagem, celebrando a vitória prematuramente, falando mais do que normalmente falaria e se ocupando apenas de encontrar a maneira mais discreta de me eliminar. Foi nessa euforia que apostei todas as fichas. Embriagados pela impressão de estarem com o adversário à sua mercê, Ewerton e Otto ficaram cegos para o óbvio, que eu levei anos desenvolvendo: minha cabeça. Os longos cabelos que chamavam a atenção em minha nova aparência não eram apenas um artifício para dificultar a identificação do delegado que investigava os crimes do maçarico. Eram também o esconderijo perfeito para o equipamento colado em meu couro cabeludo: chipinho, bateriazinha, cabinho e o microfone mais micro que eu já vi, elementos extraídos dos menores e mais evoluídos celulares do mercado. Toda a conversa, até o momento em que a música de Carl Orff tomou conta do ambiente, estava gravada. Registrava a confissão do médico em todos os detalhes, que o levaria à cadeia de onde provavelmente escaparia com pena inferior à merecida, como é comum acontecer com gente poderosa no Brasil. Mas naquele chip estava principalmente a ruína da reputação do homem por trás dos crimes do maçarico, seu patrimônio mais protegido, que eu me encarregara de detonar enviando cópias da gravação para Miriam Benevides e para os dois nerds petropolitanos que tornaram nossa conversa um *trend topic* nas redes sociais. Era irreversível, o doutor estava destruído. E eu devia o sucesso do plano aos Smurfs, que equiparam minha cabeça com a minúscula trapizonga gravadora, e àquela mulher nua deitada ao meu lado, pela precisão com que cumpriu sua parte, seguindo a orientação de invadir a casa de Ewerton Rosenthal se eu não desse notícias até às 20:40 horas. Descontada a diferença de dois minutos entre meu relógio de pulso e o que pendia na parede, minha parceira levou três minutos para invadir a casa e chegar até o escritório onde minha morte era quase um fato consumado.

Tenho certeza de que se antecipou. Ela diz que não e se recusa a contar como fez para entrar. Se bem a conheço, deu um jeito de seduzir alguém pra penetrar na festa a tempo de degustar o bufê e beber alguma coisa antes de partir para a ação.

O fato é que a doida quebrou todas as regras para atuar fora de sua circunscrição e invadir um domicílio, em apoio ao meu plano que, claro, também tinha 50% de chances de terminar com um tiro, uma facada ou uma cacetada que me tirasse de cena antes do horário previsto.

Botar a mão no fogo é expressão muito usada pra falar de confiança. Jackie botou a mão no fogo por mim, coisa que eu nunca faria por ela.

POEIRA

`Aprendo a ver. Sim, estou começando.`
`Ainda é difícil. Mas quero aproveitar meu tempo.`

`-- Rainer Maria Rilke --`

Há um momento em que tudo seca. Aridez inevitável. Terra, de tanto esquentar. Garganta, de tanto gritar. Olhos, por motivos óbvios. De repente, voltamos ao pó de onde viemos.

Alice me recebeu com especial secura. Seus olhos, vazios, fulminaram os meus.

Primeiro foi o alívio de ser recebido, de poder falar com ela, de ter a chance de, entre outras coisas, pedir perdão. Depois o choque daqueles olhos que negavam a doçura das poucas palavras saídas de sua boca.

Fui visitá-la na clínica onde nos conhecemos, lugar que ela agora frequenta uma vez por semana, depois de longa internação. Frágil ainda, um fiapo de esperança. Caminhamos um pouco pelo jardim. "Era mais bonito, tá meio ressecado", ela observou. Concordei. O afastamento nos roubou os assuntos. Depois de um longo silêncio, já sentados no banco de cimento, ela acrescentou: "Mas aquela flor é nova". Custei a localizar a florzinha arroxeada que Alice me apontava no meio do jardim desidratado, fez lembrar a bravura dos cactos no deserto e dos corajosos verdinhos que desabrocham em rachaduras no asfalto. Ali estávamos nós, renascendo, contra todos os obstáculos.

Depois de tanto sofrimento, precisava fazer uma prestação de contas, mostrar que tudo o que passamos não foi em vão, pelo menos não totalmente.

Comecei relatando as mortes de Tenório e Otto, fatos que ela já conhecia, mas que não custava reprisar com a solenidade e o sabor de vingança que traziam.

O desfecho de Ewerton Rosenthal ainda estava em aberto. Havia sido condenado em primeira instância e recorrido da sentença, mas o estrago em sua reputação era irreversível. Preso preventivamente e depois encaminhado à prisão domiciliar com uma tornozeleira eletrônica, passou a ser ridicularizado pela opinião pública, massacrado pelos partidários de suas vítimas e evitado pelos poderosos em geral. Sua mulher, decepcionada com o marido e deprimida com a exposição negativa da família, morreu antes que ele conseguisse o benefício da prisão domiciliar. A tornozeleira teve sua estreia no sepultamento da bela cadeirante. Levei um jornal com a foto mais recente do médico, muito abatido, sem nada que lembrasse a antiga pose. Alice olhou por algum tempo, muda, demonstrando emoção indefinível. Naquele instante confirmei que o fantasma do ex-namorado de Alice não me atormenta mais pelo ciúme, apenas pela tragédia. Calei quanto às suspeitas de que o diagnóstico de morte iminente poderia ter sido uma estratégia mentirosa de Ewerton para estimular a aceitação da proposta de cumplicidade nos crimes. De que adiantava falar disso?

Quando passei a contar sobre o delegado Belchior, me veio a imagem daqueles filmes que passam letreiros no final revelando o futuro de cada personagem, e junto com essa imagem a frase de Edgar Allan Poe: "Todas as obras de arte devem começar pelo final". Afastado pela Corregedoria, o delegado-chefe estava preso junto com Percival por trabalharem em conluio com o doutor Ewerton, que lhes pagava uma gorda mesada pelos serviços de facilitação e acobertamento. Jaqueline havia assumido a delegacia interinamente, com boas possibilidades de ser efetivada como titular. Lembrei, mas não falei, da agenda de Percival, que Jackie nunca deixou claro se voltou ou não à gaveta de onde foi surrupiada. Às siglas inicialmente decifradas como sendo PI para Pastor Ismael, SS para Steven Seagal, e CP para Capa Preta, juntou-se a conclusão de que CH significava Chefe, e não por acaso era ao lado dessa sigla que estavam os valores mais altos assinalados com negativo. Ali se registravam os pagamentos efetuados a Belchior, por todas as irregularidades que ele acobertava ou coordenava a partir de sua privilegiada posição de comando.

Péricles Pereira, recém-eleito senador, por ser abertamente apoiado por Ewerton e Belchior e ter aparecido na lista de beneficiados por uma empreiteira envolvida num gigantesco esquema de corrupção, tornou-se suspeito de atividades ilícitas e está sob investigação da Comissão de Ética do Senado. Mas em meio a tantos escândalos políticos de maior repercussão, é quase certo que escapará ileso.

O pastor Ismael tornou-se apresentador de programa numa emissora de TV marginal, onde faz pregações, exortações, curas "milagrosas", aconselhamento espiritual, familiar e profissional, tudo condicionado à generosidade dos que enviam donativos através da conta bancária que fica piscando o tempo todo na base do vídeo. Sua igreja segue em franca expansão e já se fala na abertura de franquias no Paraguai e na Argentina. Recentemente foi acusado de abuso sexual por uma de suas fiéis, cujo marido, integrante de facção criminosa e foragido da justiça, teria jurado matá-lo. Mas chega de submundo. O menino Rafael está bem, vivendo com os avós paternos. Neste ponto Alice tomou a dianteira da conversa, demonstrando saber dele muito mais do que eu. Sofreu na justiça pra encerrar a ação em que era acusada por participar com o garoto da foto reproduzindo a *Vênus do espelho*, sofreu também pra liberar as exposições da obra de Gunnar, onde as versões fotográficas de *O grito* são a principal atração. Curadora das exposições, Alice ajuda os avós de Rafael a administrar os bons resultados obtidos, revertendo-os em proveito do neto.

Se tudo tivesse acontecido de outro jeito, imaginei como seria bom adotá-lo, Alice e eu formando a família que pretendíamos. Romantismo inconveniente. Não havia clima pra tocar nesse assunto.

– Tá calor, né? – ela falou se abanando ao final do relatório improvisado. Aproveitei a quebrada do assunto pra iniciar um desajeitado pedido de desculpas.

– Olha, Alice, queria te dizer que... – as palavras debandaram, nenhuma parecia adequada àquele momento.

– Diga.

– Minha arma, juro, continua sem ter sido usada por mim. Nunca.

– A promessa de não se embrutecer.

– Cumprida. Pelo menos nessa parte.

Fez-se um longo silêncio. Destaque para o canto de um bem-te-vi que se exibia em alguma das árvores ao redor.

– Engraçado – ela retomou.

– O quê?

– Por um instante pensei que você ia dizer que nunca havia me traído. Como um marido nos últimos minutos de vida, confirmando que foi fiel à esposa – Alice mantinha os olhos num ponto distante, talvez buscando localizar o bem-te-vi cantador.

– Trair é tão amplo que... Não sei se...

– Deixa pra lá, não é importante.

– Não, não... Eu acho que te devo explicações, tenho muito que me desculpar por tanta coisa que...

– Passou, Hermano, esquece – ela me cortou com a suavidade solidária de quem percebe o embaraço do outro.

Uma lagrimazinha forçando passagem, mas habilmente contida, antecedeu o desfecho incisivo contra minha cara de interrogação.

– Sem mágoas. Verdade!

Alice encontrou o ponto-final perfeito para o nosso encontro.

Nenhuma palavra me incomoda mais do que "verdade". Por sua importância, por sua inconstância. Verdade é a grande questão de sempre. Ela zomba de todos, especialmente dos policiais, dos jornalistas, dos cientistas, daqueles que se entregam ao trabalho de investigar.

Aprende-se muito nessa busca. Com a família, professores, amigos, escritores, poetas, compositores, pintores, com versos, textos, frases ou palavras soltas que nos fisgam, esgarçando os sulcos de onde brotam novas percepções e ideias. Aprende-se com quem menos se espera, às vezes mais com os inimigos do que com os aliados. Aprende-se que a verdade são muitas. E que é preciso tempo e paciência pra se chegar àquela que merece ser pinçada dentre as várias opções.

Ver Ewerton Rosenthal desmoralizado me enche de prazer, mas também de tristeza. Debater com aquele ilustre assassino e seguir suas pegadas foi uma experiência enriquecedora. Graças a ele cheguei perto da morte o suficiente pra concluir que a verdade só se revela sob altas temperaturas, quando os bloqueios derretem e os disfarces evaporam.

Minha cabeça racha de sol, pensamentos fritos enquanto caminho a esmo. O Rio de Janeiro vive sob estresse térmico permanente, é o que dizem os cientistas, situação que provoca irritabilidade, violência, tonteira e confusão mental, além de favorecer a prosperidade de doenças. No mundo todo, os invernos encolhem e as noites frescas rareiam, mas acredito que em nenhum outro ponto do planeta isso fique tão evidente como no Rio. Com uma ameaça desse tamanho, quem vai ligar para os crimes que acontecem por aqui? Quem vai se importar com o que eu penso, com o que Alice está sofrendo, com o poder bélico dos traficantes, com as adolescentes estupradas, com o idoso que teve sua aposentadoria roubada na saída do banco, com o garoto que começa vendendo bala no sinal e depois vai vender droga? Quem vai dar atenção aos gritos e aos poemas que se perdem ao longo do dia se cada pessoa está concentrada única e exclusivamente em escapar da próxima tragédia?

Diariamente me pergunto se vale a pena ser policial num país onde o crime governa. Me pergunto o que devo fazer e onde pretendo chegar com tantas perguntas que me esquentam a cabeça.

Paro num abrigo de ônibus sem ter pra onde ir, só pelo benefício da sombra. Respiro fundo. Penso que a poesia pode ser uma sombra dessas.

Agradeço ao jornalista Alan Xavier, por sua colaboração em pesquisas históricas que enriquecem este livro.